On May 14th, the Meteor Shower Fell in the Groundhog Town

5月14日，流星雨降落土撥鼠鎮

雨落荒原——著

悅知文化

Contents

第3話——冰箱裡的男人

第4話——懲戒者

第1話——被女人包圍的男人

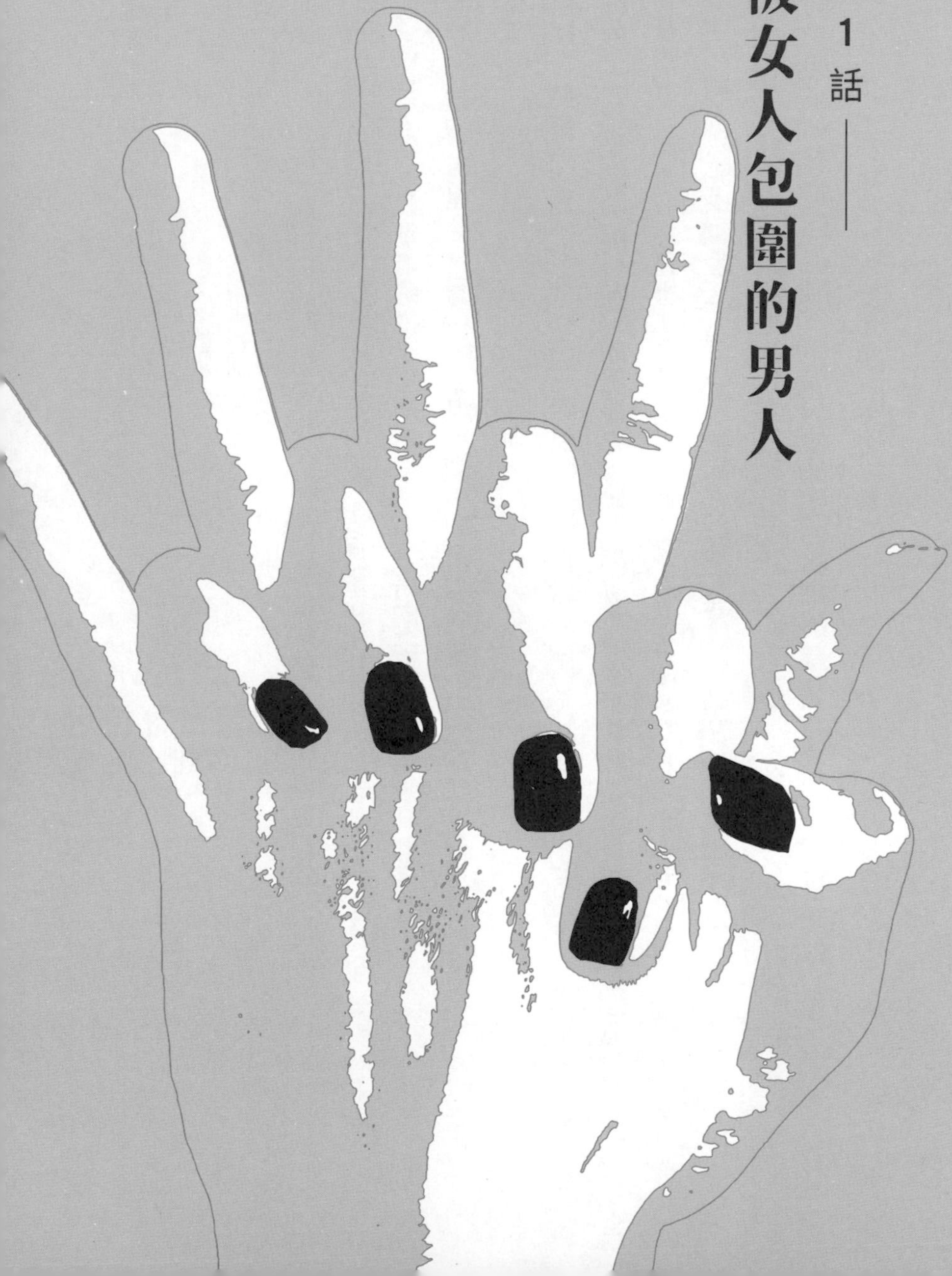

1　孔醫生

對我而言，女人是一種可怕的生物。每次與她們共進午餐，我都會更加確信這一點。她們擁有過分發達的語言功能，表達方式又過於鏗鏘，那副真理在握的樣子令我不適。除了保持沉默，我別無選擇。但即便當一名合格的聽眾也不能令她們滿意，她們對我的評價是「心機男」。當然，我無所謂，如果太在意別人的看法，你只能被活活氣死。

土撥鼠鎮人民醫院是鎮上唯一的三級醫院，我們這兒不管什麼名稱都愛帶上「人民」兩個字。我是該院婦科唯一的男醫生，確切地說，應該是檢驗員，負責檢驗女性分泌物樣本。今年是我在這裡工作的第二十個年頭。其實剛畢業那陣子，我的職位是婦科醫生，總有人追著問我天天看「那兒」是什麼感覺，神情語調頗為猥瑣。我一律回答：「煩死了。」他們聽了會心一笑，似乎很滿意。

我真的受夠了，於是向上級申請調入檢驗室。我每週遞交一份申請，持之以恆，領導不勝其煩。在這兒，大多事情只能靠「耗」。沒關係，我最大的優點就是有耐心。五個月之後，我擁有了一間兩坪半的獨立小屋，終日與一臺白帶分析儀為伴。每天八小時，患者源源不斷地端著檢測樣本向我的小屋走來，一路上小心翼翼，控制著載玻片上的生理鹽水，以防流出去。我冷漠地詢問對方的姓名與年齡，告訴她們二十分鐘後結果會出來，其間沒有任何目光交流。她們唯唯諾諾地退下，回到走廊裡等待，緊張、焦慮並帶有一絲羞慚，彷彿做錯了事。過一會兒，我將像個法官一樣拿著報告單對她們進行宣判。

說我是被女人包圍的男人，並不為過吧。

地下一樓食堂的飯菜越來越差勁了，所有的菜都灰撲撲、軟趴趴的，非常不友好。食堂承包者（院長的遠房親戚）為了做出價低量大的餐食可謂絞盡腦汁。舉例來說，如果你先看到了芹菜炒肉絲，那麼後面必然跟著一道涼拌芹菜葉。他常常佇在入口處假裝檢查工作，實際上是在虎視眈眈地盯著每個人的手，你若多拿一點，他就擺臉色給你看，神態酷似一隻沙皮狗。

我每樣鏟了一些，反正味道都差不多，然後端著餐盤來到靠近牆角的那張固定的桌子旁。科室的那幫老娘們兒已悉數到齊，沒有什麼事情比吃飯更能激發她們的行動力了，即使是這麼難吃的飯。按照我的本意肯定不想跟她們坐在一起，但我不能不顧忌別人的感受。我必須做一個婦科檢驗員應該做的事情，我得扮演好自己。她們能忽略我的存在就是對我最大的恩惠。

「哎，你們聽說了嗎？上午急診送來一個患者，臉上被刀劃了兩個大叉！」張醫生有說話噴飯的惡習，大家都儘量避免坐在她對面。「就跟老師批改作業似的。」可能覺得這個比喻很幽默，她自顧自笑了起來。

「臉頰都穿了，肉往外翻著。」蕭主任面前的飯菜堆得像座小山，她的胃口一向很好。「應該是仇家報復。」

「太殘忍了，好可怕呀！」實習生小呂眉頭緊蹙、手撫胸口，一副難以承受的樣子。我觀察過，她一般只接領導的話。

「據說是路人報的警，一大早看見有人躺在路邊，就在咱們醫院對過兒不遠。剛開始還以為他喝多了，後來發現不對勁——滿臉是血。」張醫生叉開五指在臉上比畫著，她老公是急診科的，消息可靠。

「這人打死都不說怎麼弄的，好像有難言之隱。」竇醫生抬起新近燙的頭，渾濁的眼睛總是含著淚。土撥鼠鎮的女性一過四十五歲，就會不約而同地把頭髮剪短並燙成滿頭捲髮，也不管適不適合自己。顯然竇醫生的一張馬臉配小捲並不怎麼賞心悅目，遠看像是一大杯冒著黑色氣泡的啤酒。

「操！皮褲套棉褲，必定有緣故！」說這話的是秦淑嫻，她是少有的我不討厭的幾個人之一。每次大家議論什麼事，我潛意識裡都在等待她的觀點——金句偶得，粗口必帶。

「對了，那個倒楣蛋只有一隻耳朵。」張醫生補充道。

「還把耳朵給割了？」分診臺的老趙問。

「那倒不是，應該是天生殘疾。」張醫生含著滿口飯說道。最可怕的事情還是發生了，幾粒殘渣飛射到斜對面小呂的餐盤裡和手臂上。小呂馬上放下了筷子，非常隱蔽地揩了揩胳膊。

「在臉上畫叉，而且兩邊都有，會不會是某種記號？跟蒙面俠蘇洛一個意思。」秦淑嫻支著腦袋，斜著眼睛思索片刻，忽然在桌子底下踹了我一腳。「你覺得呢，老孔？」

「我怎麼知道？又不是我畫的。」大家對我索然無味的回答早就習以為常，又閒扯了幾句，最終開始聊各自的孩子。無論聊什麼，她們都能將話題扯到孩子身上。

蕭主任那個關於她小孫子「追老鼠」的趣事已經講過至少三回了，大家卻跟第一次聽見似的，紛紛笑得前仰後合。我突然感到很疲倦，就沒笑，我知道蕭主任已經開始恨我了，心裡馬上又後悔，真不該把自己的情緒顯出來。就算維護尊嚴，也不該在這麼雞毛蒜皮的事上。

既然開始聊孩子，就不能不提起教育。她們大談特談花了一大筆錢給孩子報了這個那個才藝班，孩子多麼累家長多麼不容易，表面上在抱怨，實際上在相互較勁。有一次，我忍無可忍地說了一句「假如我有孩子，絕不給他報任何補習班」，立刻被群起而攻之：「等你有了孩子你就不這麼說了。」

我當然還是閉嘴為妙，但心裡默默追問：「有沒有孩子跟發表觀點有什麼必然聯繫？假設我有了孩子但仍堅持這麼做，她們又會做何感想？會為此反思嗎？有孩子的人觀點就必須一致嗎？她們能代替我嗎？不給孩子報補習班或才藝班的家長難道就不存在嗎？」

關於這個世界，我想不通的事情實在是太多了。她們倒好像是生而知之者，沒有任何困惑，更不可能出現精神危機。我常常覺得自己赤身裸體地站在一群衣冠楚楚的人中間。

午餐後回到檢驗室，門口已經聚集了一大群患者，我的出現讓她們騷動起來。在這些焦灼的目光中，掏鑰匙、開門、推門演變成一系列慢動作。我看了一眼手機上的時間，離上班還有五分鐘，便毫不客氣地將她們拒於門外。怯懦的敲門聲緊跟著響了起來。

「你們也得容我穿上衣服啊！」我衝著斑駁的木門嚷道，一片油漆應聲剝落。我指的當然是醫生的白袍。

我重複著每天都在做的事情，觀察顯微鏡裡的微生物，聽著機器運作的嗡嗡聲。你可以認為這聲音無情，但它卻令我倍感溫存。說實話，像我這樣性格枯燥嚴肅的人並不太適合從事創造性工作，因此現在的一切都相當理想。

三點二十四分，放在抽屜裡的手機突然響了起來。按照規定，上班時間不能接私人電話，但規矩就是用來破壞的，我經常看見蕭主任當著患者的面玩手機，也沒人把她怎麼樣。

我猜測是快遞到貨了，心臟不由得一陣狂跳。她的形象瞬間占據了我的腦海，只要是跟她有關的東西，都可以讓我化成一攤水。

果不其然。快遞員問我要不要放在前臺，我說別，我馬上下去取。

拿到之後，我迫不及待地拐到一樓廁所，鎖好隔間的門，用鑰匙切斷膠帶，將包裹拆開。當手指觸碰到冰冷的金屬外殼，雞皮疙瘩立時爬了一身，如同置身於一片溫暖而濕潤的沼澤地，只想就這麼沉下去。我知道自己不能再在這兒待著了，便胡亂將東西塞回盒子，匆匆離開。

從三樓樓梯口到檢驗室需要走五十三步，我低著頭走得飛快，盡量避免踩到地磚接縫。路過二診室的時候，我停住了，裡面傳出的對話吸引了我的注意。

「請問可以把簾子拉上嗎？」

「哎喲！」防空警報般的聲音來自張醫生。「真夠講究的，沒人看你！都是女的，誰不知道誰啊！」

「醫生，我有可能是什麼病啊？」

「不知道，我又不是算命的。」菸酒嗓是竇醫生的標誌，儘管她既不抽菸也不喝酒。中氣十足，同時又懶洋洋的，簡直像老鴰。

在這個世界上生存，就得準備好隨時受辱。

我繼續朝前走去。

如果你乘坐一次高峰時段的公車，就一定會對人類文明進程產生懷疑。叢林法則從來不需要捍衛，只需按照動物本能行事即可。關於排隊這件事，我的人生經驗是最好板著臉，並表現出一定程度的暴力傾向，此舉可有效避免插隊。其實我多慮了，土撥鼠鎮人民經常跳過排隊這個環節。

另外，事實證明，土撥鼠鎮人民還未對「先下後上」這件事達成共識。總之，我艱難地把自己塞進了二十三路公車。儘管像鐵達尼號撞冰山一樣猛轉方向，我還是不小心冒犯了正前方的一位女士，引發了她的極度憤慨。在經歷了若干次肘部擊打後，我終於找到一個相對安全的位置。然而形勢卻不容樂觀，有些人即使不講話，都會釋放出極為不清新的口氣。我的建議是使用牙線，但我覺得沒人會聽。

另一個比較深的感觸就是，很多人的道德感真是低得要命，否則怎麼好意思在封閉空間內肆意放屁呢？為什麼就不能稍微控制一下呢？明明是可以控制的啊！這個問題長久地困擾著我，我甚至很認真地思考過設計一款紅外線定位臭鼬系統，若能廣泛運用於公共場所，可立竿見影地提升民眾公德水準。

三十八分鐘後，我狼狽不堪地把自己從「沙丁魚罐頭」中拔出來，日益稀疏的頭髮塌在腦門上。腦海中閃過了「中年油膩」這個詞，覺得甚為貼切。其實網路用語並非一無是處，有些詞簡直是神來之筆，比如：腦殘，還有跪舔。

從公車站走到七公主韓式家庭餐館需要一千三百九十步到一千四百步不等，在距離餐館大約三百公尺處還得朝右轉個彎。土撥鼠鎮是一個有著二十萬人口的北方內陸小鎮，正值初秋，一年中最愜意的時光也就是這兩個禮拜了，應當好好珍惜。夕陽餘暉像一針鎮靜劑，讓這個瘋狂的世界歸於平靜。暖暖的金色敷在周邊蒙塵的建築上，竟顯得神聖崇高起來。我用手握住大學T口袋裡涼絲絲的金屬部件，一種迫不及待之感沿著手臂直達心臟，類似於狂喜和恐懼的混合物讓我幾乎無法承受。

傍晚五點五十五分，我拉開椅子，坐到餐館最裡面的一張桌子旁。這家小館子的經營者是一對夫婦，老闆六十歲左右，長得有點兒像尤達，瘦小，寡言；老闆娘看上去年輕不少，胖大，虎背熊腰。如若兩人一言不合打起來，老頭恐難匹敵。這個夫妻檔讓我想起了《動物世界》節目裡介紹過的一種魚，叫作鮟鱇魚，雌魚的體積大概是雄魚的五十倍。為了生存，雄魚乾脆寄生在雌魚身上了。老闆娘負責做菜，普通話講得不大流利，興致好的時候，會旁若無人地哼唱韓語民歌。這裡的生意總是冷冷清清，天知道他們是怎麼支撐下來的。

沒什麼特殊情況的話，每個工作日的晚餐我都會在七公主家庭餐館吃。週一，朝鮮冷麵；週二，牛肉石鍋拌飯；週三，大醬湯；週四，紫菜包飯；週五，泡菜炒飯。

「來了？」老闆說。

「來了。」我答道。

「老樣子？」老闆為我斟上一杯大麥茶。

「老樣子。」我喝了一口，依舊溫吞吞，其實我喜歡喝燙一點的，但從來沒跟他提過。

今天是週五，泡菜炒飯日。

就我一桌客人，老闆娘在廚房裡忙了一陣兒，然後關掉坦克似的排風扇，將一盤炒飯端端正正地擺在我面前。味道馬馬虎虎，泡菜炒飯嘛，誰做出來都是一個味兒。大堂的電視正在播放一檔美國街頭整人節目，老闆夫婦二人圍坐在一張就近的空桌子前觀看，我也邊吃邊看。這可能是全世界最好玩的節目，連我這麼沉悶的人都覺得有意思。我們三個好像是一家人似的同時開懷大笑，老闆娘樂不可支的樣子宛若少女。

為了多待一會兒，我加了一瓶冰啤酒。可能是心情舒暢的緣故，我竟然從廉價啤酒中喝出了松樹的清香。

付完帳走出來，順便在隔壁的便利商店買了兩個饅頭和一瓶王致和大塊腐乳。再穿過社區內部的一條窄街道，就來到了我的二號公寓樓下。我站在門口向對面那棟公寓仰頭望去，她的窗戶依舊暗著。

因為今天格外想見到她，她就應該對我的失望負責嗎？我自嘲地笑了笑，拉開虛掩著的公寓大門（社區百分之八十的門禁形同虛設），忽然一條黑色大犬竄了出來，興奮地在地上嗅來嗅去，把頸後的牽繩繃得直直的。我嚇得渾身一哆嗦。牠的主人是住在對門的獨居老太太，她低頭輕聲責備道：「哎呀，你把人家給嚇著了。」我們偶爾會在家門口碰見，不過沒講過話。她沒有許多老年人身上常有的焦慮或暮年的失落，渾身散發著秋葉般的靜美，近乎慈祥。

我扶住門，側身讓她先行，老太太道了聲謝。

世界上有很多無厘頭的事情，否則你就不能解釋為何在二十一世紀的今天，這棟公寓居然還有電梯員這樣的人存在。毋庸置疑，電梯員是一位大姊，不怒自威那種，彷彿天生就應該當電梯員。從我十年前搬入星塵公寓的那一天起，她就已經端坐在這「佛龕」裡了。十年來，人間滄海桑田，而這個小電梯間卻還是老樣子，彷彿被時光遺忘了。唯一能體現歲月痕跡的就是大姊腰間日益增長的贅肉。

見我進來，她眼皮都不抬，拿手中的小木棍戳亮了數字九。小木棍使她即便坐在折疊椅上依然可以搆到高層數字鍵。估計比我還要老的電梯抽搐了一下開始上行，我想大姊這些年垂直上下的距離可以繞地球好幾圈了吧。她放下「魔法棒」，見縫插針地拿起攤在大腿上的半成品毛衣織了起來，工藝相當繁複。她是一個惜時如金的人。

在移動的封閉空間裡，我的時間感嚴重扭曲，這短短十幾秒彷彿比已經過去的一天還要漫長。沒來由的尷尬和窘迫使口腔分泌了大量口水，我偷偷吞咽下去，為了掩飾，還假裝清了清嗓子。我也不知道為什麼要在意一位電梯大姊的看法，但大姊明察秋毫，相信她已經發現了我的密閉空間恐懼症，並認為我是一個無可救藥的人。

終於「刑滿釋放」，我幾乎是逃了出來，攥著兩拳汗水。開門，鎖門，掛防盜鏈，鑰匙放鞋櫃頂端的瓷盤中，換拖鞋，大學T掛門後的掛鉤上。屋裡沒有任何一件多餘的物品，一切各就各位，井井有條。我掏出大學T口袋中的東西踱到廚房，將淨化過的自來水倒入電熱壺中，按下開關，又在馬克杯中放入一個洋甘菊茶包，並將帶著標籤的繩子綁在把手上。

我手中握著的是一隻軍用雙筒望遠鏡，按照網上賣家的描述，具有「高倍率高解析、微光夜視、防霧防水、羅盤定位」等功能。

伴隨著沙沙的加熱聲，我倚在櫥櫃旁邊把玩了片刻，試著把望遠鏡舉到眼前。透過廚房窗戶，西面三十公尺開外的六號公寓瞬間被拉到我面前。視覺衝擊力像海浪一樣撲過來，我立刻放下望遠鏡，心臟「怦怦」撞擊著胸口，連我自己都聽得到。直到電熱壺的開關自動彈了起來，我緩過一口氣，機械地往馬克杯裡倒滿水，這才鼓起勇氣再次舉起望遠鏡。稍作調整，圓形的視野裡，一扇窗戶後面的女主人正在用餐，她剛剛洗過的頭髮還在滴水，左手無名指上的戒指清晰可見。

2
龍舌蘭

如果每個人都長出一雙翅膀，而我沒有，那麼，我算是殘疾人嗎？

當我從臥室窗簾的縫隙透過望遠鏡鎖定她的窗戶時，這個念頭闖入了腦海。每天都會有許多稀奇古怪的想法冒出來，像個老朋友似的陪伴我一會兒。比如：你怎麼知道自己不是在做夢呢？或者，人類會不會只是一隻跳蚤身上的微生物？再或者，女媧造人的時候，有的是手工捏出來的黃泥小人，有的是用枯藤甩出來的泥點子，這公平嗎？

已經七點十二分了，她還沒回來。

我沮喪地將望遠鏡擱在窗臺上，刻意用窗簾遮蓋住。我已經厭倦了自己每隔十分鐘就重複一遍這套動作，於是起身來到書桌前打開電腦，打算像往常一樣看一部老電影。

順便說一句，我幾乎不看電視，我想任何一個智力正常的人恐怕都不願意被其侮辱。比如，綜藝節目明明不逗，卻要頻繁穿插虛張聲勢的特效音和提前錄製的假笑：真情節目明明不感人，卻要拚命拍觀眾席上的暗樁被芥末逼出來的眼淚——我敢說這時候你讓他們張大嘴巴，嗓子眼裡必定全是綠的。大部分節目都充斥著謊言，用音量和口號代替邏輯和真理。更可怕的是，那些懦弱、虛偽、醜惡的玩意兒經過改頭換面，美其名曰「娛樂」，人們卻還趨之若鶩。總有人為了自己不夠愚蠢和麻木而痛心疾首，上帝都沒轍，我又能說些什麼呢？

特此聲明，以上體驗均為被動獲得，來自醫院食堂的電視、飯館的電視、公車上的電視等。天哪，怎麼到處都是電視？

這個容量為1TB的外接硬碟裡存有三百六十五部電影，每晚觀看一部，遇到閏年就多看一遍《魂斷藍橋》。今天應該看一九六七年的《我倆沒有明天》，這是一部關於雌雄大盜的公路電影，根據真實事件改編。邦妮第一次見到克萊德的時候，他正在偷她母親的汽車。兩人一見鍾情，如同我與對面的龍舌蘭。

很抱歉沒經對方同意便給她取了這個名字。四天前的早上七點三十分，當我準備出門上班時，不經意間發現一號公寓與我相對的那間房間換了主人，之前總是穿紅色四角褲的肥宅男不見了，取而代之的是一個女人。

這個女人給人的感覺是，任何附加在她身上的注解都是多餘的。

我在見到她的那個瞬間，便愛上了她，關於這一點我沒法解釋。她就像撕裂黑暗的第一道陽光，讓你不能忽略。待晃眼的光暈消失，能夠再次直視她時，出現在我的視野裡的是一株張揚、堅硬的黃邊龍舌蘭。

從我有記憶以來，第一次為女人神魂顛倒是在四歲。迎春花初綻的季節，幼稚園新來了一位年輕女老師。我像被閃電擊中了，她的一顰一笑對我來說都意義非凡。只要她出現，空氣就變得像蜂蜜一樣黏稠。她牽起我的手時，我就感到意識模糊，從髮梢到腳趾都充斥著迷醉般的欣悅。

在我四十二歲的人生中，那一天是第二次對女人產生這種感覺。

對此，我依舊無法解釋。中間漫長的三十八年，我沒有為任何女人動過心，沒有戀愛，沒有婚姻。對我而言，孤獨是最完美的狀態，一切與他人相處的行為都意味著妥協，妥協意味著自我背叛。

而現在，我甘當她的僕人。

感謝無良開發商使一號公寓與二號公寓之間的距離遠低於國家建築規範。我們之間只隔著不到二十公尺，我大致能看到她在臥室和廚房的活動軌跡，如果她沒拉窗簾的話。事實上，她也的確不怎麼愛拉窗簾，這需要感謝上帝。

可能你已經注意到了，我喜歡簡單、規律、刻板的生活，龍舌蘭的出現令我有點兒驚慌失措。雖然我對女人的生理構造瞭如指掌，又被迫整日與女人打交道，但對愛情的認知僅僅來自外接硬碟裡的老電影。我的生活被她割裂了，激情的惡龍被這位女巫喚醒，欲望之手將我拖向深淵。

描述她的外貌是一件困難的事，在普通人眼裡，她或許長著一張乏善可陳、毫無辨識度的面孔。她韶華已逝，對化妝也沒什麼興趣，某些角度看上去略顯憔悴。倒是很喜歡噴香水，我注意到有一次，她出門之後沒多久又折返，只是為了補噴香水。記得有女人跟我說她出門不噴香水就跟沒穿衣服似的，也許來自電影橋段，總之，是有這種女人的。說不定她比我還大幾歲——我所陳述的只是一種客觀生理現象，心中篤信她是一個沒有年齡的人。

大多數人一定好奇我為何為一個平凡無奇的老女人意亂情迷，我懶得跟他們解釋。沒錯，我向來蔑視大多數人，他們除了對吃喝玩樂、錢和權感興趣，什麼都理解不了，什麼都大驚小怪。他們以為領悟了生活的真諦，實際上看到的不過是表象，以為一切盡在掌握之中，其實皆是手中流沙。

這是一個跛足者嘲笑健康人的時代。

我見人所未見，看到她心靈深處的孤獨和狂熱不顧一切地迸射出來。從她身上，我找到了自己。

龍舌蘭，我不禁反覆輕聲吟誦這三個字。舌尖抵住上顎又快速分開，然後在口腔靈巧地閃過，繼而前伸至門牙後部，輕觸迅即離去，像一尾小魚游曳於珊瑚之間。我特意買回一瓶龍舌蘭酒，時時啜飲，感受她在血管裡狂奔，與我融為一體。我躲進黑暗，目不轉睛地盯著她，極端放肆。有時，她會毫無徵兆地看過來，儘管是無意識的，但還是差點要了我的命。

我每晚十一點三十分準時躺下，那時她還沒睡，從她窗戶透出的柔美燈光彷彿在向我道晚安。每當我在六點四十五分準時自然醒來時，她已經拉開窗簾，總給我一夜未眠的錯覺。她一邊打著哈欠一邊把頭髮隨意挽成一個髻，點支菸，背對著我坐在床邊發一會兒呆，然後消失七八分鐘。緊接著廚房的燈亮起來。她從冰箱裡取出盒裝牛奶，撕開口直接喝，有時候還會灑一些在衣襟上。那種鮮奶紙盒的設計就是這麼不得人心。老實說，她罵罵咧咧的狼狽樣很迷人，把我迷住了。早餐是一個饅頭切三刀炸成四塊饅頭片，或者兩個水煮荷包蛋淋點醬汁。她站在流理臺邊慢條斯理地吃完，餐具就隨手往水槽裡一扔。我真希望她能趁熱馬上洗了，但她可不是什麼勤快人。

這個時候我該出門了，而她，正一手端著一杯熱氣騰騰的茶或者咖啡之類的飲品，一手舉著一支香菸，在尼古丁、茶多酚、咖啡因的作用下，陷入沉思，彷彿有一點兒憂鬱。她倚窗而立，打開窗戶讓煙霧飄出去，隨意往樓下望望。忽然，她警覺地閃身躲進牆角。我像被當場抓住的賊似的渾身一震，本能地蹲了下去。幾秒鐘後，她悄悄探了探腦袋，視線落在窗戶旁邊的冷氣室外機上。原來，她昨天在上面放了一角麵包，現在有小麻雀前來光顧了。我羞愧地站起來，活動了一下發僵的身體，朝大門走去，心中與她告別：「晚上見，龍舌蘭。」

我每晚到家的時間是六點四十分，而她就沒這麼準時了。在我觀察她的五天裡，她有兩天比我早，三天比我晚，夜夜疲憊不堪，像是奔波了一整天。她會在床對面的書桌前坐上一兩個小時，面前攤著一本書，許久不翻動一頁。之後，臨窗抽一支菸，正面與我對峙，彷彿在探究我，雖然我知道並非如此，但還是緊張得要命。

忽然，她一隻手撐住窗框，埋下頭去，肩膀簌簌發抖。我大吃一驚，猜測她可能在哭泣。那痛苦似有千鈞之重壓在她身上。我的心臟感到一陣劇痛，似與她心靈相通，不知不覺間沉淪於這悲愴之美。

龍舌蘭，你是誰？你從哪裡來？你經歷了什麼？你何去何從？

直到《我倆沒有明天》放完，龍舌蘭的身影也沒有出現。明天是星期六，休息，我打算不眠不休一直等到她回來為止。這是我第三次觀看這部影片，劇情已爛熟於胸，結束後又用電腦搜了一會兒女主角費．唐納薇的資料。我感到幹什麼都無法集中精神，百無聊賴，這是一種令我極為陌生的狀態。為了讓自己平靜下來，我舉起了望遠鏡。

龍舌蘭左上方那戶的男主人正在炒菜，現在已經十點十四分了，這傢伙總是在大半夜煎炒烹炸。我看到他起鍋前將一把香菜末撒了進去，在想像中，香菜的那股肥皂味湧入口腔，我嫌惡地皺起了臉。如果有反香菜聯盟，我一定第一個加入。同層右邊數來第四戶，小女孩在母親的監督下練習小提琴，拉沒幾下兩人就會爆發一輪爭吵。我認為對於少年兒童而言，保證充足的睡眠比什麼都強。再說，鋼琴彈不好聽眾尚可以忍耐，小提琴拉不好就等同於耳朵在受酷刑。出於道德考慮，她們也應該馬上去睡覺。龍舌蘭正下方七樓的住戶是一個沉迷電腦遊戲的中年男人，髮際線和皮帶扣都在不斷後撤中。他每天晝伏夜出，徹夜坐在電腦前，不知何以為生。如果有一天晚上旋轉椅裡那副肥胖的身軀不見了，那必定是出了大事。有紀念意義的是，現在我終於看清楚他常年穿的那件深紫色套頭運動衫上的英文單詞——Heart Breaker。

龍舌蘭家的燈驀然亮了，我手中的望遠鏡差點兒跌落在地。她的面龐纖毫畢現地暴露在我眼前，我感到喉嚨發緊，無法呼吸。她從冰箱裡取出一瓶礦泉水，一口氣喝掉半瓶，回到臥室，連大衣都不脫就直直地倒在床上。她急促地呼吸著，那張被細紋侵襲的臉光芒四射，彷彿交到了天大的好運。

忽然，她想起了什麼，從床上一躍而起，從我的視線裡消失。過了一會兒，她手裡捏著一張長方形卡片回來了，重新躺下，伸直雙臂，衝著燈光端詳良久。之後，她把卡片扔在枕頭上，走進廚房，將一個外賣餐盒放入微波爐加熱。

我努力對焦，終於辨認出那張卡片原來是一張門票，上面印有「仙蹤原始森林風景區」的字樣。

平日，我的早餐只是一杯黑咖啡。痛恨運動的人如果在四十多歲還想保持體重，只有節食一條路可走。泌尿科一個熱衷健身的男同事曾苦勸我嘗試運動，隔三岔五發一些「跑了就懂」「Just do it」「No pain, no gain」之類的勵志小短片，又從科學角度告訴我，運動時體內會分泌多巴胺、內啡肽等叫人爽的玩意兒——這也是為什麼運動會令人上癮。道理我都懂，可沒什麼用。人越老行為越固執，知和行壓根就是兩碼事。

好在我向來對食物沒有特別強烈的欲望，體重長年控制在七十公斤左右，對於一百七十公分的身高來講勉強說得過去。有點兒啤酒肚，洗澡時低頭看看自己，很是痛心疾首，但還沒到肥胖的程度。說起身高，記得一位性愛專欄女作家曾寫道：跟一百七十公分以下的男人做愛與被強姦有什麼區別？看完後，我暗自慶幸自己好歹守住了底線。

在觀賞龍舌蘭炸了幾天饅頭片之後，我的饞蟲居然被勾了出來，一會兒我也要試試。我躺在床上計畫著，扭頭看了一眼牆壁上的掛鐘，依舊是六點四十五分。即使週末不上班，我也沒有睡懶覺的好命。掀起窗簾一角望去，龍舌蘭像是回應我的思念，已然亮起了燈。我的心裡湧過一股暖流，將臉埋在枕頭裡，在想像中感受她的體溫，深嗅她衣服的芬芳。

今天龍舌蘭既沒有炸饅頭片也沒有煮荷包蛋，而是坐在書桌前認真地在本子上寫著什麼，期間抽了兩支菸。之後她將這一頁撕下來，揣入椅背上搭著的大衣口袋裡。她轉身進了廚房，戴上粉紅色的橡膠手套，把昨天早晨留在水槽裡的平底鍋洗出來，又拿出清潔劑和抹布開始清理流理臺。

六天來，我頭一次見她打掃，我還以為她討厭家務呢。沒什麼理由繼續在床上賴著了，我坐起身，雙腳準確地鑽進拖鞋裡，因為它們永遠規規矩矩地擺在床邊的二分之一處。我踱進廁所，擰開水龍頭，涼絲絲的水流讓我真正清醒過來。打好洗面乳，順便刮刮鬍子。三天刮一次。我的鬍鬚長得稀稀落落，缺乏男子氣概不說，形態也不甚美觀。我試過，如果蓄起來就像個老奸巨猾的師爺，實在令人沮喪。我用慣了手動刮鬍刀，感覺比電動的刮得乾淨多了。刀片貼面而行，發出細小乾脆的刮擦聲，我喜歡聽這聲音。由於心思有點兒蕪雜，一分神將左側下頷劃開一個小口子，血不停地滲出，沒完沒了，我不得已貼上了OK繃。看著鏡中的自己，竟然覺得有點剽悍。

我有很多做飯小竅門，就拿炸饅頭片來說，炸之前正反兩面先蘸水，這樣炸出來又省油又酥脆。但我很少下廚，並不是因為君子遠庖廚——君子這名頭也不是靠自吹自擂得來的——而是因為嫌麻煩。一切食物經過油炸都會變得更加美味，沒辦法，哺乳類動物對高熱量食品總是難以抗拒。起到畫龍點睛作用的，當然非王致和大塊腐乳莫屬，太好吃了，如果把它列為中國第五大發明我肯定沒意見。

星期六我的安排一定是這樣的：早上大掃除；中午到社區對面的蒼耳精釀喝一杯，這家的漢堡可謂一流；下午去鎮中心最大的商場華茂天地，地下一樓有個室內溜冰場，我看別人溜冰能看幾個小時，這是我的祕密；晚上自然還是看電影啦，今天的影片是《君子好逑》。我注意到一個現象，西方人給電影取名往往非常簡單，通常就是主人公的名字，但譯成中文則變得花裡胡哨。比方說今晚要看的《君子好逑》，英文片名是《*Marty*》，直譯就是「馬蒂」。還有更逗的，有部叫作《*The Quiet Man*》的西部片，硬是翻成《蓬門今始為君開》。當然也有令人耳目一新的，把《*Thelma & Louise*》翻譯為《末路狂花》，結合劇情，絕了！

在我的房間裡，每一樣東西都有固定的位置，一旦發生改變，我就會極其焦慮。鞋尖必須緊貼踢腳板，一公釐縫隙都不能留；物品必須與桌子邊緣對齊；衣櫃裡的衣服按照顏色分類，因此從來不買混色的衣服……而且所有的物品都必須一塵不染，每天要擦拭三次，因為三是我的幸運數字。明知道毫無意義，但就是控制不住自己。你可以說我有強迫症，也可以認為我是藝術家。領悟事物的秩序之美，難道不是一件好事嗎？

做這些事情的時候，我的注意力高度集中，當我再度朝對面望過去時，發現龍舌蘭已經消失無蹤。我感到非常懊惱，與童年時因為睡覺而錯過跟父母去電影院的心情一模一樣。

中午，我按部就班地喝了精釀啤酒，吃了漢堡，下午在溜冰場外才看了半個小時便覺得膩了。心裡無時無刻不在記掛著龍舌蘭，溜冰場裡人們的喧囂令我無法忍受，那些笑聲就像踩到了雞脖子。我提前回到家裡。

下午三點零一分，龍舌蘭斜倚在床頭，仔細查看手中的物品。我慌張迅速地隱蔽好，端起望遠鏡。

那是一條孔雀藍和深紫相間的斜條紋領帶。

這配色可真不怎麼樣。我瞇起眼睛，上下牙緊咬在一起，太陽穴青筋畢露。

5月14日，流星雨降落土撥鼠鎮

3 情敵

如果一個女人是一把AK47，那麼，一群女人就是格林機關槍。

我並非有意污蔑中老年女性，我只負責陳述客觀事實。星期一早晨七點四十五分的二十三路公車上，一群六十歲左右的女士蜂擁而入，從穿著打扮和隨身攜帶物品來看像是要去秋遊。星塵公寓是始發站的下一站，極偶然的情況下會有幾個空位，比如今天。通過引頸遠眺，女士們在公車尚未進站時便做出了正確判斷，於是心照不宣地亢奮起來。她們利用群體優勢將其他乘客擠到身後，前門甫一打開，便捷足先登。動作之敏捷、身手之矯健、意志之堅定、運氣之爆棚無人能及。

填補了所有的空位並與好幾位乘客互換位置之後，她們湊在一起開始聊天。音量蓋過了汽車引擎聲，保守估計在一百分貝左右。一個人的人格被極度壓縮，缺乏自我表達的途徑時，就會不由自主地提高嗓門來引起關注。這一點實在值得同情。

無意偷聽，但你不得不聽，從短短三十五分鐘的談話內容中，我基本上瞭解了大姊們各自的人生概貌，以及接下來的規劃。她們強大的生存能力和街頭智慧令人敬佩，可見只要一門心思撲在生活上，肯定能占到便宜。

好不容易挨到站，下車之後我感到陣陣耳鳴，她們的談笑風生似乎長在我耳朵裡了。

從車站到醫院需要通過一個十字路口。人們對紅燈視而不見，大步流星地從我兩側通過，我像一株深海水草被人潮推來推去。他們莫名其妙地看著我這個蠢貨，不明白我為什麼要擋道。當綠燈亮起我拔腿前進時，他們紛紛投來鄙夷的眼神——你以為你是誰？模範市民嗎？

如果一個人不遵守交通規則，那麼，他離殺人放火只有一步之遙。你可以說我的觀點太偏激，但不好意思，我就是這麼認為的。

我聽到右後方有人嫻熟地發出抽鼻子的巨響，預示著一口濃痰呼之欲出。我趕緊小跑幾步，躲過他的射程。恕我直言，政府實在沒必要引進什麼先進科技，最迫在眉睫的是引進新加坡鞭刑。

前兩天新換的「土撥鼠鎮人民醫院」幾個巨型毛筆字懸掛在頂樓，原來的牌匾以迅雷不及掩耳的速度被撤掉了，因為題字的領導犯了事。這次不知道能掛多久。我的視線越過那幾個蟲子爬似的字體，投向廣闊無垠的秋日天空。晶瑩剔透、純潔無瑕的藍真是令人心碎！

老實說，我今天心境惡劣。我覺得龍舌蘭戀愛了。

星期天我哪兒都沒去，越是觀察她越是覺得不對勁。第一，開始減肥。不吃早餐也就罷了，還搞來一副小啞鈴沒事就比畫兩下。第二，開始化妝。雖然我對她的化妝技術不敢恭維，但不得不承認，塗上大紅唇膏之後的她是性感了幾分。第三，買了一張新床。這是一種床頭床尾都有花式架子的鑄鐵床，結實到經得住發情期的大象。

我像非洲大草原上在交配戰爭中敗下陣來的大型草食動物，步履沉重地在房間裡轉來轉去。一切來得太快，還沒開始就要走向終結了。從某種意義上說，龍舌蘭只停留在我的精神世界裡。我不願讓現實折損她的光輝，我還沒有足夠的勇氣接近她。而且我非常確定，一旦對她展開追求，她必定令我大失所望。或許有一天，我不滿足於僅僅在幻想的世界裡占有她，到那個時候，我會用最大的寬容接納她的缺點，讓我們的心靈與肉體達成統一。

我想多了，她壓根就沒給我這個機會。我也太幼稚了，為什麼一廂情願地以為人家是單身？現實生活中，一個四十多歲的女人難道沒有丈夫或者情人？或許情人還不止一個——說不定她是個性成癮者，同時擁有一大堆男朋友！嫉妒令我抓狂，雄性荷爾蒙使我渴望暴力。那個傢伙究竟是何許人也？我現在行動還有希望嗎？

要不要決鬥？什麼時間、什麼地點，以什麼形式？

停一下，停一下，我的腦袋快要爆炸了。

我不能再這麼胡思亂想下去，便拉過旋轉椅坐到書桌旁，掏出手機刷朋友圈轉移注意力。通訊錄裡的一百八十三位好友百分之百是那種隨時可以再也不見面再也不講話的關係，我們之間的交情僅限於彼此按讚。其中二十六位對我屏蔽朋友圈，我沒有屏蔽任何人——請問還有比這更無聊的事嗎？

「大師手法，一條脊柱摸出你的前世今生。」國中女同學，三朵班花之一，近來沉迷養生。千萬別妄圖與老同學再續前緣，除非你想毀掉回憶。她還給自己點了個讚，說真的，我實在無法理解給自己點讚這種功能的意義何在。

「真希望回到那個純真年代。滾一身泥巴，煉一顆紅心！」離開口號，張醫生就不會好好說話。我對口號這玩意兒一直保持警惕，一句順口溜解決不了任何問題。當然，如果你懶於思考，非要把人生交給順口溜，我也不攔著。另外請注意，越是聲嘶力竭喊出來的話就越可能是謊言。

「犯我中華者雖遠必誅！美國嚇尿了，日本認栽了，韓國哭暈了。」社區門口便利商店老闆整天在朋友圈叫囂著要滅了這個弄死那個，但若真打起仗，他和兒子肯定不能去，畢竟店裡很忙。

秦淑嫻從同一個角度拍了九張自拍，我給她點了個讚。

好像是從好萊塢黃金時代電影群裡加的一個廣東哥們兒在玩極限跳傘，我給評論一個豎大拇指的圖示。廣東人厲害，連封建帝國都敢推翻，還有什麼他們不敢幹的？

醫院附近的二手書店老闆一口氣轉發了三篇文章：《釋放正能量，打造不抱怨的世界》《提升逼格，成為人生贏家只需五步》《馬雲：成功的企業往往是因為情商很高》，雖然他是賣書的，但我估計他從來不看。

十幾年前的一個老同事不知何時改行當了風水先生，蓄著兩撇小鬍子，拿個羅盤在那兒裝神弄鬼，「床千萬不能擺在窗戶下，否則夫人會紅杏出牆」。

看到這裡，我毫不猶豫地關了手機，心情愈發沉重。

人真是奇怪的生物，做為個體是如此微不足道，猶如一粒塵埃。但對本人而言，一己感受就是人生的全部。我在心情糟糕的時候，很難對陌生人傳達善意，可以說連維持基本的禮貌都夠嗆。一位患者拿著高危險型HPV病毒陽性報告纏著我問個不休，我煩透了，雖極力克制但嗓音仍帶著惡聲惡氣，「我只負責出結果，剩下的事我管不著。」

「醫生，我是不是得了子宮頸癌？」這姑娘雖然才二十八歲，可頭髮稀疏，露出一大塊頭皮。她拿著報告單的手哆嗦得太劇烈了，我看著都替她難受。

「你聽不懂我的話嗎？去找你的主治醫生。」我站起身，打算把她推出去。

我的手碰到她肩膀的瞬間，她突然情緒崩潰，號啕大哭。我心軟了，改變了手的動作，輕輕搭在她的肩膀上，盡可能把聲音放溫柔，「你也別太害怕，這個病毒挺普遍的。需要再做個切片檢查，我看你TCT正常，估計問題不大。」

她沉浸在自己的悲痛裡，似乎沒聽見我的話。這時分診臺的老趙循聲趕過來，將哭哭啼啼的患者連推帶拽地請了出去。我關上門坐回到位子上，眼前的十幾個白帶抹片像是一群刻薄的觀眾，幸災樂禍地看著我。

午餐時，我又幹了一件蠢事。這幫老娘們兒不知怎的聊起了副院長老蔡，老蔡以前就是一名普通的婦科醫生，連主治醫師都不是，後來因為睡了一個值得睡的人，平步青雲，沒兩年，搖身一變成了副院長。大家壓低嗓音，積極交換著最新消息，鬼鬼祟祟又興奮莫名，同事之間的距離似乎因為這件事一下子拉近了。據說蔡副院長剛從歐洲考察回來，不虛此行，又搭上了某高層人士，原先的墊腳石慘遭拋棄。此事鬧得沸沸揚揚，為大家日益增長的八卦需求提供了絕佳素材。

「每個單位都是一座後宮。」秦淑嫻沒有讓我失望，一句是一句的。

「瞧她那副操行，好像下面被開了光似的。」蕭主任看來是氣壞了，說了句有失身分的話——這可能是我這輩子聽到過最粗的一句對女性的評價了。她和蔡副院長不和是公開的祕密，論資歷，蕭遠在蔡之上。鳩占鵲巢，對於迷戀權位者來講，無疑是血海深仇。

這幫老娘們兒結結實實地笑了一回。

蕭主任越想越氣，把筷子一撂，飯都沒吃完就提前走人。此舉增加了話題的戲劇性，大家的興頭更濃了。

「不管怎麼說，人家得到了人家想要的。」小呂話鋒一轉。

這絕對是一句說漏嘴的真心話，剛剛冷嘲熱諷僅僅是因為自己沒法得到。我的心中陡然升起一股邪火，無論如何都按捺不住，脫口而出：「給你機會，你睡嗎？」

「什麼？」小呂不敢相信自己的耳朵，臉上紅一陣白一陣。

我二話不說，端起餐盤向大門走去，雙腳打結，差點兒沒把盤子拍在食堂沙皮狗老闆身上。

下午，秦淑嫻跑來告訴我小呂氣哭了。我麻木不仁地聽著，心想隨便吧。我不怕得罪人，擅長與人絕交。更何況，小呂才不會在乎我這個檢查了二十年白帶的窩囊廢。

去七公主家庭餐館，我從來不走人行道，而是貼著馬路邊走柏油路。因為人行道是用小花磚鋪就的，我不願意踩到磚縫。我一邊走一邊把手伸向夕陽，憑空抓了兩下，彷彿把光線握在了手中。黃昏可以治癒所有創傷，煩躁的心緒逐漸趨於平緩，希望時光在此停留，不要放任我沉入抑鬱的泥沼。我轉過身去，把背後溫暖的光芒當作刺，假裝成一隻刺蝟。這幼稚的舉動把自己逗笑了，我突然意識到，這是我今天第一次露出笑容。

朝鮮冷麵冰過了頭，湯裡面竟然還漂著碎冰塊。太陽穴像針扎似的疼了起來，好在轉瞬即逝。老闆娘對菜色越來越馬虎了。依舊只有我一桌客人。電視裡正在播放《動物世界》，如果硬要我選出最愛看的電視節目，那非《動物世界》莫屬，唯一的理由是裡面沒有人。

有著「非洲二哥」之稱的斑鬣狗極為凶殘，咬合力比獅子還要強，捕獵時採用致命的掏肛技術[1]。

看到這裡，老闆娘忽然將臉轉向老闆，問道：「那樣不會吃到屎嗎？」

「何止會吃到，一口咬下去會噴一臉。」

老闆娘笑得伏倒在餐桌上，老闆繼續道：「大腸刺身的味道好極了！」

我的筷子懸在半空——拜託，也請在意一下食客的感受好嗎？

關於斑鬣狗的討論還在繼續，大門上懸掛的風鈴突然叮噹作響。我循聲望去，視線由下至上，依次看到鼠灰色滾毛邊矮靴、黑色緊身牛仔褲、米色麻花針織外套，以及裡面一件藍不藍綠不綠很難歸類的內搭衣，還有一隻帶流蘇的深棕舊皮包。緊接著，是那熟悉而可愛的雙肩和皮膚略為鬆弛的脖頸。我沒有勇氣再往上看。

＊注1：鬣狗的獵食技巧為攻擊獵物的肛門。

龍舌蘭就這樣突如其來地出現在我面前。我感覺不到身體的存在，彷彿與周圍的空氣凍在了一起。

「您好！幾位？」老闆上前招呼。

龍舌蘭伸出一根指頭。

「隨便坐。」老闆扭頭指了指牆上的招貼畫。「菜單都在上面。」

我沒想到她這麼高，看上去似乎比我還要高，也許是因為牛仔褲將她的腿型修飾得格外纖長，才產生了這般視覺效果。我不由得又想起性愛專欄女作家關於男性身高的言論，頓覺羞愧難當。

她選擇了離門不遠的位子，我們之間隔著一張桌子。由於她坐在我的三點鐘方向，我只能用餘光觀察她。此刻的她如同一團火，我的右半邊被灼烤得發燙。她瞥了我的桌子一眼，我渾身的肌肉都繃緊了。

「不好吃嗎？」見我久久呆坐著，老闆娘用奇怪的口音問我，真是雪上加霜。

我僵硬地笑了一下，搖搖頭，被迫開始動筷子。冷麵跟泥鰍似的，非常難夾，我只好拼命喝湯。

「我也要朝鮮冷麵。」

原來她的聲音是這樣的！細嗓兒，有點兒撒嬌的味道，雖然能聽出來是個上了年紀的女人，但也因此別有韻致。這個「也」字讓我們之間產生了某種神祕的聯繫。

老闆娘馬上走進廚房忙活起來，在抽油煙機噪音的掩飾下，我勉強恢復常態。電視節目終於從斑鬣狗掏肛切換成黑腳企鵝，謝天謝地。

龍舌蘭身上的香氣向我襲來，我對自己的嗅覺一向相當自信，但卻很難形容這究竟是什麼味道。它啟動了我的想像力，超越具體之事物，抽象為一種幽怨、低徊、曲折的表達。如果非要說像什麼，我能想到的就是中草藥。

我把這輩子所有的能量都積蓄到了餘光裡，她吃完第一口停頓了一會兒，顯然是被冰到了。我不禁會心一笑。她低聲嘟囔了一句，似乎往我碗裡瞟了瞟，之後很有涵養地繼續吃。忽然間，她被電視節目吸引，便將筷子架在不銹鋼碗上，雙手在大腿上方交握著，津津有味地看了起來。

沒想到吧，非洲也有企鵝。我在心裡得意地對她說。冷麵已見底，我假裝擺弄了一會兒手機，實在是如坐針氈。

「老闆，加一份炒年糕。」我許久未開口，一說話竟有些破音。唉，想必老闆會大驚小怪一番吧。

「喲，新鮮！你今天是怎麼了，胃口這麼好？」果然。

我承受著龍舌蘭好奇的目光，同時毫無懸念地把自己弄了個大紅臉。《動物世界》開始介紹蜜獾的時候，她的注意力重新回到冷麵上。前額不時有髮絲披散下來，她便將所有的頭髮捋到左肩上用一隻手按住它們，以防垂到碗裡。這時她扣在桌面上的手機響了一聲，聽上去特別像高空墜物的動靜。她把手機貼在耳朵上聽完語音，馬上打字回覆，一來一往折騰了好幾回。最後一次，可能是耳朵沒貼緊螢幕的緣故，語音不小心播了出來：「那明天下班後去你那裡嗎？」僅通過這聲音我就能斷定對方是個中年猥瑣男——頭髮二八分，嘴角刻意耷拉著以顯示權威，成就感全部來自作踐下屬，滿腦子「科處局」，但一輩子卡在副處死活升不上去。

趁老闆娘彎腰將炒年糕擺上桌面之際，我微微轉過臉斜睨了她一眼。她若無其事地將手機放入手提袋裡，之後明顯加快了用餐速度。

一定是那個傢伙！我的妒火一轉眼席捲了這家小餐館，眼中看到的一切變得鮮紅而扭曲。裹著辣醬的年糕條在叉子下來回翻滾，我極不情願地咽下幾條，味同嚼蠟。一個念頭驀然閃現：這是我結識她最後的機會了。一百萬句話卡在嗓子眼裡，幾欲噴薄而出，我本人卻像個木樁似的釘死在椅子上。

龍舌蘭跟沒事人似的站起身，用現金付帳。

最後一秒鐘，我不顧一切地舉起手機，拍到一個遙遠而模糊的背影。鬼使神差，我將這張照片發至朋友圈，只附了一個字——她。

截至晚上十一點三十分我準備上床睡覺時，共收獲十二個讚和一條秦淑嫻的評論——戀愛了？

4 最後的晚餐

老實說，我這一宿沒怎麼闔眼，像一隻等待主人回家的狗一樣死死盯著龍舌蘭合攏的窗簾。當我打了個盹驚醒過來時，天色正在緩緩轉亮，昨天的人們正準備製造新的喧囂。真羨慕牆上的掛鐘，永遠不會亂了陣腳，對任何人都一樣嚴格、精確、無情。此刻，短針指向六，長針指向五。那間承載了我太多目光的屋子已經亮起了燈，燈光將她的倩影投射在窗戶之上。

一切都脫離了正常軌道。為了捕捉龍舌蘭拉開窗簾的瞬間，原本應該七點三十分出門的我硬是耗到七點四十三分，但還是沒能如願。一路上連跑帶跳，在躲避自行車的時候有好幾次踩到小方磚的縫隙，令我難受得不行。我趕上了七點五十五分的二十三路公車，其生態環境比七點四十五分那班更為堪憂，雖然車身明寫著無人售票，但還是有一位中年女性售票員坐鎮。威武雄壯，浩然正氣，神聖不可侵犯。她像這座「移動宮殿」裡的慈禧太后，主要工作是批評教育乘客。

如果下車時慢了半拍，沒能及時換到門口，那宛若洪鐘似的聲音鐵定在耳邊炸嚮：「抓點緊啊，早幹嘛去了？一車人都等你了。」

還有一件荒謬的事忘了講，蕭主任為了向上級領導證明婦科醫務人員有著鐵一般的紀律，不久前購入一臺指紋打卡機，於今天正式投入使用。昨天錄指紋的時候，我堅持用左手中指，理由是食指受傷，「切菜時不小心切著了。」「那就用右手食指。」分診臺的護士小周建議道。「右手也傷了。」我如是說。

我下車之後一路狂奔，必須趕在八點三十分前向打卡機按中指，否則就要扣錢。在跨入醫院玻璃大門的剎那，一個頭戴棒球帽、臉上貼著紗布的傢伙冒冒失失撞在我右肩上。我的身體被猛地一掣，向右側扭轉了九十度，我極力壓住火，等著他道歉。但他沒有任何反應，像是急於擺脫我似的，匆匆離去。我只好怒目而視，赫然發現他右耳的位置只有一根小肉條——典型的「先天小耳畸形」。前幾天同事們議論的話題迅速閃過，原來他就是那個被仇家破了相的倒楣蛋。

這一天過得渾渾噩噩，除了被秦淑嫻纏著問了幾回「她」是誰之外，並無新鮮事。當時間從四點五十九分跳到五點整的一瞬，我的老朋友——白帶分析儀立刻停止運作，身上的白袍像驚弓之鳥一樣飛上衣架。當然，我還需再次向打卡機按中指。

我歸心似箭，決定叫一輛快車。不搭計程車的原因一是司機挑活兒，二是沿途拉人湊車，三是投訴電話永遠占線。一路上經過的六個路口全部綠燈，如此幸運還是頭一遭，於是到達星塵公寓時才五點二十三分。

我看到一輛廂式貨車敞著車門停在公寓入口處，車廂內空空如也。再往裡走，電梯大姊的魔杖戳住開門鍵，正在與住戶談判。

她完全無視我的存在，坐在折疊椅上蹺起二郎腿，挑著眉毛，眼睛不看人，口沫橫飛地宣布：「搬家你得給我五十，要不就走樓梯，多少年了都是這麼著。」住戶是個弱不禁風的豆芽菜小子，但卻斗膽跟電梯大姊講起價來。

如果你說電梯大姊人品有問題，那我不大樂意聽。她有她的道德，不過僅限於親朋好友，最好的證據就是那些一年到頭織不完的毛衣。穿上它的親人們不能不時時感恩大姊的心靈手巧和辛勤付出。

我分析了一下局勢，果斷決定走樓梯。

長年久坐少動的生活方式讓我的心肺功能退化得一塌糊塗，才爬了沒兩層就呼哧帶喘的。我想了個辦法自我激勵——假裝龍舌蘭正在上一層轉角處等我。但到達六樓後，連這招都不靈了，我只好一手撐住樓梯扶手一手叉著腰緩口氣。當我終於氣喘如牛地掏出鑰匙開門時，覺得全世界都欠我的。

進屋後，我連鞋都來不及脫，就撲到臥室窗臺前舉起望遠鏡。沒人。我像一只洩了氣的破皮球，一下子癱倒在床上。疲憊的感覺從骨頭縫裡往外滲，我想起了那句曖昧的廣告詞「感覺身體被掏空」，說的正是此刻的我。我彷彿融化在了床上，意識越來越模糊，最後一個殘存的念頭是：「今晚沒去七公主家庭餐館，老闆會不會以為我被綁架了？」

副處級情敵拿左輪手槍指著我的腦袋，逼迫我放棄龍舌蘭。

冰涼的槍管沒能嚇到我，我輕蔑一笑：「別做夢了，我可以為她去死。」「我也可以為她去死！」他鸚鵡學舌道，真讓我瞧不起。就在他扣動扳機的瞬間，龍舌蘭不知道打哪兒突然竄了出來，一身女特務打扮，英武帥氣——這種風格簡直隨時可以讓我跪倒臣服。她將AK47頂在副處級的太陽穴上，朱唇微啟，「放了他！」還不忘衝著我眨了一下眼睛。大家陷入了僵局。說時遲那時快，在這千鈞一髮之際，一架電梯從天而降，兩扇門徐徐打開，電梯大姊用小木棍指向副處級，他頓時呆若木雞。大姊的掩護讓我們得以順利逃進電梯，一路扶搖直上。在大姊祝福的目光中，我和龍舌蘭的距離無限接近……

我滿頭大汗地從夢中甦醒，恍惚中，幸福到極點的感覺從心臟向四肢輻射，一切都真到不能再真。那一刻，得償所願，別無所求。遺憾的是巔峰體驗非常短暫，隨著現實感的回復，那份美妙蕩然無存，唯餘惆悵。

本以為已是半夜了，結果一看錶只睡了一個半小時，剛剛七點整。等回過神來，我第一時間想起了對面。我趴在窗臺上直接看去，腦袋嗡的一聲，彷彿一列高鐵貼面開過，氣浪差點兒把我掀翻在地。一個高大魁梧的男人背對著我靠在櫥櫃上，旁邊的龍舌蘭正從冰箱裡往外取東西，穿著一件我從來沒見過的肉粉色高領針織衫。從他倆的身高差來看，我判斷他至少在一百八十公分以上。

迎面一記重拳，我的血槽登時少了一格。

我顫抖著將望遠鏡貼到眼睛上，那個傢伙剛好側過身來。我痛心疾首地發現他的鼻子非常挺拔，而且這傢伙沒那麼老，至少比我顯得年輕。黑色鏡框後面的眼睛不大，但有光；臉頰沒什麼肉，微微凹進去一塊，給人一種自律克己的感覺。偏薄的嘴唇總是洋溢著淺笑，看著很有教養，不像是有暴力傾向的人。不得不承認，單就外表而言，我的情敵比我可強多了，幾乎可以稱得上英俊。換位思考，如果我是龍舌蘭，也會毫不猶豫地把寶貴的性權利交給他，而不是給我。

第二記擺拳打在了右眼眶上，讓我連退三步，難以招架。

他倆一人端著一個冒著熱氣的馬克杯，跟在上流社會的雞尾酒晚會上似的，假模假樣談著天。他說了一句俏皮話，龍舌蘭以手掩嘴笑個不休——那張血盆大口是該遮著點兒。他忽然想到了什麼，放下杯子向門廳走去，消失在我的視野裡。龍舌蘭收斂笑容，左手托著右手肘，面朝窗戶大口喝水。我就知道他的笑話沒那麼好笑。

很快，他回來了，手裡拎著一瓶紅酒。龍舌蘭恢復了眉飛色舞的表情，做驚喜狀。他老練地用一同拿過來的開瓶器打開了酒，她攤開雙手面露難色。他四下看了看，把馬克杯中的水倒掉，將紅酒注入。龍舌蘭則將杯中剩下的水一飲而盡，抹了抹嘴唇，將馬克杯伸向他。他一邊倒酒一邊抬起眼睛從眼鏡上方看著她，非常淫蕩，她始終笑盈盈的。

第三記下勾拳直接把我幹趴下了，裁判走過來開始數秒。

看到他們碰杯之後，我「唰」地跳將起來，不能再這麼坐以待斃，一定得幹點什麼。我繞著床踱來踱去，把兩隻手的關節掰得咯咯作響，忽然急中生智，就像小時候臨交卷前五分鐘突然有了解題靈感。我緊張兮兮地抓起手機，手上出了汗，指紋解鎖了好幾次都沒打開。好不容易進入外送服務的頁面，但幾家花店都顯示最早要明天才能送貨。

一定要破壞他們的浪漫之夜，讓情敵知道自己並不是龍舌蘭的唯一。我記起社區附近有一家小花店，於是打算親自上門。我以最快的速度穿外套換鞋，一陣風似的衝出家門。在等電梯的時候，我無法控制地抖起了腿。平時我最恨別人抖腿，認為只有空虛無聊的傢伙才會做這種無意識又惱人的小動作，但現在我也顧不了那麼多了。

電梯大姊今天多賺了五十塊，心情大好，竟然主動跟我搭起了話：「出去啊，喲，看你臉色不太好。」

「哦哦。」我隨便應付著。

走出電梯，確認大姊看不到我之後，開始發足狂奔，肚腩上下晃蕩著，時刻不忘羞辱我。自從大學畢業以後我就沒這麼玩過命，此刻心情的迫切程度不亞於兩千多年前那個給家鄉傳捷報的雅典人。

一進花店先連著打了三個噴嚏，店員小姑娘停下手中的活兒，詫異地看著我。

「三十三朵紅玫瑰，要快。」「三」是我的幸運數字。她見我這副亡命之徒的樣子，二話不說按照我的要求動起手來，非常有眼力。

十八分鐘後，我躡手躡腳地將一大束玫瑰花橫放在龍舌蘭門前，摒住呼吸，用左手中指關節敲了三下，然後撒腿就跑。爬樓梯上到十樓，側耳傾聽，門開了，接著龍舌蘭「咦」了一聲。兩個人囉唆了幾句，嘈嘈切切聽不分明。之後，響起了拖鞋在公共走廊來回走動的聲音。不出我所料，不一會兒，我自上而下看到了龍舌蘭的頭頂，她伸長脖子朝樓下搜尋了一番。

直到聽見沉悶的關門聲，我才鬆了一口氣，打算乘電梯離開。

一號公寓的電梯大姊跟二號公寓那位可能是孿生姐妹，一樣的扮相，一樣的小木棍，連正在織的毛衣都延續了相同的風格。她滿腹狐疑地看著我，終於沒忍住盤問道：「你來的時候去的是九樓吧？怎麼跑十樓來了？」「記錯客戶地址了。」我搪塞道。電梯大姊們記憶力驚人，不當間諜太可惜。

如若有一天我們相識，龍舌蘭知道了這一切，會不會覺得我是個變態者？儘管我認為自己不是，但目前的所作所為實在沒什麼說服力。

回到公寓後，我看到紅玫瑰在龍舌蘭的廚房窗臺上出現了，插在一個由半截二點五公升可樂瓶做的臨時花瓶中。兩人正在把外賣餐盒裡的飯菜倒騰到盤子裡，神色略為尷尬，至少我是這麼認為的。

突然，龍舌蘭抬起頭來，兩束目光像雷射一樣直勾勾地射向我。我大為驚駭，徹底慌了神，居然幹了一件蠢到極點的事——拉窗簾。

完蛋了，龍舌蘭覺察到了。我的後脊樑陣陣發寒，腦門卻佈滿了汗珠。差不多一個世紀之後，我哆嗦著掀起窗簾一角朝對面望去，發現她已經把臥室的窗簾嚴絲合縫地拉了起來。廚房倒是沒有窗簾，然而她的身影卻再也沒有出現在那裡。

我在黑暗中直挺挺地躺著，瞪視著天花板，思維停滯，萬念俱灰。螢光指標無言地告訴我現在是凌晨三點四十分，恐怕土撥鼠鎮只有我一個人還是清醒的。在壓抑了一萬次偷窺的衝動後，第一萬零一次，我繳械投降，掀起窗簾。

龍舌蘭臥室的燈光從窗簾中微弱地透射出來。她還沒睡嗎？她在想什麼呢？我深吸一口氣，站起身將窗簾整體推向另一側，然後背靠在牆上，偏過頭看著樓下的街道。時間緩慢流逝，黯淡的街燈下，一隻流浪貓孤獨而優雅地邁著步子，彷彿是統治黑夜的君王。
忽然間，牠的身體往下一蹲，頓了兩秒，驚慌失措地跑得無影無蹤。
一個似曾相識的身影出現在公寓大門口，懷裡抱著一個黑咕隆咚的玩意兒。
我慌忙抓過望遠鏡看下去，儘管這個人用圍巾將腦袋裹得只剩下兩隻眼睛，我還是一眼就認出了她。黑色塑膠袋外面還纏著一圈圈膠帶，顯現出裡面物體的形狀——那是一個一公尺左右、底部突出一截的圓柱體，看上去很有分量。她抱起走了幾步，沒勁了，便將它拖行了一段。之後，她來到一輛快散架的破舊自行車旁，用繩子將其固定在後架上。
可能是連續兩天沒怎麼睡覺導致思維詭異，我居然聯想起櫥窗裡模特兒的木腿。在淩晨三點四十五分的土撥鼠鎮，為什麼要運送一隻木腿呢？
一小時三分鐘後，另一條木腿被她送走。
看著她再一次騎車遠去的背影，一個瘋狂的念頭在我的大腦中爆炸。我跌坐在床上，四面牆壁連同天花板和地板拚命地朝我擠壓。我回想起大二下學期上的「局部解剖學」課，無邊無際的恐懼沒過頭頂，劇烈的心跳聲震得耳朵發麻。
我從來沒感到如此害怕過。

第2話——被男人包圍的女人

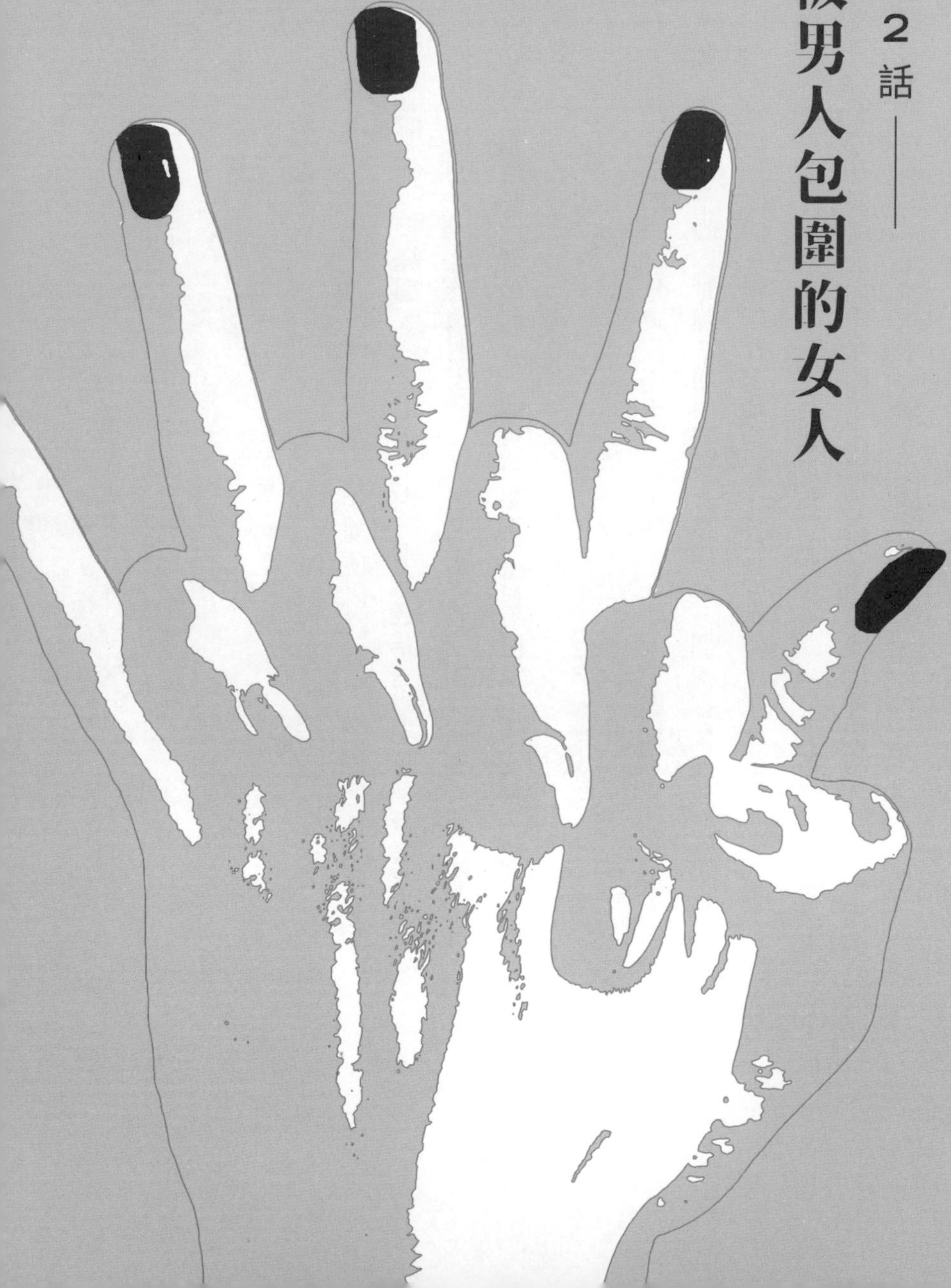

1 到來

我殺了人，但我不後悔。

當我按圖索驥找到π先生時，結局早在十年前便已註定。一切順利得超乎想像，從到達土撥鼠鎮的那一天算起，今天是第十天。當然絕非幸運，而是憑藉意志的力量。這個垃圾場一樣的世界終於透射出一絲正義之光，儘管如此微弱。我控制不住淚水，似乎可以再去相信些什麼。對於一個曾將靈魂出賣給魔鬼的人而言，應該把這一刻稱為「重生」。

一張沒有ＩＣ晶片卡的假身分證只需一百八十塊，在離琥珀廣場不遠的交流道底下就能買到。你只需將電子版一吋照片和假資料交給任何一個懷抱嬰兒或挺著大肚子的女人，不出二十分鐘，便能拿到新鮮出爐的證件。正如她們所承諾的，立等可取，相當有契約精神。證件做工精巧，看上去比真的還要清晰，這不正是那些天天穿著高領黑毛衣的農民企業家在簡報前面吹噓的工匠精神嗎？交流道的柱子上佈滿刻章辦假證的塗鴉，還有密密麻麻的「重金求子」騙人小廣告。

如果你懷疑怎麼可能有人信如此荒謬透頂的東西，那你可大錯特錯了。理由很簡單，小廣告也是需要成本的，要是沒人信，還會有人貼嗎？

我的新名字叫王潔。一直覺得如果姓張王李趙之類的大姓，還用「剛」「強」「潔」「麗」這樣的單字給孩子取名，這樣的家長簡直不負責任。不過也有好處，比方說現在，可以把自己像一粒沙子一樣隱藏在大漠裡。

土撥鼠鎮與蒲公英市相隔差不多六百公里，乘高鐵最快只需兩個半小時。可如今什麼都需要實名制，拿這張身分證坐不了火車和正規大巴士。不過別擔心，有白就有黑，只要交夠了錢，黑大巴隨便坐，沒人會多問你一個字。這些見不得光的行業是趕不盡殺不絕的，就像你不可能割斷自己的影子。

我的箱子填充了行李艙的最後一吋空間，五短身材的大巴司機叼著香菸，一邊關艙門一邊不耐煩地催促：「快點兒！快點兒！」夜色中，他皺著一張臉，眼睛被煙霧燻得瞇起來，香菸在嘴唇間玩命晃蕩，就是不掉。

我手腳並用進入車廂，裡面已經坐得滿滿當當，只剩下後門廁所旁的兩個位子之一。我別無選擇，走過去坐下來。身邊靠窗處是一位五十來歲的男士，保養得紅光滿面，胖乎乎的臉蛋上沒什麼皺紋，掛著一副萬事皆足的表情。見我入座，他象徵性地往裡挪了挪，好像有義務跟我解釋似的搭訕道：「這個鐘點啥車都買不到，又著急回去。還真不是為了省這幾個錢。」儘管他極力掩蓋口音，但還是流露出一股土撥鼠鎮風味。

我隨便應和了一句，想將座椅弄舒服點兒，卻發現椅背調節按鈕失靈。

「好座位早被挑光了。」他將雙手交疊在鼓凸的肚子上，舒舒服服地半躺著，偏過頭提醒我。

我暗中祈禱千萬不要碰到一位健談的旅伴，趕緊閉上眼睛等待發車。可後腦勺像有什麼東西硌著，來來回回不舒服。

「椅背上的套子翹起來了。」他那先知似的聲音又在我耳畔響起。

我轉身察看，果然如此。放眼望去，每個乘客的後腦勺處都印著「看男科找威而舉」，再往下還有一行小字：「專注男科三十年，用心成就品質。兩人同行，第二根半價」。

大巴哆嗦了一下，終於發動了，我低頭看了一眼手機，十點整。車廂前部懸掛的電視正在播放一部老掉牙的武打片，實在搞不懂大巴士為什麼總跟時光機似的。

「《無敵鴛鴦腿》！」先知像是自言自語，又像是對我說。

我愣了一下，思緒被猛然拉回十八歲剛上大學的那一年，這部片子還是跟第一任男朋友到電影院看的。從那之後直到十年前，我身邊形形色色的男人就沒有斷過，說我是被男人包圍的女人實在不足為過。

「你說無敵鴛鴦腿和黑沙掌哪個厲害？」

「不知道。無敵鴛鴦腿吧……」

「你看你說話不嚴謹，一會兒不知道，一會兒又無敵鴛鴦腿。」先知有點兒不高興了。

我咬緊牙關，用最大的寬容度忍耐著。一般來講，我總是不願意讓別人尷尬。由於極度敏感，別人一尷尬，我就會尷尬上十倍。

當然，這只是一般情況，現在先知已經快觸及我的底線了。

「明明可以在菜市場買，你偏偏要到超市買，你以為我是大爺嗎？」我背後傳來一個男人的破鑼嗓，他不會發ㄓ、ㄔ、ㄕ這種捲舌音，聽上去格外刻薄。

「哎呀，小點兒聲。」這是一個年輕女人畏畏縮縮的聲音。

「貼個進口標籤你就真以為是外國貨啊，十二塊錢一斤的香蕉，你傻啊？」

「沒仔細看……」

「騙的就是你這種傻蛋！盡花冤枉錢！菜市場才賣三塊錢，十二除以三等於四，你用四倍的價錢買回來，是想氣死我啊！」他扁平嘶啞的聲音像電鑽似的往我腦袋裡鑽。

「好了好了……以後不在超市買了。」

所有人默然無聲，包括先知，整個車廂迴蕩著《無敵鴛鴦腿》誇張的特效音。

「我就是他媽的比爾．蓋茲也得給你敗光了！」

夠了！我唰地站起來，轉身一把扯下男科椅背套，摔在男人懷裡。這傢伙戴個金絲邊眼鏡，斜肩膀，胳膊和雙腿瘦得跟猴兒似的，右手正舉著一根剛剝開皮的香蕉。他大為驚駭，張著嘴瞪著我。他的女伴也是一臉錯愕，眼睛裡像是含著淚。我把臉拉得極長，狠狠盯了他一會兒，才慢慢坐回座位，扣上安全帶。整個過程沒有任何對話。

此後大家都學會了閉嘴，先知也乖乖地揣起兩手靠在窗戶上睡了。男科椅背套從男人身上滑落，落在過道中間，最後被來來往往上廁所的人不知踢到了哪裡。

雖然我不怎麼認同暴力，但不得不承認，暴力真的很管用。

我一夜沒怎麼睡，往事從來不把時間的阻隔當回事，說來就來。那些黑暗、痛苦、悔恨、難堪的鬼魂輪番撕扯，把我的心扔進絞肉機。如果能哭出來也許會好一些，但我對眼淚已經陌生得很了。

還不到六點，大巴士就已到達土撥鼠鎮尖叫廣場。天依舊是黑的，我立在行李箱旁邊點燃一支菸，狠狠吸了一口。廣場中央矗立著一尊有兩層樓那麼高的土撥鼠青銅雕像，正衝著太陽升起的地方吶喊，露出上下四顆大板牙。兩束投射燈由下至上照亮雕像，看上去甚是猙獰恐怖。基座上的文字簡單介紹了土撥鼠鎮名的由來，聲稱土撥鼠文化博大精深、源遠流長，自古以來就是世界文化不可分割的一部分，並認為挪威畫家愛德華．孟克的油畫《吶喊》靈感來自土撥鼠。

這是我第一次來土撥鼠鎮，明顯感到氣溫比蒲公英市低幾度，尤其是早上。實在冷得受不了，又懶得從箱子裡拿衣服。四下望去，幾十公尺開外的一排店面中有一家早點鋪正往外冒熱氣。人間煙火令我振作起來，深長地吸了最後一口菸後，我把它掐滅扔進了垃圾桶，拖著行李一路快走。

簡陋的招牌上用毛筆字寫著「土撥鼠鎮老丸子湯」，右下角還有落款。不管什麼食物，只要加個「老」字，就會贏得不少信任。店裡僅有兩位客人分坐於兩桌，都在專注地吃面前的食物，嚼得震天響，我很驚訝他們是如何做到的。這裡只有丸子湯和蔥花烙餅，店家臭著一張臉，說話高度濃縮。這我倒不介意，我一直認為飯館的好吃程度與服務態度成反比。

我用托盤端著小碗丸子湯和二兩烙餅，找了個靠門的位子，往湯裡加了少許桌上擺的香菜碎和白胡椒粉。雙手環住碗取著暖，鮮美的味道伴隨上升的熱氣衝進鼻孔，我感到一股純感官的愉悅，彷彿全指望著眼前這碗湯續命。我貼著碗邊喝了一小口，馬上忍著燙又喝了一大口，很確定將來會為了它再來一趟——如果還有將來的話。丸子本身倒沒什麼，就是炸麵疙瘩。蔥花烙餅又酥又軟，有奇香，不知添加了何種特殊香料。這頓飯只要六塊錢，比麥當勞、肯德基強得不是一星半點兒。若論吃，中國天下無敵。

等吃得差不多了，我才注意到小店裡已經見縫插針坐滿了人，還有剛進來的食客覬覦著我的座位。被人盯上的感覺可真不怎麼樣，我三下兩下把剩下的烙餅塞進嘴裡，身體剛離開座椅，便有人把手提包放上來占座。

出得門來，天亮了一半，這個鎮子像籠著一層灰撲撲的紗。恰巧見到一輛計程車迎面駛來，亮著空車燈，我便抬手攔了下來。今天運氣確實差了點，連續三個路口的紅燈都剛巧卡住我們這輛車。目送前車揚長而去，司機嘴裡嘟嘟囔囔的，怨天尤人。我仔細分辨了一會兒當地的方言，聽得出他反覆說的一句話是「跟上鬼了」，大概跟「邪門兒」是一個意思吧。他的情緒越來越糟糕，看什麼都不順眼，因為別的車啟動慢了一秒，或換車道沒切進去，或切進去了但還不如原先速度快而罵個不停。他的惡性情緒彌漫了整個車內，我感到渾身難受，彷彿是自己做錯了什麼似的。而他當然只圖自己痛快，不會去管我的處境。我心想，這種性格怎麼當得了計程車司機呢？這些事不是你每天都要面對的嗎？我塞上耳機，在手機裡挑了張皇后合唱團的專輯。《波西米亞狂想曲》可真好聽啊！霎時間，前夫的臉浮現在我的腦海中，與其說是一種形象，倒不如說只是種感覺。我的心已毫無波瀾。

到達星塵公寓門口，我費了不少力氣才將行李從後車廂中拖出來。還沒等我關緊車門，司機就一腳油門竄了出去。我真為這輩子再也不用見到他而感到慶幸。

我仰頭望去，很快找到了一號公寓，緊鄰大街。整個社區的建築有些年頭了，有四、五棟十幾層的高樓，更多的則是一座座六層紅磚樓，歪七扭八，密密麻麻，毫無規劃可言。但有一點令我非常滿意：附近沒有監視錄影。

公寓門禁是壞的，跟房東說的一樣。電梯門打開時，我驚訝地發現裡面竟然坐著一個女人。五十來歲，短髮燙成捲，幾乎沒眉毛，塌鼻樑，嘴巴老也閉合不上。神情嚴厲，一副主人公的樣子。

她警惕地上下打量著我，又瞥了一眼我的箱子，問道：「幾樓？」

「九樓，謝謝。」我這才意識到她是負責開電梯的。

「九〇一吧？」

「嗯。」一股不祥之感襲來，在網上租房的時候，根本沒考慮到這種不可思議的事。

「哦，我想起來了，前一房客昨天剛搬走。一男的，沒正經工作。」她炫耀著自己靈通的消息和正經工作。

我走出電梯，後背依然能感到她追過來的目光。

「右手邊。」她好心提示道。我正心煩意亂，沒道謝也沒回頭。

聽到電梯轟隆隆走掉之後，我向右拐了個彎，一抬頭就看見九〇一的門牌。彎腰掀起髒兮兮的腳墊，一把鑰匙露了出來。進入室內，一股說不出來的味道包圍了我，就是那種沉甸甸的陌生人家的氣息。客廳不過一坪半，門右側有一個衣帽架、一張小餐桌和兩把帶靠背的木椅。正前方一條狹窄的走廊連接著客廳與廚房，走廊左邊是臥室，右邊是廁所，一目瞭然。轉了一圈，還算乾淨，傢俱齊全，前房客還留下不少東西，鍋碗瓢盆什麼都有。來土撥鼠鎮之前，我已經通過ATM機向房東支付了押金和一個月房租，並把假身分證照片寄到了她的電子信箱。為了避免留下交易記錄，我用現金轉的帳，而且在操作的時候把自己捂得嚴嚴實實。我打算先租一個月，走一步看一步，短租的價格更貴些，房東開價一千五百塊，我沒還價。

打開所有的窗戶，微寒的風伴著淡淡的晨光浸入房間。我坐在只有床墊的床沿上，深深地呼出一口氣，向後一仰，直直倒下。疲倦像海浪一樣拍打著身體，真希望就這樣睡過去。

可還有好多事情要做，我強迫自己睜開眼睛，扭頭望向窗外。對面公寓的人們在各自的格子裡忙碌，這情景就像家電賣場的一面電視牆，同時播放著不同的節目。我起身拖過箱子打開，一個一端帶圓環的折疊架子彈出來，滑落在地。我沒管它，繼續翻，找出拖鞋。費了好大的勁才脫掉靴子，折騰了一宿，腳板腫起老高。

那玩意兒完全打開大概有一公尺多長，全稱為「地下金屬探測器」，是前兩天從網上買的。我還沒學會怎麼使用，便打開說明書，研究了一會兒。說明書可能是世界上最難讀懂的書，看了之後不但開始恨這臺機器，也開始恨自己。我把它們統統塞進床底下。

我將箱子裡的東西一一擺出來，該放廁所的放廁所，該進衣櫃的進衣櫃。最後，只剩兩本書和一個皮面日記本靜靜躺在裡面。一本是《麥田捕手》，另一本是《天外來客隕石》。手接觸到日記本的時候，我心中一陣劇痛，原來「時間可以撫平一切創傷」不過是一句謊言。我把它們放在床頭櫃上。

太陽已經完全升起來了，房間光芒萬丈。我沐浴在陽光裡，像一個透明人，連影子都不必有。

2 相遇

我確信π先生就在「那裡」，但連續三天都一無所獲。

第一天，我添置了些日用品，讓房間像個家的樣子。社區對面有家大型超市，我分三次買了床單、被罩、枕頭、被子、清潔用品和各種食物。一眨眼已到中午，我立在臥室窗前，一邊啃蘋果一邊朝外望去。兩個放學的小孩子在路上追著玩，如今的書包都升級為帶滑輪的行李箱了，滑輪摩擦地面的隆隆聲在九樓都聽得到。

對面那座公寓近得有點兒過分，讓人不禁懷疑三樓以下的住戶一整天都見不到陽光。左上角有一位坐輪椅的老頭子臉朝外，一上午就這麼待著，任憑時間流淌，窗戶像畫框一樣把他框住了，而他如同一幅人物肖像。還有一些人影在不同方位的小方塊裡閃來閃去，都在忙著弄口熱飯菜。光是折騰三頓飯就把一天的好時光用掉大半，想想還真是令人沮喪啊！不過話又說回來，如果沒了這一日三餐，多少人可能都不知道如何打發漫長的一天。

我看了一眼手中吃剩下的蘋果核，忽然覺得有點兒對不起它。蘋果樹歷經風吹雨打好不容易結了果，卻被我不到一分鐘就吃光了。

剛才路過超市旁邊的麵包店，買了兩個牛角麵包權當午飯。也有人把牛角麵包叫作「可頌」——可以歌頌，我很喜歡這個翻譯，有一種虔誠的意味在裡面。中間拉一刀，夾兩片火腿一片生菜葉，擠一點兒美乃滋，就是一個簡易三明治。不過這家麵包店水準有限，原材料估計也好不到哪兒去，酥是酥，卻不香，滿嘴人造奶油的味道。我心血來潮把吃剩的一角放在冷氣室外機上，餵小鳥兒。

我打了個哈欠，又抽了一支菸。現在我儘量把每天的菸量控制在十根以內，而且將抽慣了的「中南海」換成低尼古丁薄荷味「愛喜」。不知不覺我也關注起健康來了，以往的我做了那麼多荒唐事，哪一件不是以健康為代價的？我盯著自己夾著香菸的手指看，視線轉移到面前的玻璃上。

一個模糊的輪廓，一張嚴肅得可怕的女人的臉，一具由時間堆積而成的悲愴的屍體！

長長的一截菸灰無聲地掉落在水槽邊緣，手指感到了逐漸逼近的熱度。

食物在胃中消化，血糖升高，令我渾身無力，昏昏欲睡。我鑽進新買的棉被，蜷縮成嬰兒的樣子，彷彿待在一個黑暗而溫暖的巨大子宮裡。

睜開眼睛時，我想了好一會兒才明白置身何處。看了時間，卻無法理解四點四十七分意味著什麼。我撐起上半身倚在床頭，像剛剛幹完體力活似的重重喘著氣，心頭滿是懊惱。白天睡多了總是會這樣，好像生命被憑空抽走了一天，一天還沒開始就已經結束了。

我挪到床邊，雙腳落在地上，渾身肌肉酸痛，沒一處舒服。來到廁所洗了把臉，鏡中人又蒼老又憔悴。我有點兒不敢相信，捏起頸部的皮膚，鬆弛得跟火雞似的。很少想到年齡這回事，每次歲月的痕跡總是能把自己驚到。不管在意與否，四十七歲已然是一個客觀事實。

一旦無所適從，我便去看一會兒《麥田捕手》，說真的，這本書有著神奇的鎮定作用。隨便翻開一頁看下去，不知過了多久，當看到「除了少數幾個皮條客模樣的男子，幾個婊子模樣的女人，大廳裡簡直沒什麼人」時，天色暗到再也沒法讀了。十分鐘前就應當開燈的，不過我實在懶得動。

上午買東西的時候看到一家精釀啤酒館，名字還挺有意思，叫「蒼耳」，此刻的我非常想喝一杯。換好衣服準備出門，我費了九牛二虎之力才蹬上那雙滾毛邊的靴子。等電梯的時候，一個長得跟耗子一樣的傢伙死命戳向下鍵，明知道電梯並不會因此而來得快些，還是要發洩似的按個不停。電梯遲遲不來，不禁想起開電梯的那位洞悉世事人心的大眼女人，我乾脆斷了乘電梯的念頭。這時我突然想起出門前忘記噴香水，便轉身返回。

Serge Lutens的孤兒怨，靈感來自灰燼。第一次聞到這千迴百轉的味道時，它差點把我的眼淚勾出來：如此酸澀，如此幽怨，苦盡甘未來，彷彿一種極美好的事物被毀滅之後的殘餘，一縷餘魂釋放出淡淡的中草藥香。

補好香水，走樓梯下到一樓，繞得我暈頭轉向。社區裡的路燈亮起來，在逐漸濃重的暮色中像一個個暖橙色的毛球。通往大門口的路邊有一個小型廣場，擺著幾組叫不上名字的健身器材，說實話，那些健身動作都夠滑稽可笑的，但總是有個把老年人流連忘返。倒是一組宣傳畫吸引了我的目光，其中一張講的是一位孝子在大冬天光著上身趴在結冰的河上，用體溫融化堅冰，捉鯉魚給他繼母吃。

如果說人類和動物最大的區別是會製造和使用工具，那麼這個故事實在是扯淡。我只覺得肉麻，匆匆走開。腦海中突然浮現出以前單位看門大爺老莫的音容笑貌，他曾跟我說過一句話，大意是無良文人不幹正經事，盡瞎編那些連自己都糊弄不過去的玩意兒。我不禁莞爾，也不知道老莫現在還好嗎？

精釀啤酒館的生意不賴，到的時候差不多已經客滿，我選擇了吧檯。

酒保一句話不說，我都能看出來他是個gay，有著gay格外的周到和熱絡，他把每一款酒都如數家珍地為我介紹了一番。他強烈推薦新品——迷魂劑，「這是一款融合了啤酒花和熱帶水果風味的印度淡色艾爾哦！」我聽從了他的建議。酒很快便上來了，玫紅色的液體看上去漂亮極了。一口下去，腦後像被輕輕擊了一掌。並不是酒有多麼烈，而是我需要這麼暈一暈。理智背後那勾魂攝魄的記憶還在，恐怕直到我死才會消失，但它再也不可能侵犯到我了。

我感到非常滿意，此刻就是此刻，沒有過去，也沒有未來，沒有回憶，也沒有憧憬。

第二杯我要了一模一樣的，又叫了一盤鮭魚酪梨沙拉和一小桶炸薯條下酒。當喝到尾聲，旁邊的座位上突然多出一個人。

我沉浸在酒精造就的輕柔波浪中，並未在意。

「如果沒搞錯的話……」一個男人的聲音在我右邊響起。

「你是在跟我說話嗎？」波浪消失了，我緊張起來，盯牢他的臉。燈光昏暗，人影幢幢，大腦空白，心生疑竇。

「你特別像我認識的一個人。」他長著一張扁臉，單眼皮的眼睛透出狡黠，兩隻手不停地撥弄著杯墊。

「我認識你嗎？」現在的我蓬頭垢面，衣著邋遢，就算如此拙劣的搭訕也沒道理發生在我身上。

「冰河Queen！」他一口咬定，慢慢聳起肩膀，駝著背，彷彿要俯下身去。我的頭頂登時天崩地裂，像原子彈爆炸，轟得耳朵亂響，差點兒從高腳椅凳上跌落。

「你認錯人了……」我掙扎著從乾涸的嗓子裡擠出幾個字。

他曖昧地笑了起來，一隻手突然抓住我的右腳，身體溜了下去，半蹲半跪在地，仰起扁臉：「十年了你可沒怎麼變，我大老遠趕去『傷痕』還不是為了找你？我們這小地方可沒那麼高級的消遣，當年你真紅啊！」

我像甩掉黏在鞋底的口香糖一樣甩掉他的髒手，跳下椅子，嘴裡忽地湧起一股血腥氣，差點兒沒吐出來。我踉蹌著到前臺付了帳，好在大家都是醉醺醺的，沒人留意失態的我。一出酒館我就開始狂奔，周圍的人和景全部消失不見，尖銳的剎車和叫罵聲像是從水底傳過來的，微弱而遙遠。一片混亂中，我的腦海裡竟然反反覆覆迴蕩著一句不知從什麼電影裡聽來的臺詞：「這個國家唯一的文化優勢就是紅燈可以右轉。」

我稀裡糊塗地在社區裡繞了一大圈才找對了公寓，爬到九樓，衝進房門，反鎖，插門閂，後背重重靠在大門上。這一刻，我發現自己已是滿臉淚痕。

一夜亂夢侵擾，幾乎不能成眠。第二天起了個大早，昨晚酒館的男人無疑是一個噩兆，但我決心忘掉他，繼續自己的計畫。他不過是那段混沌荒唐歲月裡的一個過客，讓我再一次重溫人生錄影帶上最想抹掉的段落。我知道，一旦發生就是存在，往事永遠活在過去的時光裡。只不過，我選擇從泥坑裡拔出雙腳，往前走。這雙泥足，猶如戴上了鐐銬，每一步都不堪重負。

梳頭的時候，我發現一根白髮，馬上拔掉。緊接著，又找到第二根、第三根，心裡發了毛。如果讓我談談自己有什麼值得驕傲的地方，我唯一想到的就是這頭又黑又密的長髮。想必是遺傳的緣故，我奶奶直到七十八歲去世時頭髮都黑如烏木。即使在最絕望的日子，我的頭髮也還是好好的。

我懷著黯淡的心情出發了，肩上的戶外背包裝著我根本不會使用的金屬探測器、食物和水。原始森林靜默如謎，等待我的全部是未知。我閉上眼睛，彷彿步入利維坦的身體之中。

——如果在森林裡迷路了，應該怎麼辦？

——千萬不要思考，隨便選擇一個方向，然後堅定不移地走下去。

這取決於意志，而非智慧。

當我潛行於原始森林時，笛卡兒的森林法則始終陪伴左右。風景區為遊人修建的道路對我毫無意義。我在森林的平面圖上畫了四條直線，在指南針的指引下，每天沿著其中一條線路往返。

連續三天，一無所獲。

第四天，也就是星期五，我開始懷疑自己的判斷出了問題，那被我當作謎底的資訊也許只是興之所至的塗鴉。踏著厚厚的落葉行進，腳下發出清脆的碎裂聲，我真愛聽。平時走在大街上，我就總是故意找葉子踩，有幸踩到一片乾透的，那「喀嚓」一聲讓我特別有成就感，就像聽到了大樹說再見的聲音。

遠離主路之後，我沒有看到一個遊客，如同行走在與人類文明無關的幻境，安靜極了。偶爾驟然傳來一陣撲簌簌的聲響，料想是鳥兒起落或者松鼠跳躍，讓我意識到自己並不孤獨。在森林中待得久了，缺乏參照物，時間感容易錯亂，以為過去一個小時，其實只有幾分鐘而已。我神經過敏，無論是頭頂突然出現一片陰影還是身後樹枝掉落在地，都會讓我汗毛倒豎，以為碰上了野獸猛禽，馬上伸手摸向腰間的短刀。當然是虛驚一場，過後自己都覺得好笑。

茫茫無際的樹海中，我只認得出白樺樹和楊樹。我喜歡樹，它們紮根大地，探索天空，向四方延伸自己，彷彿一個思想者。風來，描繪風的形狀；雨來，傾聽雨的語言。在陽光下生長，不為讚揚；在冰雪中凋敝，不畏責難。

時間已到中午，雖然不怎麼餓，但我還是決定吃點兒東西。我從背包裡掏出早上做好的三明治、兩根香蕉、一個橘子、一杯優格，席地而坐吃了起來。香蕉和橘子算是世界上最體貼的水果了吧，不用洗不用切，徒手剝皮就能吃。我更喜歡橘子，因為無論何時何地聞到新鮮橘子皮的清香，都能讓我重燃對生活的渴望。

最後一條路線，僅存的希望，我心裡反覆念叨著這句話。吃著吃著，一股強烈的情感衝擊著胸膛，我不由自主地改為跪姿，雙手交叉於胸前，深深埋下頭去。

「上帝，如果你存在的話，請對我好一點兒。」

有那麼一瞬間，我真的感到上帝就站在背後。

異常堅定的信念和全盤崩潰的絕望，讓我的心頭時而滾過一團火，時而澆下一桶冰水。將無邊無際的樹木留在身後，面前依舊是無邊無際的樹木，我變成了一隻在莫比烏斯環上爬行的螞蟻。時間無情地流逝，一個小時之內如果還沒有踏上返程的路，我將無法在天黑之前走出這片森林。神經脆弱到了極點，任何一點兒微小的刺激都足以令我發瘋。

忽然，一條小河橫在面前，就像一分鐘前剛剛從外太空飛過來似的。在前三天的地毯式搜索中，我根本就沒有發現河流的蹤跡。對岸，赫然立著一間小木屋。一時間，我以為自己產生了幻覺，如同沙漠中的旅人由於極度渴望，看見了本不存在的綠洲。

小河七、八公尺寬，我馬上脫掉鞋襪捲起褲腿走了進去。水不深，剛剛沒過膝蓋。想不到十月的河水冷到了這種程度，刺骨寒氣由下至上一吋吋往頭頂爬。腳下崎嶇不平，直打滑，像踩在了數不清的水晶球上。我什麼都顧不上了，眼睛死死盯住木屋，放射著瘋子般頑強無比的意志之光，一往無前。

到達對岸，我把鞋襪一扔，騰空兩手，挑挑揀揀，找了一塊大石頭朝膝蓋大力砸下去，一連五六下，直到血滲出來為止。又用隨身攜帶的短刀把褲子割破，我連眼睛都沒有眨，全然不覺疼痛。交鋒一觸即發，反而有了靜氣，頭腦井井有條。我迅速穿好鞋襪，從背包裡取出金屬探測器，按下開關鍵，像拄拐杖一樣拄著，一瘸一拐地朝木屋走去。

我沒敲門，直接推門而入。一個男人正半躺半靠在床頭讀書，一條腿伸得直直的，另一條腿垂下來輕輕晃動，很閒適的樣子。他聞聲抬起頭來，書頁上方的眼鏡流光一閃，待他看清逆光中的我，臉上震驚的表情彷彿撞見了鬼。

我們是這荒島上最後倖存的人類，隔著銀河彼此對望，忘記了所有的溝通方式，空氣靜得可怕。

就是他！在看到π先生的那一刻，我感到腳下的地面劇烈搖動，我的靈魂化為齏粉，像陽光中的灰塵一樣彌漫了整個木屋。雖然時光的流逝使他的容貌看上去像一張褪了色的照片，但絕對不會錯。曾想過用一萬種方法置這個人於死地，但現在我必須馬上對他講話。

「我受傷了，請幫幫我！」這聲音嘶啞恐怖，彷彿野獸的低吼，真不敢相信這是從自己嘴裡發出來的。

3 陷阱

π先生回了回神，將打開的書扣在床上，站起身，目光順著我手指的方向落在我的左膝上。

「你先坐下，我去拿優碘。」他用下巴指了指書桌旁一張帶靠背的木椅，一邊說著一邊向立櫃走去。

我把背包和金屬探測器一併靠在書桌旁邊，照他說的在椅子上坐下來，四下打量。這間小屋方方正正，一覽無餘，大約六坪。一張單人床緊貼牆角擺在右上方，牆頭貼著一張性感美人的黑白海報。我一眼就認出是電影《刺激一九九五》裡男主人公用來掩飾逃跑洞穴的那張。我還注意到攤在床上的那本書居然是傑克·倫敦的《馬丁·伊登》，如果要列出影響我人生的五本書，它必然入選。這一發現讓我從心底湧上一絲複雜的情緒，既厭惡又有點兒刮目相看。

書桌位於窗戶正下方，與床相對。桌面乾乾淨淨，左上角並排擺著木雕小猴和拳頭大的刺蝟布偶，正中央有一臺闔起來的很舊的筆記型電腦，旁邊一只小茶海上放著紫砂壺、公道杯和兩個茶杯。

大門正對面並排立著帶兩扇門的立櫃和一個簡易書架，書架不大，橫著豎著疊了不少書。房間左側搭了個小灶臺，上面亂糟糟地放著鍋碗瓢盆、油鹽醬醋，下面則是一只小瓦斯罐。這裡沒有任何抽油煙的裝置，想要做飯就得敞開門。再往裡，一臺最小號的冰箱頂在牆根處。另一角高高堆著三只大號整理箱，旁邊還有一口大水缸、一個水桶、一個搭著毛巾的臉盆。以上便是小木屋的全部。

「冬天怎麼辦呢？」房間裡看不到任何取暖設施，我不由得犯起了嘀咕。

π先生背對著我在立櫃裡翻找，很快便拿著一瓶優碘、一袋棉花球和一捲紗布回來了。他用棉球堵住瓶口，傾倒了兩次。然後單膝跪地，將蘸著淺棕色液體的棉球按在我的傷口上，轉著圈輕輕點壓。我把視線移開，咬住下嘴唇，該死的痛感開始恢復了。

「你怎麼跑到這麼遠來了？這邊是不對遊客開放的。」消完毒，他耐心地將紗布一圈圈纏好，並用膠布牢牢黏住。

「迷路了。」我按照事先想好的話應答。他的腦袋就在我眼皮底下，頭髮白了大概三分之一，兩隻薄耳朵微微發紅，顯露出毛細血管。

他瞥了一眼金屬探測器，問：「隕石獵人？」

我不置可否地一笑。

「有收穫嗎？」π先生站起身，把廢棉球丟進一只用來當垃圾桶的硬紙盒裡。

「沒有。」其實我心裡的答案是相反的。

「這麼多年了，隕石獵人來了一波又一波，說實話，我還沒見到誰真找著過呢！」他漫不經心地說著，將藥品放回立櫃。

「你幹嗎要住在這兒？」我裝模作樣地環顧了一圈。

「我是護林員啊！」π先生將重心放在一條腿上，雙手插在藍灰色套頭衫前面的大口袋裡。衣服穿了許久的樣子，表面的一層絨毛給人一種家常的感覺，領口鬆垮得跟泡麵似的。

「看著可不像。」這句話脫口而出，說完我就後悔了。

「怎麼？難道有規定護林員要長成什麼樣嗎？」他指了指門背後掛鉤上的藍色工裝，大大方方地說，看不到一點兒心虛的意思。

「至少不應該是你這樣。」我在心裡說。

「這兒通電嗎？」我好奇地問，一抬頭看到了燈管。

「通，不過經常電力不足，時有時無。」

「這倒是個與世隔絕的好地方，適合作家悶頭寫小說。」

「我也這麼覺得。」他信口說著，走過來坐在床邊，與我面對面。我可以近距離從容地觀察他：眉骨凸出，瞳孔裡的小亮點如同浮在黑暗海洋上的兩盞燈，面頰像被刀子削掉兩塊，顯得鼻子更高了。脖頸結實，肩膀寬闊，雙臂粗壯，似乎專門練過。他上半身前傾，手肘搭在大腿上，由於床很矮，大小腿折成銳角，健美而修長。

他轉過手腕看了一眼錶，聲音帶出些焦急：「已經兩點半了，再不往回走就趕不回去了，而且你的腿還受了傷。」

我當然不可能這麼輕易地走掉。

「你喜歡傑克．倫敦？」我沒接話，指了指床上的書。

π先生扭轉身體，伸手搆到背後的書，嘩啦啦翻了翻，遞給我，「還行。」

「我可是超級喜歡他，《熱愛生命》你看過吧，算是我最喜歡的短篇小說了。」我習慣性地翻到版權頁查看出版資訊，譯者是一個我不熟悉的名字。

「我喜歡《野性的呼喚》。」

「那你會碰到野獸嗎？在森林裡。」我的好奇心又被勾了起來。好奇心已經害我多少回了，依舊癡心不改。

「會啊，太經常了。」

「是嗎？有什麼啊？松鼠？兔子？狼？」

「狼我沒見過，山雞、野兔、麅子[2]什麼的倒是不少……」

「那你可以經常開開葷了。」

「我是護林員，又不是獵人，再說我也沒有槍。」

談話有點進展不下去了，我舔了舔嘴唇，站起來往書架的方向走，膝蓋隱隱作痛，但不影響走路。每次去別人家，我都愛在書架前待著，如果這家有書架的話。大部分是經典世界名著、當代小說，還有幾本哲學和文學理論書籍。我的胸口突然湧起無窮的憤怒——他讀了這麼多書，不照樣是一個衣冠禽獸？可見，書並不能淨化人的靈魂。

到底什麼才決定著一個人靈魂的底色呢？直到今天我也沒想明白。

他見我神色有異，遂問道：「不舒服嗎？」

我搖搖頭，勉強擠出笑容，指著書架說：「真沒想到你有這麼多書。自從大學

＊注2：中型鹿科動物。

畢業後，我敢說我的好多同學都沒有完整地看過任何一本書。」

「不可以嗎？」π先生跟過來，忽然，他轉身走到冰箱跟前，一把拉開冰箱門，「你看！」

裡面竟然塞滿了書，我笑著連連搖頭，發出一聲感歎：「天哪！」湊過去觀察，甚至發現了一套威爾·杜蘭的《世界文明史》，便隨手抽出一本翻閱。

「老停電，乾脆用來放書了。」他解釋道。

「看來你是個隱士！」我挑釁地說。

他不以為然地抿著嘴，目光炯炯道：「你也挺喜歡書的，你是做什麼工作的？」

「圖書編輯。」我早編好了。

「哪方面的？」他來了興趣，繞到我對面。

「文學。」

「現在文學市場好做嗎？人們都不愛讀書了。」

「讀書的人再少，也架不住中國人口基數大，就算是小眾行為，人數也相當可觀。」我見他聽得興致盎然，心下頗為得意，繼續即興發揮，「純文學肯定差點兒意思，但類型小說還是有市場的。」
「什麼叫類型小說？」他似乎很想把這個話題深入下去。
「就是推理、科幻、職場、穿越、都市之類的……」
「哦。」
「你有興趣？」
「沒事也寫兩筆。」他開始一個接一個地把手指關節掰得咯咯直響，神態若有所思。
「你可以寄給我，我幫你看看。」歪打正著，話題進展到這一步，可以說對我非常有利。我裝出一副伯樂的樣子，用鼓勵的眼神看著他。他看起來有點兒侷促不安，又不忍心放過這個機會。
「想喝茶嗎？」他試探性地問道，兩片薄嘴唇微微打顫。
「當然。」看著他手忙腳亂地點燃瓦斯燒水，我的心又是狂喜又是緊張，獵物已上鉤，祈禱千萬不要出什麼變故。突然一陣眩暈襲來，我感到透不過氣，忙走向那扇簡易的木窗，推開，然後坐在椅子上。
森林的風夾帶著陽光碎片湧進了小木屋，我貪婪地大口呼吸著，清新的空氣是這個世界上最奢侈的禮物。望不盡的樹葉像海浪一樣此起彼伏，點點光斑照得人眼睛發花。部分葉片似乎是因為汲取了過多太陽的能量而變得金黃且沉重，在旋轉墜落的途中，它們得以一窺樹木的全貌，也算得其所哉。

土撥鼠鎮的秋天可真美啊！我發出了由衷的感歎。視線無意間落回床頭的海報女郎上，她的名字就在嘴邊，我卻怎麼都想不起來。

小木屋的光線在牆上越爬越高，最終像是被房頂一口吞沒了。

我們一杯接一杯地喝普洱茶，圍繞著文學東拉西扯。一個話題牽扯出另一個話題，有時候好幾個想法同時在腦子裡打轉，難以取捨，掛一漏萬。觀點相同固然令人驚喜，觀點迥異也能啟迪彼此。光影交錯間，我忘了身在何處，甚至忘了對面是何人，只顧享受著棋逢對手的思維樂趣。

突然，我大夢初醒似的唰一下站起來，嚷道：「糟糕，幾點了？是不是趕不回去了？」

π先生不動聲色，笑著說：「別急，一會兒我帶你走小路，你可以包村民的車回鎮中心。」

「太好了！」放下心來，疲憊感卻倏然而至。忽然想到除了晨起的那支菸外，我到現在竟然一根菸都沒抽。

「介意嗎？」我從口袋裡掏出愛喜菸盒。

他流露出有些意外的樣子，馬上搖了搖頭。

我渾身上下裡裡外外摸個遍，還是沒找到打火機的影子。π先生抬手指向灶臺，我會意，指間夾著香菸走過去，他跟在我身後。

他打著火，我弓下腰，小心地偏著腦袋，避免把眉毛給燎了。要說，這團火苗可真夠隆重的。我立直身體，吐出一口深長的煙霧，心滿意足——第一口菸永遠是最香的。

也不知有什麼好笑的，我們就這樣面對面大笑起來。

返回途中，他順手拉了一下燈繩，燈管卻沒亮。天色暗得快，才一會兒，屋子裡就像墨汁滴入清水，彼此的面目漸漸模糊。

「算了，我送你走吧！」他提議。

「稍等。」我靈機一動，「你能借我一本書嗎？」

「哪本？」

「《人生智慧箴言》。」

他走過去將書從書架上抽了出來，轉向我，「叔本華這本嗎？」

「沒錯。」

「你拿去吧！」

「太謝謝了。」一借一還是再次聯絡的絕佳藉口，我趁機掏出手機，儘量自然地說：「加個微信吧！」

他沒猶豫，念出一串電話號碼，「電話就是微信號，這邊信號不行，我一般也不怎麼用。」

我真沒料到自己點擊螢幕的手指竟然不受控制地顫個不停，幸好他的目光正看著別的方向。

「你還沒告訴我名字呢！」

「李旭，旭日的旭。你呢？」

果然是假名，我冷笑道：「王潔，潔淨的潔。我加你了。」

他拿起枕邊的一臺iPhone 4，一面操作一面自我調侃道：「這機型是不是該入土了？」

「說的是你自己吧。」我在心裡默默詛咒著。

從小木屋走到附近村民的民房只用了不到半個小時，π先生全程替我背著戶外背包。踏上柏油馬路的時候，真有一種重返人類文明的感覺。我看了一眼手機，剛好七點整。

「他家有車，你可以去問問。」他指向一家掛著「仙蹤小館」招牌的飯館對我說道，並將背包卸了下來。

「我知道了，謝謝，你也早點兒回去吧。」我向他伸出了手臂。

他拎著背包的手卻收了回來，眼睛帶笑地看著我，「乾脆一起吃晚飯得了，我請客。」

「那怎麼好意思啊！」我嘴上說著，身體卻故意靠向他。他呼出的熱氣直噴在我頭髮上，暖烘烘的，真令人噁心。

小館子裡只有六張桌子，其中一張面對面坐著兩個男客人，桌上的鍋子咕嘟嘟開著，弄得屋子裡熱氣繚繞。

「來了？兩位坐這邊吧。」聽到推門聲，老闆娘放下正在播放電視劇的手機，從吧檯後迎了出來，向我們推薦中間的位置。沒什麼特別的原因，只是出於習慣，我還是堅持坐門邊的桌子。看樣子老闆娘應該認識 π 先生，見他帶著女人出現，她的臉上浮現出曖昧的笑，格外留意起我來。

她生得虎背熊腰，十根手指頭跟胡蘿蔔似的，黑色休閒西服外套被撐得鼓鼓囊囊，底下一條大紅色皮裙裹著兩條象腿。半永久一字濃眉，眼線紋得糟透了，暈染得整個眼皮發青。一臉橫肉，蒜頭鼻，嘴巴塗得血紅。廉價香水的味道直往人腦仁裡鑽，我懷疑她走過的地方非留下印子不可。

π 先生把菜單遞給我，上面盡是些魚香肉絲、宮保雞丁、麻婆豆腐之類的家常菜。我點了蒜苔炒肉和紫菜湯，他先問我能不能吃辣，得到肯定答覆後加了一道水煮牛肉。之後又問我想不想喝啤酒，我拒絕了，今天不是喝酒的好時候。他就給自己要了一瓶。

「老闆娘，她一會兒回鎮裡，你們家有車能送一下嗎？」π 先生叫住了正要離開的老闆娘。

她開口就要一百元，我滿腦子都是怎麼勾引 π 先生，沒還價就同意了。

換了個環境，我們一時不知從何說起，有些冷場。

「女兒國國王勾引男人的水準不行啊！」π先生對著啤酒瓶猛喝一大口，突然來了這麼一句。酒精迅速令他的神情舒緩下來，他的眼角微微耷拉著，頗為溫存。

「啊？」聽到「勾引」兩字，我心下一驚，彷彿被人看穿了心思。

「你聽這歌。」

我這才注意到背景音樂是《西遊記》電影裡女兒國國王唱給唐僧的那首情歌：「說什麼王權富貴，怕什麼戒律清規……悄悄問聖僧，女兒美不美，女兒美不美……」

「女兒美不美，女兒美不美……怎麼跟農村婦女似的！」他又仰脖灌起來，有些人一碰酒就變了一個人似的，不斷突破自己的言行邊界。其實才兩口酒哪兒有那麼大勁兒，不過是心理作用罷了。

我笑出了聲，腦筋一轉，「那怎麼勾引？跟唐僧聊叔本華嗎？」

老闆娘將蒜苔炒肉端了上來，這上菜速度也太快了點兒，讓人懷疑是大鍋菜。

「上一下白飯。」π先生衝著老闆娘臃腫的背影囑咐道，接著夾了一筷子菜送到嘴裡，煞有介事地說：「聊叔本華是個不錯的選擇。」

我對此嗤之以鼻：「聊孔子還差不多……」

「沒勁，要我是女兒國國王，就直接對唐僧出手了。」

我笑得低下頭去，一隻手架在桌上撐住額頭。對話越來越輕佻，好極了。

客觀來講，仙蹤小館菜的味道不賴，在風景區附近算得上是良心店家。雖然中午吃得潦草，但這幾個小時異常的興奮令我提不起食欲。π先生倒是心無旁騖，大吃大喝，越聊越盡興，又加了兩瓶啤酒。他一喝酒就臉紅，吃得腦門冒汗，在燈光下泛著油膩膩的光。到最後，眼神變得有些呆滯，吃相也沒那麼文雅了，活脫脫一個庸俗的中年男人形象。我瞇起眼睛盯著他一開一合的雙唇，思緒不知道飄到哪裡去了。

見我失神的樣子，他愣住了，關切地問：「怎麼了？不舒服嗎？」

我整理了一下頭髮，神思恍惚，心慌意亂。也不知哪根筋搭錯了，突然一把抓住他放在桌面上的左手，語無倫次地說：「謝謝你對我這麼好，為我包紮，還有這些……多虧了你。」我垂著眼睛頓了頓，決心已定，終於不顧一切地熱切地望著他，「總之，謝謝你！」

我的大膽嚇了他一跳，但顯然也感染了他。他反握住我的手，使了很大的力，卻一句話都說不出口。他的眼中彷彿蒙著一層淚霧，或許是在酒精的刺激下過於敏感的反應，或許僅僅是我的錯覺。

回到家已經十點多了。仙蹤小館老闆娘的弟弟把我送了回來，那輛破Jetta開得像賽車。他和他姊姊彷彿是一個模子裡刻出來的，黑不溜丟，總是一臉窘相，一看就是個黑車司機。由於體力和腦力嚴重透支，上車沒多久我竟然睡著了，跟昏死過去似的——這是近來我睡得最沉的一次。上車前道別時，我和π先生扭扭捏捏了一會兒，以一個類似於擁抱的動作做了了結。在接觸他身體的時候，我從頭到腳包括頭髮絲都起了雞皮疙瘩，差點兒沒吐出來。

蓮蓬頭的絲絲水流砸在皮膚上，膝蓋傷口的刺痛令我更加清醒，也令我體會到了悲傷和美。我仰起臉張開嘴，接了滿滿一口又吐出來，混著眼淚流入下水道。我撫摸著自己，渴望透過這肉身觸及靈魂。此時此刻，我彷彿佇立於懸崖邊上，往下望去，有一個夢幻般的深潭，倒映著頭頂的星空，無限璀璨無限輝煌。我又是激動又是戰慄，渾身發狂似的哆嗦不止，內心感到非常刺激。

4 守株待兔

本想第二天就約π先生再見面，但他提出讓我給他三天時間，著實令我費解。他的解釋是最近工作繁忙，我不大相信——一個護林員有什麼可忙的，然而也只能答應。我開始擔心這不過是他的託詞，其實他對我並無興趣。好在我們一直在微信上聊得火熱，或深或淺拐幾個彎再加上一些帶色情意味的雙關語，說是打情罵俏一點兒也不過分。

我現在用的手機號碼是土撥鼠鎮當地的，購自公寓附近的小報攤，非實名認證。關聯的微信剛註冊沒幾天，朋友圈空空如也。為了不露出破綻，故意設置為「僅顯示最近三天的朋友圈」。π先生的朋友圈則僅有一條內容，發佈於二〇一七年九月十五日。那是一棵松樹的照片，沒留下隻言片語。我仔細回憶，在原始森林裡穿行了四天，從未注意到還有松樹。

看到這個日期，痛得我在床上縮成一團，彷彿一把尖刀在我的心臟上刺了又刺。這疼痛很快轉化為憤怒，像海一樣深，真恨不得一口血噴在他的臉上。如果可以置他於死地，我願意付出任何代價。

這三天我做了不少事情，整理房間，置辦工具，最重要的是買了一張帶欄杆的床。另外，為了計畫順利實施，我認為有必要加強一下上肢力量，於是弄來一對啞鈴，還懷著惡意向π先生討教了一番針對手臂的訓練動作。雖然只有三天，也算聊勝於無吧。

我終日如同驚弓之鳥般緊張，又好似烈火般狂熱，每晚都要醒來好幾次，睡眠淺得像一張紙。夢境裡翻來覆去重複著與π先生最後的交鋒，彷彿一個被NG了無數次的電影片段。我們肩並肩走進不同的房間，倒在不同的大床上。我欣賞著他在掙扎中痛苦扭曲的臉，復仇的快意莫名其妙地轉化為強烈的恐懼。他的臉在我眼前膨脹，離我越來越近，就像電影院的巨型螢幕一樣，忽然迸裂成千千萬萬個玻璃碎片，齊唰唰向我飛來。

我猛然驚醒，坐在床上劇烈喘息，彷彿已經置身於犯罪現場。黑暗濃郁、沉重、寂靜，侵占了每一吋空間，似乎是不可戰勝的。只有我的兩隻眼睛，因這黑暗的襯托而愈發明亮，就像兩顆固執的星星，信仰光明。

三天來我吃得相當敷衍，一天到晚不知道餓，全憑一口氣活著。由於擔心體力下降，我總是強迫自己多吃一點兒。但難以置信的是，我感覺自己體內彷彿住進一條惡龍，力大無窮，精力無限，隨時可以噴出火來。

為了避免再次碰到在蒼耳酒吧見到的那個男人，同時因為不希望給附近居民留下太深的印象，我基本上沒怎麼出門。日常所需通過手機下單，用現金與快遞員當面結算。直到週一下午六點左右，我在家裡實在待不住了，況且堆了三天的垃圾也需要處理，終於決定下樓吃點兒東西。

社區小廣場上已經集結了三、四十個中老年人，女性在數量上占壓倒性優勢。他們像骨牌似的站成一條蛇形線，隨著音樂節奏踮著步子向前方緩慢移動，同時配合著頭頸與手臂的一系列動作。這支隊伍看上去既無聊又怪異，一些人神色漠然，另一些頗為虔誠。

我敢肯定的是，就算以後老來無事，我也絕不會去跳什麼廣場舞。或許是我生性孤僻，很難從群體中獲得力量，我孤獨感最強烈的時刻往往來自人群和喧囂。

想到這裡，我的思緒回到與π先生的對話上。今天上午他說了一句令我印象非常深刻的話，大意是：以前覺得孤獨是苦刑，如今反而覺得孤獨是莫大的享受。我深以為然，一個人的時候最自在，你不必做任何妥協。儘管如此，π先生的箴言越多，我越是看不起他。對於這樣一個黑暗的靈魂，一切美好的言語都是矯飾。

社區裡沿街的一樓民居幾乎都改成了店面，遍佈洗衣店、盲人按摩、房地產仲介、便利商店和小飯館之類的店鋪。我漫無目的地閒逛了一會兒，進便利店買了一包菸，出來正好看到「七公主韓式家庭餐館」的招牌，便走了進去。

店裡一對上了歲數的男女正笑得上氣不接下氣，見我進來，連忙打招呼，原來他倆就是店主。我還是習慣性地選了靠門的位子，老闆讓我對著牆上的菜單點菜。隔著一張桌子有一位男客人，面前擺著一碗冷麵，卻半天不動筷子。我忽然也想吃這一味了，便叫了一碗。

端上來之後看著還蠻有食欲，吃了一口著實失望，冷麵湯可能剛從冰箱裡取出來，還未完全解凍。本想跟老闆抱怨幾句，猶豫了一下，作罷。再吃了幾口，酸酸辣辣的味道刺激著味蕾，倒也吃得下去。

大廳角落的電視正在播放一檔關於企鵝的節目，我剛開始沒怎麼在意，忽然聽到「企鵝海灘位於南非開普敦至好望角的路上」。我愣住了，非洲居然還有企鵝？有點兒意思，我饒有興致地看了起來。南非企鵝跟南極企鵝長得確實不大一樣，南非企鵝肚子前面有一圈黑紋，看上去有點兒炸毛——可能是熱得喪失理智了。節目介紹說其實企鵝並不喜歡炎熱，只有在寒冷的氣候中牠們才會快活。那又何苦跑到南非去呢？我不由得替牠們難過起來。

突然間，我覺得坐在我九點鐘方向的男人有點兒異樣。當我看企鵝的時候，他似乎很關注我的一舉一動，嘴角還掛著一絲不易覺察的得意揚揚的微笑，彷彿這節目就是他製作的：「沒想到吧，非洲也有企鵝！」

我瞪了他一眼。這傢伙跟我年紀相仿，略發福，一張圓臉，從側面看不清楚五官，只是籠統地覺得平庸。穿一件黑色連帽大學T、一條鬆鬆垮垮的牛仔褲和一雙擦得極亮的牛津皮鞋。我猜他的職業不是會計就是機關單位的老混混，總之從事一份缺乏創造性的工作。不知怎麼回事，總感覺在哪裡見過他似的，我搜索枯腸，還是差那麼一點點。

千萬不要再碰到熟人了！我在心中默默祈禱。

這時，π先生的微信接二連三地發了過來，他說自己明天沒什麼事，問我要不要一起吃晚飯。我心跳得厲害，欣然同意，並暗示最近總在外面吃把胃口都搞壞了。話趕話幾句之後，他上了我的圈套，問道：「那明天下班後去你那裡嗎？」我的耳朵明明緊貼螢幕，這破手機卻擅自切換成播放，聲音大到壓過電視。我做賊心虛似的趕緊把剩下的冷麵吃完，結帳離開。

臨走時，我又發現那個男人死死盯著我看，非常沒禮貌。奇怪的是，他的臉上居然現出一副哀怨之色，好像我傷了他的心似的！

人的一生究竟要經歷多少苦難？究竟能承受多少苦難？有時候覺得人是那麼脆弱，經不住一點兒事情，有時候又發現人的忍耐力彷彿是無限的。就這樣胡思亂想，輾轉反側，直到三四點才迷迷糊糊睡著。醒來時，明亮的天色透過窗簾衰減了一些力度，但依舊讓房間亮起來了，有一點兒霧濛濛的感覺。片刻的麻木過後，痛苦、憤怒、焦慮、恐懼、興奮等亂七八糟的情緒像一群不速之客，一股腦兒闖進體內。我坐起來，將臉埋在雙手裡。天哪，讓這一切快點結束吧！

折磨了我整整十年的噩夢會在今天終結嗎？突然覺得一切是那麼乏味，毫無意義，令人失望透頂。我強打精神站起來，拉開窗簾，打開窗戶，深深地呼吸著新鮮空氣。放在書桌上的手機微信提示音響起，我猜是π先生，因為我的通訊錄裡只有他一個人。

「早晨的樹有一種浪漫的味道。」

「蟲子真幸福，可以把樹葉當作早餐。」

「我就是那條幸福的蟲子，已經開始期待今天的晚餐。」

「可惜我是個壞廚子。」

「你做什麼我都愛吃。」

夠了，我放下手機來到廁所，一邊刷牙一邊琢磨晚餐的事。在烹飪方面我實在沒什麼拿得出手的，平時能對付就對付，很難理解為什麼有人願意在吃上面投入那麼多時間和精力。蔥薑蒜花椒八角，柴米油鹽醬醋，洗洗切切，煎炒烹炸，吃完還得收拾殘局，何苦呢！乾脆做一個蔬菜沙拉、切一盤鮭魚，然後叫壽司外賣好了。簡單又體面。

差不多十點鐘，我出門去超市採購食材，順便買幾個像樣的盤子。超市跟菜市場一樣亂，若干個擺在不同位置的大喇叭重覆播放著促銷信息：「茄子原價兩塊一毛九，現價一塊九毛九」「老母雞特價酬賓，買一送一」「阿克蘇蘋果不甜不要錢」「真優酪乳，真果粒」……每一句廣告詞都有自己的邏輯和信念，但同時放出來卻彼此覆蓋、相互傾軋，一句也進不到耳朵裡。

我拎著購物籃先來到米糧區，露天放置的各種穀物像一座座金字塔似的，色彩也美，看著就讓人高興。趁人不備，我把手插入大米堆中，淺灰白的顆粒馬上讓出了手形的空間。一攢拳，手心便有了它們沙沙的質感，一個個好像都是活的小生命。

我去生鮮區挑了一大塊新鮮的鮭魚，粉白相間的魚肉豐腴、富有彈性，很新鮮，綁著兩小袋芥末一起販售。然後在旁邊的冰櫃裡拿了一排無糖優酪乳，前兩天不知道聊起什麼，π先生說了一句「糖是合法的毒品」，我竟然覺得不無道理，開始注重起健康飲食來。

還有，最重要的是半打可樂娜，我當然不會忘。

小番茄、散葉生菜、彩椒、櫻桃蘿蔔、小黃瓜、苦苣都買了一點兒，稱好重裝進籃子，再搭配一瓶千島醬。接著搭手扶梯上一層，買了四個帶玫瑰花邊的瓷盤子和一套竹筷子。

在收銀臺排隊結帳的時候，我注意到一個現象——其實以前也觀察過——很多人幾乎一刻也不能安靜下來。他們總是不停地清嗓子，或者哼著自己瞎編的小調；要嘛左顧右盼抓耳撓腮，要嘛不停地晃動身體某個部位。我感到很奇怪，成年人為什麼像兒童一樣無法控制自己的身體呢？而且這種現象絕非罕見，年齡越大越明顯。你能感覺到他們的思維像稀薄的煙霧一樣渙散，無法集中精神，窮極無聊，不知如何排遣。我想了一會兒，心裡發煩，為自己的憤世嫉俗而感到羞愧，隨手抓起收銀臺前架子上的口香糖，閱讀包裝上面的字。

回到住處剛過十二點，我把食材放入冰箱，瞥見冷藏室裡還有一個饅頭，權且當作午餐。往常我喜歡炸饅頭片，最近受π先生影響，放棄油炸，改為直接在平底鍋裡烤，焦焦乾乾的也不難吃。小黃瓜蘸黃豆醬，清爽鹹香。π先生說中菜味道的魂是醬香，而西方則是奶香。我洗了一把小番茄，握在手裡一顆顆吃著，望著正對面的公寓，心想，現在怎麼三句話不離π先生，要命！

目光無意識地來回游離，突然間，就像一道光照進腦海，我一下子想起了昨天在七公主韓國家庭餐館碰到的那個男人。他就是對面的住戶！這一重大發現啟動了我的回憶，仔細想想看，似乎總有一個人形剪影貼在那扇窗戶上，跟鬼魂似的。

我歎了口氣，捋了一把頭髮，將最後一粒小番茄送入口中，居然是個壞的。每次吃瓜子花生之類的堅果，我總是特別倒楣，吃到最後一顆永遠是壞的，弄得滿嘴苦味。但也許是因為糟糕的記憶更為深刻，從而能讓人得出偏激的結論吧。我氣惱地將它吐進垃圾桶，擰開水龍頭漱漱口，很快便把對面的男人忘掉了。

按照給π先生的說法，我在某家出版社供職，平時不進辦公室，時間自由。他昨天就跟我約好了，說晚上七點左右能到星塵公寓。接下來的這幾個小時是如此漫長，該怎麼度過呢？我發愁地在屋子裡踱著步，再一次檢查了一遍工具——幾條粗尼龍繩，下意識地扯了扯，足夠結實。我坐到書桌前，打開日記本瀏覽了幾篇，想要加深對π先生的恨意，卻也心猿意馬。復又站起來，活動了一下僵硬的肩膀，然後躺到床上。以現在的狀態，補眠肯定是不可能的，我只好再一次翻開床頭櫃上的《麥田捕手》，可是它神奇的鎮靜作用消失了。「雖說盡可能不表現出來，但我骨子裡真的是個膽小鬼。」這句話簡直就是在影射我。我把它扔回去，拖過π先生借給我的《人生智慧箴言》。腰帶上寫道：「為我們的願望設個上限，給我們的欲求配上鞍韉，把我們的憤怒馴服招安。」看起來也像是對我的諷刺。

「俗人就是沒有精神需求的人……俗人的巨大痛苦在於，理念不能為他們提供任何樂趣，為了逃避無聊，他們總是需要現實。然而，現實要麼很快就會枯竭，不能產生樂趣，只能製造厭倦；要麼導致各種災難。相反，理念永不枯竭，自身純潔天真，永遠安全無害。」

如若不是現在心亂如麻，我敢打賭，這本書我能一口氣讀完。我直挺挺地躺在床上，雙眼無神地盯著天花板，吸頂燈附近有一大片泛黃的水漬。恍恍惚惚中，那水漬幻化成π先生的臉，一時兇神惡煞，面目猙獰，一時面容哀戚，欲言又止。我閉上眼睛，他的面孔依舊頑固地顯現在眼皮上。

我無可奈何地坐起來，看了一眼時間，才一點十分。如果再在這間屋子裡待著，我可能會發瘋，可是眼下又無處可去。忽然，想起前幾日前往仙蹤森林的路上曾看到一家叫作華茂天地的大型商場，不妨去那裡打發時間。

所有的商場都是一個樣子，一樣的品牌、一樣的餐廳、一樣的電影院、一樣的商業性假笑，有那麼一陣子，我還以為自己回到了有著兩千萬人口的蒲公英市。人們談笑風生地與我擦肩而過，看上去每個人都在享受生活，沒有一絲煩惱，至少展現給我的是這幅景象。如果他們突然得知我這個不起眼的中年女人正醞釀著殺人計畫，不知會做何感想。

我站在商場中央的環形扶手處向下看，有一個橢圓形的溜冰場，被障礙物分隔成兩部分，三分之一用來培訓少兒冰上曲棍球，三分之二給顧客玩。我下到地下一樓，在溜冰場旁邊的飲料店買了杯熱咖啡，捧著暖手，邊喝邊看。冰球教練是一個二十歲出頭的精瘦小夥子，正在為面前的五六個小男孩示範動作。他似乎很痛恨這份工作，苦著一張臉，鬆鬆垮垮比畫幾下，接著讓他們挨個兒做。小男孩們戰戰兢兢地翻起眼睛看著他，越緊張越出錯，於是他就更加氣急敗壞。這壓抑的氣氛讓我很不舒服，彷彿自己變成了那個動輒得咎的孩子，感到羞恥、憤怒又無能無力，臉上像被什麼東西螫了似的痛了起來。

我剛準備離開，這時教練突然用冰球桿捅向其中一個男孩的前胸，男孩失去平衡，一屁股摔在地上。

「嘿！」我用手掌使勁拍打周邊的玻璃牆。「你這是幹嘛呢？」

教練莫名其妙地看著我，腳下蹬地滑過來。「有事嗎？」

「我警告你，不要打孩子！」這些字是從我牙縫裡擠出來的。

「你是家長？」他沉下臉，在胸前抱住雙臂，擺出一副防禦的姿態。

「不是。」

「那你管得著嗎？」

「我就管了怎麼著吧？如果你再欺負這些孩子，我就報警你信不信？」我的視線越過他，剛才摔倒的那個男孩正在爬起身，其他孩子不知所措地看著這一幕。

「有病吧！」教練啐了一口，轉身滑開，在冰面上留下兩條痕跡。在孩子面前站定後，他扭過頭充滿敵意地看了我一眼。

我不甘示弱地回瞪著他，他繼續上他的課，不過整個人好像縮水了。我知道他怯懦，我清楚地看到了這一點。在弱者面前耀武揚威的人，個個都是懦夫。而懦弱的人，沒有一個不是惡人。

我感到非常沒意思，不知道自己在幹些什麼。咖啡又酸又澀，還剩半杯就被我扔進了垃圾桶。出了商場，打開手機導航，地圖顯示當前位置距星塵公寓六·九公里。我打算步行回去，於是插上耳機，聽著 Aerosmith 出發了。

That one last shot's a permanent vacation
And how high can you fly with broken wings ?
Life's a journey, not a destination
And I just can't tell just what tomorrow brings

……

It's amazing

And I'm saying a prayer for the desperate hearts tonight

那最後一擊漫漫無盡，

帶著一副殘翼能飛多高？

生命是一場旅程，不必在意終點，

我不知道明天會帶來什麼……

如此不可思議，

今夜我為絕望的心靈而祈禱。

這首〈Amazing〉伴我度過了人生最痛苦的時光，當我瀕臨崩潰只求一死時，史蒂芬·泰勒一遍又一遍地告訴我這些。

我回到公寓時將近五點半，用手機下單叫壽司外賣，洗澡，換衣服，化妝，接外賣。做好蔬菜沙拉後，我沒事做了，專盯著桌面上的手機。六點四十二分，手機亮了，π先生發來一條微信：「還有兩站到。」

我神經質地站起來，血液轟的一聲衝上頭頂，眼睛一時發了花，手指憑藉鍵盤記憶回覆道：「我去接你。」

屬於我的時刻到來了。

5 復仇

公寓大樓門入口處有兩個人在等電梯，我扯過π先生的手臂，順勢勾進他的臂彎裡，附在他耳邊輕聲說：「電梯壞了。」他被我牽引著走向樓梯間，手裡拎著的帆布袋子重重撞到我的膝蓋上。

「裡面裝的什麼東西啊？」我忍痛問道。

「一會兒就知道了。」他笑瞇瞇地說。

從觸感和邏輯上，我估計八成是酒。

「最近這麼忙？」我沒話找話，鬆開了他的手臂，走在他身後。

「有點兒，整理了點兒東西。」他含糊其詞地說。

樓梯間裡每個平臺處都堆積著成捆的大蔥、缺胳膊少腿的自行車或奇形怪狀的破爛，逼仄淩亂，灰塵密佈。安靜的空間迴盪著我們均勻的腳步聲，一個走向天堂，一個走向地獄。

「你可別抱太高期望，今天的晚飯我叫外賣。」我一邊開門，一邊回頭對π先

5月14日，流星雨降落土撥鼠鎮

生說。他個子很高，我只到他的鼻尖。

「我不挑食……要換鞋嗎？」他進了門來，左顧右盼，將帆布袋隨手立在門旁鞋櫃上。

「不用不用，再說我這兒也沒有男式拖鞋。」我坐在椅子上，費勁地拔下箍在腳上的靴子，將雙腳穿進難看的藍色塑膠拖鞋裡，說道：「你先坐吧。」

π先生侷促地在客廳的小餐桌邊坐下來，呆呆地凝視著桌子正中的蔬菜沙拉。

「要喝茶嗎？」我走進廚房，按亮熱水壺的按鈕。

「好啊！」他無所事事地跟了過來。

「我這裡只有茶包。」說著，我從高處的櫥櫃裡拿出兩個盒子。「蜜桃烏龍還是伯爵茶？」

「伯爵吧！」

熱水壺努力地嘶嘶響著，我往兩個馬克杯裡分別放了烏龍茶包和伯爵茶包，靠著冰箱等水開。π先生倚在櫥櫃上，看著我忙。

我打開冰箱取出一盒壽司，向π先生展示。「一會兒吃它。」

他的臉上又堆起笑容——他似乎是個很愛笑的人，突然說：「判斷一家壽司館子怎麼樣，要看他家的雞塊炸得好不好。」

「是嗎？為啥？」雖然聽上去很無厘頭，我卻有點兒相信了。我怎麼老把π先生的話當聖旨似的。

「你聽我的就是了。」他露出自負的表情。

這時，熱水壺的按鈕彈了起來，沸騰的水漸漸平靜。我將開水倒進杯子裡，伯爵茶裡佛手柑的味道被啟動了，香氣繚繞，令人心情愉悅。

我把馬克杯遞給他，他說了聲謝謝，低頭深深嗅著，恨不得把那好聞的氣味都吸進肺裡。

「《人生智慧箴言》挺好看的。」我朝杯子裡吹了口氣，茶水像綢緞一樣蕩漾出許多皺褶。

「叔本華算得上我最喜歡的哲學家了。」π先生一談起這些就滔滔不絕。「他可能是本著得罪全人類的心態來寫這本書的，不留情面，就是要諷刺世俗的一切，社交、旅行、跳舞、看戲……統統是俗人為了彌補內心的空虛無聊而創造出來的。我還看過一本《叔本華論文集》，什麼論女人、論自殺、論教育……」

「聽著這些主題還蠻有意思。」我插嘴道。

「確實，」他停頓片刻，終於選定一個詞——鞭辟入裡。「關鍵是行文優美，不難懂。真的，他的每一行字都值得尊重。」

「抽嗎？」我想表達的意思是「抽象嗎」。

「啊？」他愣了愣，隨即反應過來，開玩笑道：「你說的是哪種『抽』？是康得的『抽』還是薩德的『抽』啊？」

他怎麼知道我知道薩德？我有些恍惚，接著腦海中閃過了薩德侯爵揮舞鞭子的形象，不禁大笑。

π先生也哈哈大笑，杯子裡的茶都晃出來一些。他接著這個話頭說道：「薩德這個離經叛道的傢伙，成年後有四分之三的時間是在監獄度過的。」

「你讀過他的作品嗎？」

「沒有，就看過根據他的小說改編的電影《索多瑪一百二十天》，這可是世界十大禁片之首。」

「薩德侯爵是威武的。」

「絕對的！」

我們心照不宣地又笑了一回。

「哦，對了，你等一下。」他把杯子放在櫥櫃檯面上，走向客廳。

這些歡笑如此真實，並無半點偽裝。正因為此，我的心情忽而波動起來，端起杯子大口喝著燙嘴的烏龍茶。有那麼一刻，我發現自己在作假設——如果他不是個惡魔，我會不會對他產生別樣的感覺？僅僅是這個念頭就足夠令我感到恥辱和恐懼。

不一會兒，他拎著一瓶紅酒返回——果然被我猜中，他還很細心地自帶了開瓶器。他的手很巧，沒費什麼勁就開好了。我很是喜歡聽瓶塞開啟時那「砰」的一聲，像沉穩的男低音。我才意識到這兒根本沒有酒杯，乾脆就用手中的馬克杯對付吧。

兩隻盛著紅酒的馬克杯在空中相碰，叮噹一聲脆響。我象徵性地抿了抿，π先生正享受著這暗紅色的液體，喝一口還往杯子裡看一眼，彷彿確認自己的確是在品味葡萄的靈魂。

「你最喜歡哪個作家？」他問道。

「沙林傑。」我毫不猶豫地說，「《麥田捕手》我大概看過一百遍。」

「我也喜歡。」他呷了一口酒，打開了話匣子，「他只靠這一部作品就做到了不朽，一想到霍爾頓的人物形象，就想到那頂紅色獵人帽，還有他的……純潔，純潔到了極點。當代那麼多高產的作家，卻塑造不出一個讓人記得住的主人公。」

聽著他說話，不知道為什麼，我的腦袋裡一直浮現著霍爾頓招妓時往嘴裡噴口氣清新劑那一幕。

「要不我們邊吃邊聊吧！」我突然意識到站在這裡聊個沒完似乎不大合適。

「好啊！」他答應著，先將酒瓶和杯子往餐桌上轉移。

我拿出上午剛買的盤子，簡單清洗後，將壽司一個挨一個地擺滿兩盤，招呼π先生端了回去。又把整塊鮭魚放到砧板上，用菜刀切片。他站在我身後看了一會兒，說聲「還是我來吧」。面對歪七扭八的魚片，我自己都看不下去了，決定讓賢。π先生的刀工甚是了得，切得又快又勻稱。我從筷架中抽了兩副筷子，又取出兩只小碗，分別倒上一層醬油，一手一只端上飯桌。不多時，他捧著一碟粉嫩的鮭魚也過來了。

「為了我們的相遇！」我舉起馬克杯，念出早已設計好的臺詞。

「為了我們的相遇！」π先生激動地重複道，眼中閃爍著微光。

酒沾了沾嘴唇我便放下杯子，用筷子挑了一塊黃豆大的芥末在醬油中化開。夾起一枚北寄貝壽司，輕點醬油，整個送入口中。

「味道還說得過去。」我點著頭評論道。

「我看過一個採訪，是壽司之神還是誰的，他推薦壽司應該這麼吃……」他演示給我看，不加芥末，用生魚部分蘸醬油，儘量避開飯粒，一口吞下。「在製作的時候，米飯和生魚之間已經塗過芥末了。」

我回到廚房重新倒上醬油，按照他的方法一試，果然口感更好，層次分明，突出本味，而且沒剛才那麼鹹。

「生魚片的話，你可以直接在上面放一點兒芥末，然後蘸醬油。這樣……」他像教小學生似的講解著。

我感覺自己這麼多年的壽司是白吃了。

我們的話題像天空的雲朵一樣東遊西走，直到很久以後，我才後知後覺地意識到，聊了那麼多，竟然連一點兒私人生活都沒有涉及。是有意為之還是潛意識作祟？到底是兩個心懷鬼胎的人，還是兩個不屑俗物的人？一切都不得而知了。

「真沒想到九月份那場流星雨又落在了仙蹤森林。第二次了吧？」我挑起了話頭，「上一次還是十年前！」

「是啊！」π先生停止了咀嚼，彷彿陷入回憶。

「真的沒有人找到隕石嗎？」

「據我所知，還真有一個人找到了。」他言之鑿鑿。

「那太幸運了！」我想起從《天外來客隕石》上看到的知識，好奇地問道，「石隕石，鐵隕石，還是石鐵隕石？」

「那我就不知道了。」他夾了一筷子生菜葉，像隻山羊似的大嚼起來。

在酒精的作用下，π先生的眼睛開始迷離，臉上露出寬容而僵硬的微笑。雖然我跟那麼多男人打過交道，但實際上並不真正瞭解男人，勾引男人的技巧還不如女兒國國王。見時機差不多了，我站起來繞到π先生背後，雙手搭在他的肩膀上，俯下身子在他耳邊用一種癢癢的聲調問：「喜歡吃嗎？」

他放下筷子，渾身繃得緊緊的，像個機器人似的將腦袋偏過來。

我們的鼻子碰到了一起，嘴唇相距只有一指。他似乎覺得有義務回答我剛才的問題，剛一張口，我便吻了上去。我像忍受酷刑一樣閉緊雙眼，所有的細胞一起尖聲號叫。

就在這時，門口響起三聲敲門聲。

我懵了，耳朵裡灌滿雜訊，像從十公尺跳臺一頭扎進了水裡，根本無法思考。π先生也有點兒僵，但更有可能是我倉皇的樣子令他覺得奇怪。我拚命穩住陣腳，啞聲道：「誰啊這是？」

我站直身體，π先生向後挪動了一下椅子，椅子腿劃過地面發出尖銳短促的一聲。由於事發突然且詭異，時間彷彿變慢了，每個動作的細枝末節都被放大，牽動著彼此的神經。π先生不由自主地也跟著站了起來，神色凝重地盯著大門。在走向大門的這五步中，我的大腦裡擠滿了千奇百怪的可能性：敲錯了？房東？物業？鄰居？快遞員？（可是我買的東西已經全部到貨了！）……莫非是未卜先知的警察？

右手攥住門把手，隨著喀噠一聲，我緊閉的雙眼不得不緩緩睜開——竟然沒人！不可能是聽錯了，π先生可以做證，他也聽到了敲門聲。我走出去張望，腳下什麼東西差點兒把我絆倒，低頭一看，一大束裹著玻璃紙的紅玫瑰歪歪斜斜躺在地上，幾片花瓣散落在周圍。

「咦？這是你送我的嗎？」我蹲下去把花捧起來，用一種故作驚喜的聲音對身後的π先生說。

「沒有啊！」他老老實實答道，走到門口。

「那會是誰啊？」我自言自語，凝神思索，心中一凜，不會是前幾日酒吧裡見到的那個傢伙吧？他怎麼知道我住在這裡？沒道理啊！我感到寒毛直豎，就像在光天化日之下被扒光了衣服。

π先生不解地看著臉色慘白的我，打趣道：「說不定是我的情敵！」

我忽然有所頓悟，把玫瑰塞給π先生，衝到電梯門前，空無一人。略一思索，又跑到樓梯間探身往下張望，依舊沒發現人影。

我心有不甘地回到屋子裡，滿腹疑慮，幾乎沒心思再應付π先生，窩在椅子裡愣神。

「有花瓶嗎？」他的聲音變得分外遙遠。

我想起廚房角落裡有上任房客留下來的幾個大可樂瓶，一直懶得扔，改造一下可以用來插花。我一路踢踢踏踏走到廚房，取出一把廚用剪刀，從中間把空可樂瓶給剪開。π先生一聲不響地把包裝紙去掉，將花遞給我。我把枝條修剪到適當的長度，插入灌了水的可樂瓶中，並將其放在窗臺上。我們就像一對結婚多年的老夫妻一樣默契無間。

默默地做完這一切，我忽然發現水槽裡有幾個紅色的圓點。我「呀」了一聲，方才意識到左手小指被可樂瓶切口劃傷了，身體竟然麻木到了這種程度。π先生見狀，立刻打開水龍頭讓我先把傷口沖乾淨，又問道：「優碘和ＯＫ繃在哪裡？哎呀，怎麼每次見到我你都會受傷？」

我怎麼可能準備那些玩意兒，順嘴說：「用完了……」

「那我去藥房給你買去。」他作勢要往外出走。

「別！」我一把攔住他，生怕節外生枝。情急之下，將受傷的小指抬到他唇邊，用一種拙劣的楚楚可憐的眼神暗示他。

π先生一開始不明所以，後來不知怎麼開了竅，抬起雙手捧著我的小拇指，像他媽的托著女王的皇冠似的，低下頭去用嘴唇一下下啄著。我強顏歡笑地看著他花白的頭頂、皺紋深刻的前額，以及高高翹起的鼻尖，身體厭惡到了極點。

傷口不深，血很快便止住了。這時，我想起冰箱裡還有一盒裙帶菜忘記拿出來，便讓他洗了個盤子，把餐盒裡那團綠不溜丟、黏糊糊的東西倒上去。

我的視線就這樣無意識地投向窗外，在或明或暗的方格間逡巡。突然，我的目光被絆住了，瞳孔聚焦到正對面的公寓。那個男人如同幽靈一般緊貼窗戶站得筆直，與我面面相覷，他舉著的一個物件擋住了眼睛。如果沒猜錯的話，那應該是一架雙筒望遠鏡。我大駭，與他有關的片段像鋪天蓋地的蝙蝠一樣來回亂飛。在他美杜莎般的窺視下，我的身體徹底凝固。

更驚人的一幕出現了，我們四目交會，對面的男人以迅雷不及掩耳之勢拉上了窗簾。我的視線落回到那束玫瑰花上，一朵朵紅得像在燃燒。

π先生正在把裙帶菜擺上桌子，沒覺察到異樣。等我能動了之後，第一件事就是衝進臥室，將窗簾拉實。廚房沒有窗簾，好在餐桌位於拐角處，對面的變態是無法透過廚房看到這裡的。

上天就不能讓我順順當當幹成一件事！猛然竄起來的怒火幾乎壓倒了其他的負面情緒，我試著做了幾次深呼吸，強打精神回到餐桌邊。

「哦，對了，你知道非洲也有企鵝嗎？」我走火入魔似的問了這麼個問題。

「知道啊。」

「你怎麼知道的？」

「我就是知道啊，」他攤開手，像講課似的說道。「人類第一次發現企鵝就是在非洲的好望角。」

我納悶是不是全世界只有我一個人不知道非洲企鵝這回事。

接下來的晚餐我已經不知道我們在聊些什麼了，他在那兒說個不停，似乎渾然不覺。我茫然地望著他，這並不像是一張冷酷無情、虛偽自私的臉。一定是錯覺，一個衣冠禽獸不可能將心靈的黑暗寫在臉上。直到晚餐結束，我杯子裡的紅酒還剩大半，那瓶酒幾乎都是π先生乾掉的。看他一副醺醺然的樣子，我感到安心，問他要不要再來點兒啤酒。他躊躇片刻，似乎在同自己的欲望鬥爭，還是拒絕了。然後就搶著收拾碗筷準備去廚房清洗，我把他按在座位上，我不希望我們任何一個人再出現在對面那個男人的視野裡。

「我有禮物要送給你。」

「啊？」他眼睛亮晶晶地看著我。

我從腳邊立著的牛皮紙購物袋中掏出一只精緻的方盒，遞給他。他笑容可掬地打開來，將那條藍紫斜紋領帶托在手裡，有點兒結巴地說：「我……很喜歡，謝謝……很好，這個顏色很適合我。」

他伸過手來，越過一桌子殘羹剩飯，感激地握住了我的手。

「不如我們到臥室裡待會兒吧。」我不由分說地拉著他走向那張新買的大床。

臥室讓整個事件升級到了另一個私密的層次，π先生顯得越來越侷促，手腳都不知道往哪兒擱，手裡還捏著我送他的領帶。只有書桌前的一把椅子，他拉過來坐了，我自然然靠在床頭，一條腿搭在床邊，另一條腿垂下來輕輕晃動。

「還疼嗎？」他突然問道。

「啊？」

他拍拍自己的左膝。

我這才反應過來，「早好了。」又道。「你沒覺得這一幕很熟悉嗎？」

「什麼？」他遲鈍地看看四周。

「我們第一次相遇的情形……」我用手指頭來回指了指，「不過你和我調換了角色。」

「真是一場奇遇啊！」他沉浸在回憶裡，喃喃道。

「你在仙蹤森林當護林員有多久了？」

「很久了。」他含糊地回答。

「每天都幹些什麼啊？」

「巡山啊……其實也沒什麼特別的事。」

「就沒有感到孤獨的時候嗎？」

「越孤獨越接近輝煌……」他矯情地說。

「現在你也這麼想嗎？」我側臥著，蜷起兩條腿，擺出媚態。

「有了你就不一樣了……」他漲紅了臉，像個少年般羞澀，不自覺地擺弄著手中的領帶。

「我希望你戴上它。」

「可我沒穿襯衫。」他為難地揪起身上那件灰撲撲的舊套頭衫，還是我第一次見到他時的那件。

「只戴它。」

當我拿著四條尼龍繩回來的時候，π先生磨磨蹭蹭只脫掉了上衣，領帶倒是很聽話地繫上了。他像個道貌岸然的混蛋似的坐在床邊，求援一般望著我。平日的他略顯瘦削，沒想到脫了衣服還有點兒看頭，可能是體力活幹得多，快五十歲的人了竟一點兒肚腩都沒有。

我把手中的物件放在床頭櫃上，迅速貼上來，雙臂吊住他的脖子，分開兩腿坐在他大腿上，領帶在我們的身體之間如同一條泥鰍。

「你剛才提到薩德……嗨，想不想玩點兒刺激的？」脫到只剩內衣時，我對π先生說道。

這個時候，男人什麼都會答應。

「怎麼個刺激法兒？」他渾身上下只剩頸間的一條領帶，腦袋鑽到我的脖子和枕頭之間，輕咬著我的耳垂。

我拿起其中一捲繩子，貼著他胸部正中間的皮膚一路下滑，同時趴在他耳邊悄聲說了幾句。

他意亂情迷地看著我，攤開四肢，神情逐漸鬆弛。

我站在床的一側俯視他，頭髮垂下來遮住大部分面頰，活像個女鬼。而π先生，此刻正四仰八叉躺在床上，雙手和雙腳被我牢牢地綁在大床堅硬的欄杆上。他不戴眼鏡的樣子看著有點兒怪怪的，彷彿某種昆蟲。

他左右扭了扭，四肢在很小的範圍內活動著，雙手攥成拳頭，腳趾像要抓東西似的在空氣中劃拉。

「來啊，」他向我轉過腦袋，目光迷離。「有點兒冷呢！」

我不說話，雙眼燃起了兩團火。

這不合時宜的沉默令π先生警覺起來，酒也醒了一半，不由得提高了嗓音，「喂！」

更深更久的沉默像密密麻麻的甲蟲一樣穿牆而入，頃刻間便爬滿了π先生的身體。他用力掙扎，喉嚨裡發出嗚嗚的怪聲，接著咆哮道：「你要幹什麼？你什麼意思？」

「小聲點兒！」我彎腰從床下抽出一把短匕首，架在他脖子上。

「你到底是誰？」他極力向後縮脖子，希望離刀鋒遠一點兒。

我哆哆嗦嗦地握著刀，被打磨得無比鋒利的刀尖不時刺在他的臉和脖子上，有幾處開始往外滲血珠。與其說緊張和激動，倒不如說只穿內衣確實有點兒冷。我暫時拋開他，從衣櫃裡取出一件長針織衫披在身上。

「還記得費南雪吧……」我已經有很久不敢觸及這個名字了。當那三個字劃過喉嚨經過舌頭衝出嘴唇時，我感到自己如同一朵被風吹散的蒲公英一樣消失了。

他停止了掙扎，那張臉像個死人。

「你奪走了我的女兒，我唯一的希望……」我的聲音開始發抖，哽咽到一個字也說不下去了。我把頭扭到一旁，不想讓這個人渣看到我的眼淚，拚命地守護最後一點兒可憐的尊嚴。更何況我也不打算再說了，那些煽情的話語改變不了任何事情，只會令我再一次承受命運的羞辱。另外，我對譴責一個十惡不赦的魔鬼也毫無興趣，既觸動不了他也拯救不了我——我們都是丟掉了靈魂的人。

當我再看他時，我竟然發現大滴的淚水從他的眼角滾落。他不敢看我，仰望著天花板，淚水全流進了耳朵。他的嘴巴微微張開，幾縷唾液在雙唇之間拉成細絲，顫個不休。他像是一隻犯了錯的狗，認命似的等待懲罰。

我緊咬牙關，整張臉縮在一起，使勁給自己打氣。突然間，我一躍跪到床上，向獵物靠近。就在我將領帶繞過π先生的脖頸、雙手準備發力的時候，他突然開口，用一種我聞所未聞的嗓音說道：「對不起！」

那聲音如同空谷回音，縹緲悠遠，又猶如蟬翼，輕薄透明。

6 往事

玻璃上的雨水歪歪扭扭、一頓一頓地往下滑，一路上如果碰到懸在旁邊的新雨滴加入，下降的速度就會明顯加快，運氣好的話，可以一直流到窗戶縫隙裡。更多的在半路上就把力氣消滅光了，只留下一道淚痕。

我往窗戶倒映的那張模糊而嚴峻的臉上噴了一口菸，上面頓時蒙了一層細霧。《麥田捕手》說：「天氣冷得像女巫的乳頭。」

為什麼要這麼說呢？女巫的乳頭很冷嗎？我縮了縮脖子，將花紋繁複的羊毛披肩裹得更緊些。土撥鼠鎮下雨了，從六點開始，大一陣小一陣，現在是早上九點多，已轉為淅淅瀝瀝的令人憂鬱的毛毛雨絲。我無法形容此刻的心情，只感到精疲力竭，這種骨子裡的疲倦絕不是飽餐一頓或睡個好覺就能緩解的。

復仇這件事，跟我想像的完全不一樣。有些事你必須親自去做，否則真的無從體會。本以為應該是得償所願的狂喜，至少也是心滿意足的平靜，但實際上，連一秒鐘都沒有，我所能感受到的除了恐懼，還有沮喪，更確切地說，是深淵一樣的虛空。

這令我想起童年的一個惡作劇。暑假的一天早上我突發奇想，將野地裡逮到的七八隻扁擔鉤（北方常見的一種害蟲）拔去觸角和腿，裝入一隻萬紫千紅潤膚脂的空鐵盒，然後埋進土裡——小孩子總是很殘忍。當時大概是想做一個試驗，看看這種昆蟲的生命力究竟有多麼頑強。吃過午餐，我回到原地將鐵盒刨出來，打開一看，牠們還活著，那些綠色軀幹還在痛苦而徒勞地蠕動著。我把午飯全吐了。

現在的我就是這種感覺。

π先生的兩條腿綁了石塊沉在幾公里外的臭水溝裡，頭凍在冰箱冷凍室，剩下的部分當然還在廁所。

早就知道處理屍體是一件非常棘手的事，但實際操作起來比想像中困難得多。我極力把眼前的東西想像成一塊豬肉或者別的什麼，仍不住地乾嘔。其間產生了上百次想要放棄的念頭，反正我的使命已經完成，接下來的命運無足輕重，哪怕後半生在監獄度過也無所謂。

然而自深處，依舊萌動著一線希望——這是世界上最美麗和最殘酷的東西。我戴著橡膠手套的雙手彷彿一架處於自動飛行狀態的飛機，按部就班地操作著。我已經徹底麻木了。

一截菸灰自動掉落在地板上，我把菸頭扔進面前的水槽，從菸盒中抽出最後一支。繚繞的煙霧莫名地帶給我一些安全感，那緩緩流動於空氣中的樣子如此優遊自如，有一種蔑視往昔的傲慢。

哪怕少了一分一秒，我都不會是今天的我。那些往事令我悔恨，但命運不會給任何人重來的機會，在這一點上倒是十足公平。

我從來沒見過像我父親那麼懦弱而殘暴的人。如果對人性稍有認知，你便會發現這兩個特點並不矛盾，完全可以出現在同一個人身上，如同一枚硬幣的兩面。他是蒲公英市鋼鐵廠的一名夜班電工，常年晝夜顛倒，我幾乎不怎麼能見到他。人如果沒有一個正當的興趣愛好，很容易隨波逐流，沾染一身惡習。我父親就是這樣，抽菸、喝酒、賭錢、打老婆這四樣占據了他全部的業餘生活。雖說同廠的大多數男人也是這副德行，但他還要更壞些。印象中我們從未有過身體接觸，他沒有摟抱過我，連牽手都沒有。只要他一出現，連空氣都變得異樣了，他就像一隻冷血動物似的。

我的母親曾經是蒲公英市實驗中學高中部的物理老師，因為跟同校一個已婚男老師戀愛並遭拋棄，丟了工作，壞了名聲。成為這起傷風敗俗醜聞的女主角之後，在眾人眼裡，母親便喪失了「人」的資格，彷彿一件殘次品，只能打折出售。最終，她草草下嫁父親，那只扼住咽喉的命運之手從此就沒有鬆開過。

從外貌上看，父親和母親就極不般配：父親矮小、傴僂、獐頭鼠目，從來不用正眼看人，總是一副做賊心虛或狡詐的模樣；而母親高大、矯健，擁有一雙智慧而善良的眼睛，笑起來嘴角的弧線非常優美。

母親被學校發配到食堂工作，她似乎向命運低了頭，不再掙扎，一直在那裡幹到生命的最後一天。她是一個沉默寡言的人，很有些藝術氣質，鍾愛浪漫愛情小說，喜歡幻想。家裡面的書全是她的，父親除了一本《電工手冊》外，從來不看任何書。父親每次發火的時候，必然要撕毀母親的幾本書，這是他的儀式。我觀察到，他對母親的態度相當複雜，既愛慕又鄙視，既崇拜又嫉妒，直到後來發展為一種隱蔽的仇恨，一有機會就像毒蛇噴濺毒汁一樣發洩出來。

父親是一個鄙俗之人，在權力或強者面前，他像動物一樣本能地卑躬屈膝，沒有任何原則；在弱者面前，又搖身一變成為暴君。他對我漠不關心，如果遇到什麼事實在躲不開，也敷衍得如同陌生人。他疑神疑鬼，總認為母親會背叛他，於是借酒撒瘋，大吵大鬧，毆打妻子。酒醒之後，又像條狗似的跪在母親面前痛哭流涕，祈求原諒。出於某種只有他自己才知道的原因，他從來沒有動手打過我。

千百次的重複之後，我早已無動於衷，對父親能改好這件事不抱任何幻想。連自己的尊嚴都可以輕易放棄的人，又怎麼可能給別人尊嚴呢？

我十二歲那一年，母親在家中開瓦斯自殺了。從她留給我的遺書中，我得知自己並不是父親的親生女兒。其實我差不多已經猜出來了。我驚訝地發現，為母親的解脫而高興的心情已經遠遠大過傷心。從此，我跟隨外婆一起生活，再也沒見過養父。對於生父，我沒有任何情結，他不過是一個不合時宜的精子提供者而已。

愛的匱乏使人變得像落水者一樣拚命想抓住點兒什麼。我從十四歲起就斷斷續續談起了戀愛，或者稱之為「模擬戀愛」更恰當。十八歲時的男朋友可以算作正式的第一任，就是跟我一起去電影院看《無敵鴛鴦腿》的那個。

他是我同學的一個什麼表親，我們相識於高三暑假，沒多久我便失去了童貞。我的性格中有一種討好別人的傾向——這一點令我非常厭惡自己，他希望與我發生親密關係，而我不願看到他失望的臉。

他就是一個普普通通的人，長得有點兒像兵馬俑，對人對事見解平庸。愛講一些不好笑的笑話，聽眾沒什麼反應，自己倒樂得前仰後合。他對學習沒什麼興趣，過得渾渾噩噩，也不知幹些什麼好，於是就去咬指甲，十個指頭被咬得光禿禿的。

後來他開始看盜版武俠小說，常常看得眉飛色舞。我好奇地拿來翻了翻，發現裡面一描寫帥哥就是「目似朗星鼻若懸膽」，一形容美女就是「明眸皓齒肌膚勝雪」，沒一次例外的。劇情更是套路，一句話能說清楚的事非得人為製造重重誤會然後大打出手。

「邏輯不重要。」面對我的質疑，他這麼說。

「那什麼重要？」我問。

「爽啊！」

他總是想方設法與我待在一起，幾乎滿腦子都是性這件事。跟大部分青春期的男生一樣，有一種傻乎乎的誠懇，一心對我好。

我考入蒲公英市文藝大學，就讀於鍾愛的英美文學專業，他則進入兩千公里外的鴨嘴獸市理工大學高分子材料系。我沒多久便移情別戀了，他好像很是消沉了一陣子，據說連武俠小說這個唯一的愛好也放棄了。

我沒有真正愛過他，事實上，我很難真正愛上什麼人。我生性衝動，容易陷入愛河，但情感上又比較膚淺，感覺來得快去得也快。而我的運氣向來不大好，總是遇到形形色色的怪人。

比方說我的一任男朋友特別吝嗇，他對錢的熱愛已經到了荒唐可笑的程度。為了省錢，他甚至可以忍饑挨餓。如果衣服不小心劃破個口子，他會黯然神傷好幾天。我還發現他偷偷撿別人丟掉的易開罐，而且每當路過垃圾桶時，他似乎都在克制自己往裡面看的衝動。他的家境雖然不富裕，但也絕對沒到需要靠賣回收維生的地步。

他的書包最裡面總是裝著一本詞典，有一次趁他上廁所時，我拿出來查單詞，眼前的場景令我大開眼界：書頁間夾滿了鈔票，一毛兩毛五塊十塊應有盡有，彷彿樹葉標本，沒有一絲折痕。我想像著他每晚打著手電筒在被窩裡欣賞它們的情景，雞皮疙瘩都起來了。

但直到那時我也沒下定決心和他分手，他也有他的優點，細心體貼、善解人意什麼的。更何況他長得很不錯，尤其是那雙手，是我一生中見過的最好看的男人的手。總之，我還沒想好。

當時我在一家飾品店兼職，收入足夠日常開銷。每天晚上九點下班後，他都來接我。然後，我們會在附近隨便找個館子吃點兒東西。我從來沒留意過誰付錢這件事，但同一個情景反覆出現，即使再愚鈍的人也會有所察覺。每次結帳的時候，他總會搶著掏錢包，抽出裡面唯一一張一百元，遞給面露難色的老闆。當時一百元紙幣在市面上還不多見，再說總共就一塊八毛的東西，我便按下他的手，自己拿零錢付了。

我記得很清楚，那天刮大風，當他又一次老練地從錢包裡抽出那張永遠都花不出去的百元大鈔時，我突然對他說：「咱們分手吧！」他的臉色一變，質問我「為什麼」。我實在沒什麼好說的，從他的雙肩背包裡掏出字典，隨手一翻，零錢便如同出籠的小鳥般飛走了。現在回想起來，那場面真有點兒超現實。

從此我明白了一個道理，愛的本質是給予，而這可是要了小氣鬼們的命。

還有一個比我大十歲的男朋友倒是大方，很捨得為女人花錢，總愛說「男人掙錢就是為了給女人花」。無論做什麼事，他都能從陳詞濫調裡找到理論依據。他脾氣暴躁，反覆無常，卻總是解釋為「刀子嘴豆腐心」。對此我表示懷疑，實在看不出「刀子嘴」和「豆腐心」之間的因果關係。每次出去吃飯吃高興了，他總免不了跟我語重心長一番：「要想抓住男人的心，就要抓住男人的胃。」我很納悶，首先愛情這回事，兩廂情願，來去自由，又不是打獵，想抓就抓；其次，非要那麼在乎口腹之欲的話，找個廚子不就好了？

「你知道通往女人的心的道路是什麼嗎？」我用純是尋開心的目光看著他。

「啥？」他叼著牙籤，往椅背上靠了靠，擠出雙下巴。

「陰道。」

和大多數中國人一樣，他對世俗成功有一種狂熱的迷戀，認為這是人生唯一的價值所在。參加他那些狐朋狗友的聚會對我來說不啻於一場災難，他在這種場合倒是如魚得水、樂在其中，時不時攀住某位權貴的肩膀，自豪地向我介紹：「這是某某公司的某某總，我哥們兒！」對方的社會地位越高，他就越興奮，沒話找話，妙語連珠，一個笑話接一個笑話，絕不會冷場。看著他像跳樑小丑一樣四處應酬，我都替他臊得慌。有意思的是，那些什麼局什麼總倒好像有特異功能似的，無論多麼肉麻的吹捧他們都安之若素、信以為真。

我承認，一度我也為物質的豪華威嚴所震懾，但隨著時間的推移，我越來越意識到其背後的虛弱和無趣。在我把他甩了之後，他又騷擾了我好幾個月，威逼利誘，軟硬兼施，一會兒嚷嚷著要跳樓自殺，一會兒又說有個遠房親戚是財務局副局長，許諾等我畢業以後將為我謀求一份好工作。直到我的新男友把他揍了一頓才終於消停。

再說說我這個新男友，鄰校游泳隊國家二級運動員，人高馬大，體形健美，眉骨凸出，瞇瞇眼，厚嘴唇，猛一看有點兒像大猩猩。他各方面都好，誠實、勤奮、聰明、感性、興趣愛好廣泛，與他聊天非常愉快。無論什麼話題，只要起個頭，他就能把接下來的部分進展得有聲有色。比如被一粒花椒麻了嘴，可以引申到香料戰爭；從鋼筆裡的藍墨汁，講到普魯士藍是重金屬鉈中毒的解藥。他還對一切排名樂此不疲，比如世界十大山峰、隋唐英雄武功排行榜、咬合力最強的十種動物……他是一個百科全書一樣的男人。

但他有一個致命的弱點——嫉妒心極強。我跟男同學笑得甜了一點兒，他就認定我們暗通款曲；多跟男服務生說了幾句話，他就懷疑我對人家有意思；衣服領口低了一吋，他就指責我賣弄風騷。

一旦疑心上來了，他就整夜拷問我，不讓我睡覺，直到我承認自己勾引別的男人為止。雖然他力氣大得一拳可以打死一頭牛，但心眼卻比針眼兒還小。最後，我像逃離絕命島一樣頭也不回地跑了。

就這樣，我稀裡糊塗地穿越一段段「愛情」生活，直到在二十二歲那一年遇到未來的丈夫，才算真正懂得了愛的意義。

5月14日，
流星雨降落
土撥鼠鎮

7 愛

九〇年代是一個夢想幻滅的年代，這座遭受重創的雕像佈滿了裂紋，最初還勉強維持著姿態，繼而碎片次第剝落，終化為塵。人們一面自我否定一面擁抱冰冷的現實，嘲弄著除金錢外的一切。

一九九二年夏天從蒲公英市文藝大學畢業後，我成為學校下屬單位文學理論研究室的一名助理研究員。因為不是領導家的親戚朋友，所以無正式編制，被體制內人員喚作「臨時工」，薪水也比他們低一檔。可能是天性使然，我心不在此，為五斗米折腰實在不雅觀（諷刺的是，若干年後我卻幹盡了曾經鄙薄的事情）。彼時的我耽於閱讀，像一塊貪婪的海綿。那段時間讀了太多的書，當時的藝術感受力尚不銳利，常常好歹不分，只管悶頭讀下去。從某種角度來講，也是為了彌補心靈巨大的黑洞，因為那段日子過得著實艱難。

剛剛跟嫉妒狂男友分手，又經歷了畢業、找工作、租房子等一系列麻煩事，初入職場做得也並不順心。別看只是一家才九個人的小單位，其內部錯綜複雜的關係不亞於宮廷鬥爭。研究室主任是個五十歲左右的男人，大光頭，身材在同齡人中算是保持得不錯的，近來因為戒菸有發胖的趨勢。地地道道的熱衷權位者，但技不如人，混了大半輩子好不容易熬死上司升至正處級。雖然號稱是文化人，但他既不看書也不讀報，其價值觀由儒家忠孝節義、馬列階級鬥爭和厚黑學流氓混合而成。從邏輯上來講，很多地方狗屁不通，但他羸弱的腦力意識不到這些。唯一能令他提起精神的就是人與人的傾軋，別人的苦難可以說是他活下去的靈丹妙藥。

舉例來說，他最喜歡的事情就是員工之間鉤心鬥角，然後分別找他告狀。下面越亂，越能體現他作為領導的權威和仁厚。如果下屬過於團結，他反而要疑神疑鬼，覺得自己被架空。另外，他總要樹至少一個假想敵，以便給自己空虛乏味的生活增添活力。

我本來只是個約聘員工，爭名奪利之事壓根輪不到我，平日裡循規蹈矩，儘量遠離是非，但還是不幸被他盯上了。

單位會計韋鑫鑫是主任的姘頭，這是盡人皆知的事情。此人以前不知是哪個偏遠小鎮的小學數學老師，在一次關於小學生閱讀習慣的調查研究中，兩人搭上了線，迅速打得火熱。一年前，主任想方設法將她調入研究室，還把單位分給自己的一間宿舍騰給她住。

這個韋鑫鑫打自一出現就把自己當娘娘，平時待人冷冷的，從來不主動打招呼，甚至你跟她打招呼她都當沒聽見。然而一旦有求於你，馬上換一副嘴臉，眉開眼笑地叫你「親愛的」，彷彿親姊妹一般。她生就一副刻薄相，細眉毛，高顴骨，尖下巴，總愛翻白眼，實在談不上好看——但不知為什麼，不少男人就迷這種相貌。她陶醉於自己的魅力，一天到晚撥弄那一頭引以為傲的長髮。

說實話，這種人絕不罕見，相信任何人的一生中都會遇到一大把。有時候想想，真覺得有些人壓根就不該被生出來。

一日午後，大家剛吃飽，坐在各自的座位上打瞌睡。一個中年女人突然推門而入，她穿著一身黑，又矮又壯實，一副來者不善的姿態。

辦公室鴉雀無聲，大家彼此交換著意味深長的眼神。我心理承受力最弱，覺得有責任作出反應，便問道：「您找誰？」

她綳緊身體，眼睛擠在一起，左右拖出兩扇魚尾紋。嘴唇和臉色一樣蒼白，幾乎看不出分界。她嘴唇幾乎不動地說道：「韋鑫鑫。」

我感覺到氣氛不大對，但一時什麼都沒想，起身帶她來到走廊盡頭的財務室。

如果我稍作停頓，留意一下同事的面部表情，興許能躲過一劫。不得不承認，很多時候人生的走向完全出於偶然。

女人粗魯地推開門，向裡面正在往報銷單上貼計程車發票的人問道：「你是韋鑫鑫嗎？」

韋鑫鑫停止了手中的動作，看看她又看看我，心中彷彿有點兒明白了，聲音虛虛地說：「什麼事？」

女人用行動代替了語言，像一隻哺乳期的母獸一樣朝目標撲過去。韋鑫鑫沒防住，被迎面而來的力量掀得人仰馬翻。這時候我才琢磨過來，心頭湧起一股惡趣味，津津有味地看著正室與如夫人之間的地面纏鬥，一點兒也不想勸架。

由於戰況過於激烈，兩人甚至都沒有對話，像默片時代的電影似的用肢體語言表現情感。她們不約而同地採用了女性貼身肉搏戰中的慣用手法，例如揪頭髮、撓臉、王八拳、咬人等。我猜想格鬥一定是一個非常消耗體力的運動，不到半分鐘，她們便陷入了僵持狀態。這時語言開始發揮作用，可能是為了顏面，兩個人都壓低了嗓子罵著。過了一會兒，她們幾乎同時恢復了一些體力，四條胳膊再次開掄，直奔對方的頭髮和脖子。儘管韋鑫鑫在體能和道德上均不占優勢，但她還是憑藉頑強的意志力撐了下來。

我看得有些膩了，準備回辦公室叫人，卻一頭撞在了誰身上。我退後一步，眼睛聚焦，主任那張老臉彷彿剛剛灌下一大碗中藥湯。我無言地走出去，順手關上房門，幸災樂禍地想以後終於可以不用再見韋鑫鑫了。

令我始料未及的是，最終被掃地出門的不是韋鑫鑫，而是我。也不知道主任用了什麼花招哄騙妻子，總之，他那姘頭該上班上班，彷彿什麼事都沒有發生。作為這樁醜事的見證者，我卻成了主任遷怒的對象。在進入研究室的第八個月，他羅織罪名——在這方面他很有些天賦，把我打發到學校圖書館當管理員。

其實也不是什麼壞消息，可以說正遂了我的願，這可能是世界上最適合我的工作了。不知你是否有這種感覺，圖書館裡的時間跟外面不一樣，放慢了，彷彿在水中行進。我想，上帝一定偏愛圖書館，或許這裡是最接近天堂的地方。我覺得我就這麼過一輩子，也沒有什麼不可以的。

一九九三年四月二日，是一個極好的春日。陽光透過圖書館的落地窗斜斜地投射在桌椅和地板上，慷慨卻並不刺眼。在這樣的光線中，視力變得奇好，甚至看得到微觀世界。塵埃優雅浮動，似乎漫無目的，又有著屬於自己的意義。桌面呈現出不規則的木頭紋理，講述著逝去的四季。

我所在的前臺正對著整齊排開的十幾張大書桌，卻只有寥寥數人。早上十點鐘，學生們大多都在上課。同事也都不知道跑到哪裡去了，此刻就我一個人。面前攤開一本薄薄的小冊子，是新到的泰戈爾的《飛鳥集》，上海譯文出版社出版，鄭振鐸譯。沐浴在世界上最珍貴的那片陽光裡，我像一隻懶洋洋的老貓，好半天不翻動一頁。我觀察到手背上淡淡的汗毛一根根變得閃亮，繼而感覺手的形狀也從來沒有這麼美過。內心朦朦朧朧洋溢著一種生命力萌動的幸福感，周圍好似環繞著音樂與香氣，一時間目眩神迷。

忽然，一片陰影落在我身前的桌面上。抬起頭，最先映入眼簾的是兩本厚重的精裝書和另一本灰色封皮的小書。接著，是按在書上的兩隻男人的大手。我的視線沿著一件寬大的牛仔外套往上走，投向他的臉。那一刻，時間停止了，或者說，我能清晰地感覺到周圍的一切在流動，唯獨自己的時間停止了。這讓我想起高中時有一次給檯燈換燈泡，不小心將手指插進了燈座，渾身輕微地一震，談不上多難受，整個人像空了似的，動彈不得。

陽光在他周圍洶湧，彷彿將他托了起來。

「你好！」

「你好！」氣流滑過嗓子，卻沒有發出聲音，他只看到了我的口型。

「借這三本書。」說著，他從書最後一頁內側的小紙袋裡取出借書卡，又拿起檯面上的原子筆開始填寫。

他的頭髮有一點兒自然捲，額前的一縷掉下來擋住了眼睛。眼簾低垂，睫毛密而長，輕輕抖動，像又大又深情的馬的眼睛。鼻子比一般人略長，鼻頭圓圓的，給人一種容易親近的感覺。微微噘著嘴，嘴唇濕漉漉的，有一點兒孩子氣。唇邊留著一圈鬍子渣兒，直到許多年之後，我都認為這是他身上最性感的地方。他寫字的時候很用力，我感到了桌面的顫抖。

他把填好的借書卡先放在一邊，翻開其中一本精裝書的最後一頁，卻沒發現借書卡。

「咦？」他低頭看看腳下，又彎腰在身後尋找。

我回過神來，站起身，拉近那本書看了一眼，原來是一本英文原版書《紐約攝影學院教材》（*New York Institute of Photography*）。

「不好意思，按照規定，原版書籍概不外借。」

「這都什麼規定？」他抬起頭，兩條手臂搭在檯面上，眼睛流露出一絲惱怒。

「連老師也不能借嗎？」他想了想，又說。

「你是老師？」說實話，我一點兒都沒看出來，我猜他至多不過二十五歲。

「攝影選修課代課老師……算嗎？」他掰響兩個指關節，咕噥道，接著從衣服口袋裡掏出工作證在我眼前一晃。

「一般情況下，只能在圖書館閱覽，不過……」

捕捉到我的口氣有所鬆動，他聳起肩膀，興奮地往前探了探身。

「既然你是選修課老師，可以破個例。」我拿出隨身攜帶的記事本，貼著檯面推到他面前，「把你的姓名、地址、電話留一下，存個檔。借書期限是十天。」

他一邊寫著，一邊謝個不停。

我悄悄地在大腿兩側擦了擦手心的汗，眼睛不知該往哪兒看，最後乾脆回到面前的書上。隔了幾秒鐘，還假裝翻了一頁。

「OK了。」他把本子還給我，縮回的手停住了，忽然伸向我正在看的書。

我不由得「哎」了一聲，隨即站起來。他的個頭不算高，只比我高幾公分，應該不會超過一百七十五公分。

「飛鳥集。」他一字一頓地讀著封面的標題，亂翻了兩頁，又扔給我。書在空中水準打了兩個轉，噗的一聲穩穩落回桌上。

「我是塵土，你是光，我活在所有的光裡。」他用朗誦的腔調念出這句詩，頭扭向窗外。這時，有一道奇異的光打在他驕傲的側臉上，他瞇起眼睛。

「泰戈爾寫的？」我的心像被什麼東西擊中了。

「我剛編的。」他笑著說，嘴巴咧得很開，露出一排整齊結實的牙齒。

我仍深深震動著，木訥地接過他遞來的借書卡。沙林傑的《麥田捕手》，最後一個借書人的名字無疑就是他了。

鄭啟蒙。

指尖掠過他稚拙的筆跡，一種特別的意味順著手臂一直貫穿到我的心臟。

他從腳邊的地上拎起一個沉甸甸的軍綠色手提袋，將三本書一股腦塞了進去，大力往肩上一甩。在轉身離去之前，衝我揮了揮手，燦然一笑。

我眼睜睜地看著他消失在一片光芒裡，彷彿剛才的一切皆是幻覺。

大概在遇到鄭啟蒙後的第二週，發生了一件不愉快的小事。

這段時間我過得有些魂不守舍，一會兒一個主意，盡做白日夢。幻想鄭啟蒙前來還書，正好我當班，我們如何見面，展開了什麼樣的對話；還四處打聽，得知本學期攝影選修課被臨時取消了。我只消看一眼，便把他的電話號碼背得滾瓜爛熟，一次次拿起電話又扣下。

我心浮氣躁，先是怪自己多情又怯懦，漸漸地竟有些恨起他來。

就這樣渾渾噩噩過了幾日，一天上班時，我發現訂書針用完了，便去辦公室找小孫要。

文藝大學圖書館的藏書量大約只有十萬冊，卻配了四十幾名員工。近一半人整天無所事事，坐擁書山但一本書都不愛看，視閒暇為苦役，不知如何打發。有一位比我大不了幾歲的孫姑娘專門管後勤，為了從這份無聊透頂的工作中獲得存在感，她無師自通地學會了玩弄那點兒有限的權力。

當我索要訂書針的時候，她先是裝作忙得分不開身的樣子延宕了幾分鐘，我只好站在原地等著。之後，她慢吞吞地翻了大概一百個抽屜，終於找到一盒。我剛伸出手，她又觸電般縮了回去。接著推開小盒子，煞有介事地從中捏出一枚訂書針遞將過來。我沒接。

「不能一次給一盒嗎？省得一會兒就用完了老往你這兒跑。」

「不能。」她生硬地說，並把整盒訂書針塞回離自己最近的一個抽屜裡，以表明態度。

「誰規定的？」我也沒好氣。

「不能就是不能。」小孫向來詞彙貧乏，只能通過不斷重複加強語氣。

「以前不都給一盒嗎？」

「不知道。」

「你這不是較勁嗎？」我深感即使是再微不足道的權力，都能勾起人性醜陋的一面。

「行了！別說了！別說了！」小孫突然情緒失控，號了起來。

坐在旁邊的辦公室主任魏老太太連忙過來打圓場，把我拉到一邊，壓低聲音說道：「哎呀，昨天她婆婆把她氣著了，別跟她一般見識。」

她不勸還好，我就聽不得這種和稀泥的話。小孫不高興又不是我的錯，難道一個人情緒不佳就可以像動物隨地大小便一樣發洩在他人身上嗎？我拚命克制住羞憤的淚水，轉身跑了出去。剛到走廊上，眼淚便奪眶而出。

我稀裡糊塗地在校園裡遊蕩著，一心想馬上離開這個鬼地方，不知不覺竟走到了大門口。傳達室的莫大爺正站在收發室門口跟人講話，他總來圖書館借書，認識我。看到我經過，他提醒道：「費菲，有你的信。」我只好走進去，在寫有「圖書館」的木格子裡翻找。

過了一會兒，莫大爺走進屋，低頭忙了一陣手裡的事，突然說：「怎麼了？不舒服？」

被他這麼一問，我反而有點兒承受不住。剛好看到桌子上的電話，彷彿落水的人抓住一塊木板，我衝動地說：「我能打個電話嗎？」

「可以可以。」莫大爺連忙把電話往我跟前挪了挪。

「喂？」

聽到那親近又遙遠的聲音，我確信自己的幸與不幸就掌握在此人手中。

8 夢碎

後來，我不止一次問過鄭啟蒙是什麼時候愛上我的，他一律回答在我打來那個電話的時候。

「我能感覺到你身上有一股勁兒，獨特、頑強、天真無邪、無拘無束，跟我認識的所有的人都不一樣。怎麼形容呢？」他沉思良久，突然找到了那個詞，「是生命力！沒錯，生命力！」

我聽了自然高興，但對於他具體所指不甚了然。多年之後，反覆回想，不得不承認其實他是一個觀察力異常敏銳的人。當然，若非如此，他也無法在藝術這條路上走得這麼遠。

當時我撒謊說上級發現了我擅自外借館藏外版書的事，請求他馬上歸還。他聽出我說話含有淚音，便詢問是否給我帶來了麻煩。他低沉溫柔的話語在聽筒裡摩擦著我的耳朵，恍若喁喁情話。我的委屈早已煙消雲散，全身瀰散著癢酥酥的歡樂，就像一杯茶冒出嫋嫋熱氣。

我對鄭啟蒙的愛情簡直是一場癡戀。最先出問題的是睡眠，我發現自己每天早晨不到五點就會清醒，而且無論如何都無法再度入睡。身體疲憊不堪，心靈卻像穿上了安徒生的紅舞鞋。從未有任何一個男人像他這樣，徹底地點燃了我。

鄭啟蒙二十七歲（比我猜的大幾歲），是一位自由攝影師，辦過幾次頗有影響力的個人攝影展，逐漸在圈子裡聲名鵲起。但他卻總說成功後的生活是最沒勁、最沒有想像力的。

大概每個人成名之前都有一段辛酸史，這使得他形成了憤世嫉俗的性格。大一沒讀完他便退了學，只拍自己想拍的片子，除非迫不得已，絕不放低姿態給人家拍攝寫真集、全家福之類的商業片，因此很是窮了一段日子。及至他的作品獲了大獎，從前背叛他的那幫人又厚著臉皮親近他，彷彿什麼事都沒有發生，「早就看出來你有潛力，成功是早晚的事兒。」鄭啟蒙可不吃這一套，每當聽到這話，就當場跟人翻臉，「我最恨成功這個詞。」

「這幫傻瓜從前覺得我不識時務，因為我不像他們一樣平庸就看不慣我，說我有病。現在獲得了一點兒世俗的成功，又覺得我高深莫測。其實我變了嗎？沒有，我還是我。」鄭啟蒙不止一次對我說過類似的話。我覺得他太偏激了些，但又莫名地生出一種知己之感。

作為攝影界的青年才俊，他從來不缺姑娘，但他卻說人家都是俗物，而我不一樣。「你有一股英氣，」他試圖分析愛上我的原因，「一看就是智慧生物。」

我不大確定這是一句誇獎。

鄭啟蒙工作室的錄音機從早到晚放著歌，大多是鄉村和搖滾，偶有古典交響樂。那四五箱錄音帶讓我見識了什麼才是真正的音樂，他偏愛約翰．丹佛，總說這個男人的聲音能讓他真正平靜下來。

我最喜歡那首《安妮的歌》，把情話說到這個份兒上的，唯有天籟能做到吧。

You fill up my senses
你充實了我的靈魂
like a night in the forest
像夜晚的森林
like the mountains in spring time
像春日的山峰

like a walk in the rain
像雨中的漫步
like a storm in the desert
像沙漠中的一場暴風雨
like a sleepy blue ocean
像一片安靜的藍色海洋
……

我們在約翰．丹佛的歌聲中做愛，睡睡醒醒。

「最困擾你的事情是什麼？」他頭枕雙手，臉衝著天花板說道。他總是冷不防冒出來一些在我思考範圍之外的話。

「我從來沒想過這個問題啊！」我轉側身體，將臉頰貼緊他的胸口，聽著他富於活力的心跳聲。隔了大約半分鐘，突然有了靈感，「不知道為什麼，上了國中以後，我老是有一種說不出來的羞恥感，老覺得女生比男生差，幹什麼都不如男生。有一段時間，我真希望自己是個男生，還把頭髮剪得短短的，打扮得也像個假小子。」

「後來呢？」

「後來就接受自己了，性別也許是一種限制，但也許不是。」

「那要有下輩子，你當男人還是女人？」

「你呢？」我反問道。

「男人。」

「不想換個口味嗎？」

「不想。你呢？」他繼續問道。

「男人吧，也許。」說這話的時候，我心裡湧起一絲羞慚。

「反正我從來不讀女作家寫的書。」

「為什麼？」聽到這句話，我有一種輕微受辱的感覺。

他看了我一眼，說：「古往今來，為人類文明做出貢獻的絕大多數都是男性。你沒發現嗎？無論是科學、文學、藝術、哲學……」

「那是因為時代禁錮了女性的思想！」我反駁道。

「當然不排除這個原因，但你聽聽我的解釋。從生物學的角度，女性在養育後代上要承擔更多責任，所以更務實，也就是說，不大熱衷於探索精神領域。」他往前起身坐了坐，靠在床頭，像演講似的打著手勢。「她們更關心具體的、現實的事情，認為精神層面的思考虛無縹緲，沒什麼用處。」

「你這不是性別歧視嗎？」

「實話實說而已。」

「歪理邪說，現代女性的成就可不比男性差，倒是男人越來越庸俗。」

他寬厚地笑了笑，「可在金字塔頂端的，大部分依舊是男人。」

我聽著來氣，但他所言不虛。

「不過，有一點是男性永遠無法比擬的。」

「什麼？」我注意地看著他。

「母性，一種本能的、利他的、堅忍的意志。」他若有所思地垂下眼簾，睫毛的陰影投射在下眼瞼上。

我出神地回味著他的話，隔了好一會兒，才反問道：「那你呢？最困擾的事是什麼？」

「我呀，最困擾我的事——」他一把將耷拉下來的自然捲瀏海全部捋到後面，露出額頭正中的美人尖，「當我看見別人牙縫中有菜葉時總是不好意思提醒他，所以很羨慕那些能自自然然告訴對方的人。但不說的話，那個人就一直矇在鼓裡，繼續說這說那，我看著更難受。」

我大笑著撲到他懷裡，在他的兩隻眼睛上左右親一親，覺得他太可愛了。

我屬於那種會直接告訴對方的，看來我們確實不是一路人。

在相識的第五個月我們便結婚了，之所以如此倉促，原因很簡單——我懷孕了。女兒鄭南雪在來年四月降臨到這個世界上，比我們相識一周年的紀念日晚了三天，我發誓要給她全部的愛。早年的家庭生活從來沒給過我什麼好印象，因此，我更加珍惜這來之不易的幸福。當然，鄭啟蒙並非完美無缺，他性格中有一些令人難以忍受的缺點。之前，我也不是不知道這些，只不過愛的光芒過於強烈，反而什麼都看不到了。

他總是很緊張，前一秒鐘還好好的，後一秒鐘突然沒來由地發一通脾氣，原因往往微不足道甚至荒唐可笑。比如，有一天他挽著我走在大街上，我注意到前面可能有一坨狗屎，便用手臂拽了他一下作為提醒。卻未料到他瞬間變臉，甩開我的手，嚷道：「我已經看見了！」引得路人側目。我無端受指責，心裡堵著一口氣，感到尊嚴掃地。沒多久，他又好像什麼都沒發生似的，反而弄得我好沒意思。

我想來想去，說不定跟他父親簡單粗暴的性格有關。他與家人相當疏遠，一年到頭也回去不了幾次。其實我也不怎麼想去，他家的氣氛總是不大自然。公公部隊出身，滿腦子都是上下級、尊卑、命令與服從的觀念；婆婆在家中沒地位，讓人幾乎感覺不到她的存在，雖說本性不壞，但助紂為虐的事也沒少幹。鄭啟蒙對父親那套非常不屑，兩人回回劍拔弩張，弄到最後不歡而散。

一次酒後，鄭啟蒙突然跟我主動談起了父親，喋喋不休，恨不得把積怨一氣兒傾倒出來。「你知道我為什麼那麼怕水嗎？小時候，我爸帶我到游泳池學游泳，我還那麼小，他不管三七二十一，直接把我扔到水裡。我嚇死了，拚命掙扎，扳住水池邊。他就掰開我的手指頭，繼續把我的頭往水裡按，到最後弄得我鼻血直流，他還不罷手。直到現在我還不會游泳，而且估計永遠也學不會了。」

他平靜地說著，如同複述電影裡的情節。聽了這些，我氣得一句話都說不出來，只是緊緊地握住他涼冰冰、毫無生氣的手。

小孩子就是這樣，你天天跟她在一起沒什麼感覺，突然定睛一看，才發覺已經長這麼大了。一眨眼，鄭南雪到了快要上學的年紀。不知為何，大多數人一旦成年，就會忘記童年的感受，而我沒有，小時候的許多念頭都記得清清楚楚。因此，我看到女兒就像看到了曾經的自己，也很會揣摩她的心情。她大體上是一個活潑開朗的孩子，遺傳了我和她爸爸共同的特質——心思細密，一刻不停地在想問題。有時候突然問我一句什麼，簡直像個哲學家。

「媽媽，什麼是愛？」

「愛是恆久忍耐。」

「什麼是忍耐？」

「不管他做什麼，你都會接受。」

「什麼是接受？」

「接受就是覺得好。」

「什麼是好？」

……

靜夜，南雪像一片落葉一樣沉沉入睡，臉頰敷著一層可愛的粉紅色，兩瓣嘴唇嬌豔欲滴，隨著每一次呼吸散發出果香般的氣息。她是如此新鮮的生命，一呼一吸間進行著自我更新，永遠都看不厭。我眼睛都不眨地盯著她，她知道此刻的自己是多麼美麗嗎？我輕撫她的短短秀髮，忍不住去吻她的額頭，一時間突然動了感情，彷彿體悟到了來自洪荒深處的某種原力——生命的延續所帶來的不可思議的滿足。

「愛是恆久忍耐。」我一邊告誡自己，一邊在這團熱呼呼的小生命旁邊躺下來，而大床的另一側空空如也。

在這千禧年的跨年夜，全世界都在倒數、歡呼的時刻，我卻不知道自己的丈夫身在何處。他深夜不歸早已是一件尋常之事。

一九九九年初，鄭啟蒙野心勃勃地拍攝了一組超現實風格的作品，自認為是「顛覆性的、自我超越的傑作」。畫面上或是驚懼的大眼睛裡倒映著一個檸檬，或是一隻模糊骯髒的赤足上長滿秋葵，再或者纖毫畢現的潰爛的傷口上開出一朵玫瑰……沒有人看得懂他想表達什麼，他也不做任何解釋。觀眾不知所云，評論界惡評如潮，經紀人也批評他草莽武斷。鄭啟蒙依舊我行我素，要麼去掃街一天不見人影，要麼窩在暗房裡整日不出門，源源不斷地炮製那些人體器官與蔬菜水果嫁接的作品。

與其說他的作品、倒不如說他的傲慢得罪了攝影界，很快他便被拋棄了。藝術圈跟其他圈子並無兩樣，甚至更勢利。那些昔日故交一夜之間變得冷若冰霜，少了他們的吹捧，他的作品漸漸無人問津，這半年更是連一點兒進項都沒有了。

鄭啟蒙嘴上說不在乎，但我知道那是謊言。雖然他講起大道理來頭頭是道，但也有虛榮的一面。他青年成名，過了一段苦日子，然而，並沒有真正嘗過失敗的滋味。榮譽對他而言已是家常便飯，雖然表面看沒什麼了不起的，一旦失去，便像被剝奪了空氣，須臾活不下去。面對急轉直下的局面，他毫無招架之力，連自欺欺人也做不到了。他的情緒越來越不穩定，時而暴躁易怒，時而低沉抑鬱，彷彿一只來回徘徊的鐘擺。

三個月前的一天下午，南雪在幼稚園突然發起高燒，我帶她看完病從醫院返回家中，撞到了正在臥室裡往自己胳膊上扎針的鄭啟蒙。

我彷彿被一萬隻手撕成了碎片，如果有風來，就讓我隨風飛，隨便吹到哪裡去都無所謂。

窮盡了一切手段之後，我仍然無法讓他回頭。在千禧之夜，我許下一個願望，如果能讓他戒毒，我願意付出任何代價。每當看到他那張像個孩子一樣無助的面龐，我知道自己仍深愛著他。

他說過我身上有一種「頑強的生命力」，的確如此，我有著超乎常人的意志力，堅不可摧。我從來沒有懷疑過這一點。

我要親自向他證明，毒品是可以戒掉的。

女兒曾經向我描述過那個可怕的場景，她說我彷彿突然撞見了鬼，眼睛瞪得大大的，死死地盯牢某處，兩手攥成拳頭，不停在屋子裡走來走去，嘴裡還念念有詞。

我完全不知道自己的樣子，只曉得，如果用一到十來形容人類的快感，性快感是十，那麼，吸毒的快感就是無窮大。當然，有多大的快樂就有多大的痛苦。幾乎沒什麼過渡，我便完全沉溺其中了。為了做這件事，我說盡了這輩子所有的謊言，而且沒有任何心理障礙。我的人格解體了，有時候我甚至能清晰地感覺到自己在融化。什麼美德，什麼羞恥心，對我而言彷彿已經是上輩子的事了。我什麼都顧不上，甚至不清楚自己是活的還是死的，只要能讓我扎一針，你想讓我怎樣我就怎樣。

一天，還在上班的時候，毒癮突然發作。我旁若無人地走出了辦公室，發現沒帶手機，便跑到傳達室借用電話。我渾身亂顫，撥了七八次才撥對老A的號碼。我和鄭啟蒙經常從他手裡取貨，不過品質參差不齊，全靠運氣。我跟他說現在走不開，加一百塊錢叫他馬上給我送到學校。他一口答應下來。

臨走時，我甚至還對莫大爺說了聲謝謝。站在校門口，我煩躁不安，怎麼著都不對，恨不得衝進車水馬龍的大街上被車撞死。每一秒鐘都是一把刀，就像片羊肉捲的那種機器，一下又一下，在我身上劃過。當老A出現的時候，我彷彿看見了天使。拿到貨，我用僅存的一點兒理智摸進離校門最近的文藝理論研究室——我的原單位，拐到一樓洗手間。

無數個煙花在身體裡爆炸，我衝破了屋頂，向著無限高無限美的宇宙飛升。這時，我的眼前似乎有什麼東西在動，忽遠忽近，終於穩定為一個人形，我卻認不出來者是誰。隔間的大門敞著（我早已神志不清，忘了鎖門），外面的喧囂像洪水一樣撲來，不過這個世界的一切都與我無關了。

等恢復意識的時候，我已經身在校醫室了。後來我才知道，那個人是韋鑫鑫，她把在現場找到的針管上繳給了學校。聽說還要報警，被上頭制止了。

從此，我便成了一個自由人。那充滿魔力的白色粉末是我的命，只要肯付兩百塊錢，你就可以隨意出入我的身體。至於我的丈夫，我已經有好些日子沒見到他了，但是一點兒都不在乎。有一天，我翻找針管的時候，在床下發現了一張落滿灰塵的紙，不知道是從什麼地方掉下來的。這是一封告別信，通篇「對不起」「沒辦法」

「請原諒」「離開」「永別」之類的屁話，我沒看完便揉成一團扔了，繼續找針管。

從此，女兒隨我姓，改名費南雪，我認為這個名字更好聽。哦，費南雪，唯一還能讓我的心感受到疼痛的人，你在哪裡呢？我躺在一個陌生的臂彎裡，偶然想起她，就像流星劃過暗夜，也只是一閃而過罷了。

9 解謎

人的思維真是很有意思，在那段長達七年的時光裡，我感覺自己彷彿住在了一個盒子當中。對我而言，在空間上，整個世界只有方寸之大；在時間上，也濃縮成為一個點。若此刻讓我回憶，就剩下一件事——早已不是什麼享受，能夠避免痛苦業已艱難。

到後期，我已經不怎麼能見到女兒了，好在她是那種有主見、特會活的小姑娘，再說我也沒精力替她擔憂。我幹過的蠢事多得連自己都數不清。大概在她二年級暑假的時候，有一次我發了瘋，連續三天離家未歸，她被我反鎖在家裡（電話已欠費停話），餓得半死。

後來，我不得不隔三岔五地把她託付給前夫的父母。他們是我見過最冷酷無情的人，自從兒子失蹤後，視我和南雪為累贅，避免與我們來往。不過很多時候他們也沒得選，我把南雪扔在他們家門口再把門敲得震天響，總不能讓鄰居們看好戲吧——他們是那種極好面子的蠢貨。看得出來，南雪也不喜歡他們，但她從來沒對我說過。

這孩子頗有城府，過於早熟，她的童年早已被我揉成一團廢紙丟掉了。有時候，她會用成年人的眼神看著我，那種超越年齡的審判的眼神往往令我不寒而慄。

有一次，她爺爺突然發了善心，在南雪十歲生日那天給了她兩百塊錢。她把錢夾在一本皮面日記本裡，不巧被我發現，我想都沒想就一把搶過來，準備馬上出門買毒品。她突然發出一聲小野獸般的怒吼，拼死拽住我的後衣襟不肯鬆手，我甩了幾下竟然甩不開。

及至我拿著貨返回家中，她就蹲守在門口，瞅準機會從我手中奪過小紙包。然後打開窗戶，手一抖，灰飛煙滅。

這一幕太過震撼，霎時間，我的理性回歸，情感復蘇。突然跪坐在地，抱住她，痛哭失聲，「對不起，原諒媽媽，你能原諒我嗎？」

迎接我的是一張冷冰冰的、輕蔑的臉，我像被針扎似的鬆開了手，不知所措地瞪視著她。她慢條斯理地關好窗戶，彷彿我的狼狽相玷污了她似的整理了一下衣服，上下打量了我幾秒鐘，說道：「不原諒你還能怎麼樣呢？」語氣平靜得好像在討論晚餐吃什麼。

我像被女巫施了詛咒，只覺得毛骨悚然，許久無法移動。等我緩過這口氣，另一種複雜的情緒卻越來越黏稠，類似於背叛的感覺，彷彿自己的雙手背叛了身體。

為什麼我還要活著呢？

人體有一種保護機制，當你痛到極致，就會昏過去，失去知覺。同理，當心痛到極致，整個人反而麻木不仁，任憑什麼都觸動不了。這件事之後，我儘量迴避費南雪，她越來越行蹤不定，我則不聞不問。我又回到了自己的小盒子裡，竟然生出一種特殊的安全感，只關心兩件事：錢和毒品。

近來倒是有意外收獲，一位客人突然提出玩點兒新花樣，讓我用鞭子狠狠地抽打他，並承諾付雙倍價錢。我沒什麼不可以的。事後，他很滿意，誇獎我無論身材還是氣質都有做「女王」的潛質。後來，他又找了我兩次，還熱心地向我推薦了一家叫作「傷痕」的地下俱樂部。

就這樣，我入了行，給自己起名「冰河 Queen」。事實證明，名字起得相當成功，在這個圈子，你越是冷若冰霜，客人越買帳。做女王無須出賣肉體，只要揮舞鞭子就可以了（當然還有一些其他項目，恕不詳述），收入也比之前好得多。我甚至還很是紅了一陣子，真沒想到，這個城市有這麼多男人願意花一大筆錢來挨打。「傷痕」在圈子裡口碑不錯，不少客人大老遠慕名而來，再將這裡的種種妙處傳播出去。唯一的缺陷是，由於過於頻繁地揮舞皮鞭，我得了五十肩，有時候痛得手臂都抬不起來——論理應當屬於工傷。

手頭寬裕之後，癮頭更大了，我完全聽之任之。前一陣兒，老A進了局子，我只好從一個叫黑狗的人手裡拿貨。這個傢伙貪婪狡詐，從來不在固定的地方待著。這天，他約我在文藝大學附近的星湖巷見面。儘管我極其不樂意再到那個地方去，但也只能同意。

約定時間已過，黑狗連個人影都沒有，電話也不接。我心煩意亂地在附近溜達，無意間瞥見一個老人家和一個少女正在過馬路，他摟著她的肩膀，過到一半換到她另一側，替她擋住反方向車流。從背影看，那個女孩看上去跟費南雪差不多大，穿一條帶白點的猩紅色連衣裙，一雙高筒帆布鞋，背著一個老大的黑色雙肩背包。汽車掀起一陣風，將她披散的頭髮吹到老者身上，他便耐心地幫她理好。

我的心突然活動起來，湧過一股暖流，喉嚨像被什麼東西堵住了，眼睛發疼。忽然，聽到馬路對面有人在喊我。陽光照在馬路上，明晃晃的。我的眼睛也被淚水蒙住了，什麼都看不清。少頃，只見有人穿過馬路徑直來到我面前。

「費菲！」

我定睛一看，竟然是傳達室的莫大爺。視線放遠，紅裙少女站在馬路對過，面朝我們等待著。

「你怎麼瘦成這樣，差點兒沒認出來。」他說完又覺得有些不妥，為了掩飾，乾咳了兩聲。

要是能像水一樣蒸發掉該有多好，我張口結舌地瞪著他。

「你……還好嗎？」莫大爺搓著雙手，小心翼翼地問。

「還行。」我低頭看著腳尖。

「哦，那是我外孫女。」他指了指對面。

「這麼大了。」

「你閨女還好？」

「還好……」我感到芒刺在背、無地自容。

「對了，你現在還看書嗎？我在中文網上建了個論壇，你沒事可以上去看看。」這時，紅衣少女不耐煩了，「外公外公」地呼喚起來。

「名字叫『窮途莫路』，『莫』是我這個姓。」他一面回頭向女孩招招手，一面對我說，「姑娘，多保重啊！」

他將手按在我的肩上，似乎還有話要說，終究還是轉身走了。

我回想起以前在圖書館的時候，莫大爺經常過來借書，以文學作品居多。剛開始我還以為是給家裡孩子看，但他興致好的時候會跟我聊一會兒，講幾句頗有見識的話，我才開始意識到他不簡單。

正胡亂想著，黑狗遠遠走來了，我頓時把這個小插曲拋在腦後。

他頂著一副黑眼圈，顴骨處生出兩條橫肉，滿臉不耐煩，一看就是那種縱欲無度的酒色之徒。可笑的是，現在的我哪裡有資格來批評人家呢？他帶我拐入一條僻靜的小路，交易完畢，忽然來了興致似的，一伸手兜住我的臀部，像揉麵團那樣捏了捏。而我，竟然衝他笑了一下。

不知怎的，他臉色有變，拔腿就跑。我本能地跟著他跑了兩步，便被身後的一股力量撲倒在地。我的左臉貼在地上，看世界的角度隨即發生了改變——黑狗被數不清的手按住，那兩隻髒得要命的耐吉運動鞋來回蹬地，就像《動物世界》裡被獵豹逮住的羚羊，揚起一團塵煙。

在戒毒所裡，我結識了一個好朋友。牠是一隻淺灰色的老鼠，左耳缺了一塊，四足粉紅，絕不難看。以前我怎麼沒注意到，其實老鼠的眼睛相當有趣，烏溜溜的，沒眼白，有那麼一股子執著專注的勁兒。在我給牠起名為「23」之後，我們的感情突飛猛進，甚至到了一日不見如隔三秋的地步。23每晚都會來，一開始在床角，後來等我們彼此熟了，便攀上窗臺與我對視。也不知道牠是公是母，有無子女，經歷了什麼，為何獨來獨往，竟然來一個潦倒至極的中年女人這裡尋求溫暖。

我盡可能給牠弄點兒吃的，如果伙食足夠好的話，牠的毛髮就會散發出金屬光澤。牠似乎能聽懂我的話，無論我說什麼，牠都不介意，是個一流的傾聽者。那雙誠懇的豆豆眼裡映出兩個微小的我。

二〇〇七年八月至十月的這段日子裡，我胖了少說有十五公斤，之前的衣服全部作廢。以我一百七十二公分的身高來講，剛進戒毒所時才四十五公斤，形同骷髏。我觀察著鏡中的自己，兩腮上填了一些肉，眼睛有些回過神來，不再是兩個黑洞，嘴巴的線條也柔和多了。

離開戒毒所的那天，我徵求了23的意見，看來牠並不想跟我一起走。我充分尊重牠的選擇，與牠道別後，急匆匆趕往南雪的爺爺奶奶家。最近一個多月，我怎麼都聯繫不上他們，電話一開始提示停話，後來乾脆成了空號。與戒斷症狀的鬥爭是如此艱難，我神志不清、自顧不暇，甚至試圖用一塊藏起來的瓷碗碎片割腕自殺。當血液在盛滿水的洗臉盆中擴散時，我感到非常痛快。死神向我走來，握住我的手，告訴我就快解脫了。他不是冰冷的，他是溫暖的。若不是費南雪的臉驟然出現在鮮紅的水面上，我可能早已不在人間。我尖叫，引來看護。一群人七手八腳地在我身上忙，我卻微笑了。那一刻，我確信自己深愛著她。

她是我唯一的希望，我的生命之光。

當你覺得自己歷經磨難、死裡逃生，很是值得一點兒敬佩和尊重的時候，其實這個世界還是老樣子，說不定看待你的目光更嚴酷了，真正的苦難還在後頭。我懷著近乎羞怯的心情敲響了前公婆家的大門，還沒想好該以什麼姿態面對女兒，但也顧不得那麼多，此刻唯一的念頭就是儘快親一親她可愛的小臉。

開門的是一個陌生的年輕女人，我以為自己找錯了地方，抬起頭再次確認門楣上的號牌。

「你找誰？」門縫中的半張臉說道。

「請問這裡是鄭輝的家嗎？」我報出了公公的名字。

「他已經搬走了。」

「啊？」我感到四肢發麻，一種不祥的預感衝擊著心臟。

「他把房子賣給我了。」她似乎放鬆了一些，將門縫開大，露出一部分法蘭絨格子居家服和一隻毛拖鞋。

「什麼時候的事？」

「上個月。」

「那他們搬去哪兒了？」我一隻手扶住門框，下頜不受控制地哆嗦起來。

「我也不知道啊！」看到我失態，年輕女人面露惻隱之色。

突然間，我的心頭湧起一股說不出來的恐怖，就像被宣判了死刑似的，睜著雙眼卻漆黑一片。

「對了，你是費菲嗎？」

我茫然地望著她，點點頭。

「原房主跟我說過你會來，他讓我告訴你，在物業管理處有你的東西。」

那只褐色的手提箱中，除了一只骨灰盒和一張報紙，別無他物。

二〇〇七年九月十六日淩晨五時，有市民報警稱，在濱河公園浣花河邊發現一位少女昏迷在灌木叢中。警方將其送醫後，宣告已死亡。經法醫初步勘驗，被害人生前曾遭性侵，系被人勒頸造成機械性窒息死亡。經調查，被害女性十三歲，為蒲公英市某中學二年級學生。有目擊者稱曾於十五日晚間九時四十分左右，在浣花河邊見到該女子與一名中年男子發生激烈爭吵。經初步調查，被害人的國文老師李某有重大作案嫌疑。目前嫌疑人在逃，蒲公英市警方加緊盤查，全力緝凶。

每個人都有一個活下去的理由，不是嗎？

十年來，我未曾一夜安睡。此案已成懸案。據我所知，破不了的案子遠比有結果的案子多多了。有人說正義或許會遲到，但絕不會缺席。不管你信不信，反正我不信。更何況，遲到的正義已不再是真正的正義。到底什麼才是正義呢？我也困惑了。但我需要給自己一個活下去的理由——我要親手殺了那個惡魔。

至於毒癮，偶有侵擾，如同潮水漲落，但終究沒有衝潰心中的堤壩。人啊，就是這麼奇怪，如果非逼到那個份兒上，也就沒什麼做不到的了。每個人都應該充當自己的上帝。

我與南雪疏遠已久、隔閡已深，對於她，我的大部分記憶還停留在她六歲以前。如今，想要瞭解她只能通過在她房間裡找到的那個皮面日記本。然而裡面的信息量著實有限，大多只是意義不明的隻言片語、興之所至的塗鴉，或是支離破碎的文字遊戲。

比如二〇〇七年五月十四日那一頁，畫了滿篇流星和一個小人兒。旁邊寫道：*You are my shooting star*！

又比如二〇〇七年六月一日：我們一起看了《終極追殺令》，這部電影太棒了！

還有二〇〇七年七月十五日：我永遠忘不了這一天！

這一天究竟怎麼了，恐怕只有她自己知曉。

日記本的扉頁記著一個名字和電話號碼，我照著打過去。一個男生接的，聽聲音很年輕。我約他在咖啡廳見面。

他是一個十六歲少年，自稱是費南雪的男朋友，這一點足夠令我震驚。她才十三歲竟然有了男朋友！我完全不知情。他長髮齊肩，額前別著一只大髮夾，非常瘦，五官輪廓愈發分明，青春洋溢。我注意到他的脖子上掛著一條鏈子，圓片墜子上刻著大寫的F。我的心抽痛了一下。

他跟我講了南雪與國文老師的一些事情，對方是一個離異的單身男人，以照顧她為幌子，經常讓她留宿家中。最初，他以為對方是一個父親般的角色，南雪也從未談及細節，直到慘劇發生才得知內情。我聽著，一雙手簡直要把椅子的木頭扶手攥出水來。

「阿姨，我一定會為南雪報仇的！」這個男孩咬牙切齒地對我說，臉上的狠勁與稚氣格格不入。

我把他打發走，一個人在咖啡廳待到打烊。當所有的憤怒、仇恨、悲痛燃盡以後，內心只剩下無盡的荒涼，巨大的地與巨大的天在無窮遠處接壤，全世界就只剩我一人。

南雪，對不起，我是一個不合格的媽媽。請懲罰我吧！

十年來，我隱藏自己的過去，靠給幾家雜誌做兼職校對維生。

近幾年，情勢急轉直下，人人一部智慧手機，誰還花錢買雜誌？雜誌社倒閉得七七八八，我的日子也越來越不好過了。偶爾給一些自媒體公眾號捉刀，收入不固定，有一搭沒一搭。但我依舊不願找一份穩定上下班的工作，大部分心思都放在尋找兇手上，想方設法搜集關於強姦殺人的社會新聞，與被害者家人建立聯繫，從警方那裡獲取資訊。我總想著兇手很有可能故態復萌、持續作案，但每一次都失望而歸，他就像從人間蒸發了一樣，杳然無蹤。

剛從戒毒所出來那陣子，我曾去蒲公英實驗中學瞭解情況，他們像對待一條狗一樣把我拒之門外。諷刺的是，這裡還曾是我母親教書的地方以及我的母校。他們訓斥我、驅逐我、無視我，很難想像這是一個教書育人的地方。我還有什麼可失去的呢？我就站在校門口高聲叫罵，累了席地而坐歇口氣，緩過來接著罵。沒多久，校長便親自出面接待，雖談不上多麼友善，但起碼還像個人樣。從他那裡，我並沒得到什麼有價值的資訊。在這片神奇的土地上，講道理比登天都難，現實逼著人做惡。

二〇一七年九月二十六日晚上七點二十分，新聞聯播裡播放著流星雨第二次降落在土撥鼠鎮仙蹤原始森林風景區的新聞。我正在像往常一樣翻看費南雪的日記本，希望能從那些倒背如流的資訊中發現點兒什麼。恰巧翻到畫著流星雨的那一頁，我心臟狂跳，打開手機搜索流星雨上一次落在土撥鼠鎮的時間——二〇〇七年五月十四日，果然與女兒記錄的日期吻合！

日記下一頁上寫道：「我理想的職業是在交響樂隊裡敲三角鐵，而π先生……」

接下來是滿篇密密麻麻的漢字。我曾研究過其中的規律，但就像進入一座迷宮，完全摸不著頭腦。

飛沒仙又可威萌舞輕鵝充
蹤水母絲燭這怎龍贏麥醬
奈何冰森無人知何以誰藝
林海未曾開照丹碧左右芳
呼嘯當第護荊棘不路煙攀
白癡香特菊紗忘記林心叢
麥員仙飛何奈海初可能秒
穗有輕舞威隕落溪流門端
瘋春樹遠石推敲皆凡人夏
顧盼獵洞麒麟貓蕙蘭窮灰

青梅在別人針羽毛暗愛亂

這一刻，電光火石，我的大腦裡像引爆了一座彈藥庫——

π先生

π

3.1415926535

……

那些字彷彿浮出海面，閃耀著粼粼波光。

飛沒仙又可威萌舞輕鵝充

蹤水母絲燭這怎龍贏麥醬

奈何冰森無人知何以誰藝

林海未曾開照丹碧左右芳

呼嘯當第護荊棘不路煙攀

白癡香特菊紗忘記林心叢

麥員仙飛何奈海初可能秒
穗有輕舞威隕落溪流門端
瘋春樹遠石推敲皆凡人夏
顧盼獵洞麒麟貓蕙蘭窮灰
青梅在別人針羽毛暗愛亂

π先生，我來了。

第3話——

冰箱裡的男人

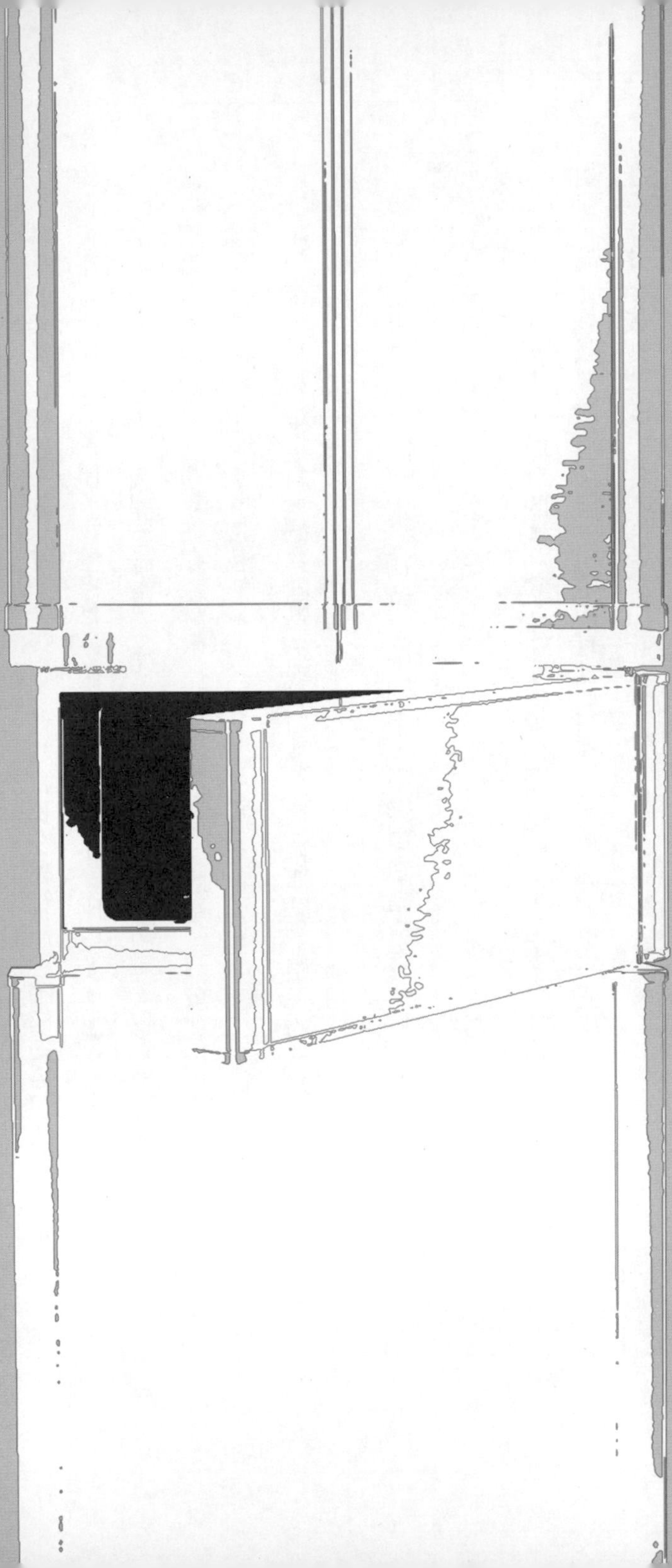

1 前妻

各位讀者，大家好！我是π先生，現在的我正在冰箱裡，確切地說，應該是我的腦袋在冰箱裡。別害怕，我已經是一個死人，沒有什麼比死人更溫和無害的了。落到今天這一步，我罪有應得，如果能夠令她好受一點兒，我心甘情願。但有個事實不得不提一下，其實從在森林木屋見到她的第一眼起，我就認出她了。

因為她跟費南雪長得非常相像。

說起來，我和她也有一個共同點，我們都愛往冰箱裡裝不相干的東西——我往冰箱裡裝書，她往冰箱裡裝我。

我知道大家急於瞭解這一切是怎麼回事，不過還請諸位有些耐心，且容我慢慢道來。

此刻的我喪失了所有的感受，這倒不是什麼壞消息，至少不會感到寒冷。費小姐——請允許我這麼稱呼她——是個有點兒粗枝大葉的人，也不把冰箱清乾淨，我旁邊還凍著半袋冷凍餃子和一支芒果口味雪糕。

說起芒果，我不由得想起了前妻。記得有一次我切芒果，就是用那種巧妙切法——把芒果沿著扁平的果核切成三部分，再在兩片芒果肉上橫豎劃幾刀，最後兩手一翻果皮，芒果肉就像一隻刺蝟似的鼓了出來。

我一邊切一邊對客廳裡的前妻說：「發明這種切法的人應該獲諾貝爾獎。」她正在穿衣鏡前折騰頭髮，心不在焉地「啊」了一聲。

「我說啊，發明這種切芒果的方法的人應該給頒個諾貝爾獎。」我提高嗓門，走過去把切好的芒果獻到她面前。

她低頭看了一眼，沒接，不耐煩地說：「神經病！」視線重新回到鏡子上，左右照一照，匆匆拿起衣架上掛著的小提包，頭也不回地對我說：「我先走了，你照顧好溪溪，我晚上不回來吃飯了。」「砰」的一聲闔上了門。

我看她打扮得花枝招展的樣子，眉眼中的光彩遮都遮不住，猜測她最近又結交了什麼權貴。「沒意思，一點兒幽默感都沒有。」我悻悻地自語道。本想就諾貝爾這個話題再延伸出去，其實還有一樣東西我認為是巧妙切芒果法的最大競爭對手——按摩床。是誰想到在床上挖一個洞的？剛好把臉放進去，既享受了按摩，又不影響喘氣。絕對的天才！

那是二〇〇四年的事情，我之所以記得這麼清楚，是因為三個月後，我們的女兒溪溪便病故了。

抱歉，思路有點混亂，請讓我從頭講起。我叫李派，生於一九六八年三月十四日，曾在蒲公英市實驗中學國中部擔任國文老師，學生們喜歡叫我π先生。妻子是幸福基金公司的副總經理，月薪是我的五倍。我們有一個女兒，李夢溪，生於一九九五年。

如果讓我重新選擇的話，我可能會選擇不婚。有些人生來就不適合結婚，更何況我的婚姻生活實在談不上幸福，即使後來離了婚，仍令我心有餘悸。按大眾審美來看，妻子鵑是個美人，小家碧玉型。五官雖不夠立體，但眼睛又大又有神，令人一見傾心；眉毛生得好看，有點兒赫本眉的意思；最吸引我的地方是她的嘴唇，她總是下意識地輕咬下唇，似乎在思考什麼，有一種稚拙之美。她身高不到一百六十公分，但比例不錯，而且胸部很大，曲線迷人。不得不承認，我一度沉迷於此。

的確，我們的結合草率了些。在中國，似乎一過二十五歲，長輩就會集體陷入恐慌，生怕你娶不到媳婦或者嫁不出去，窮盡一切手段撮合認識的單身男女。我們當時也屬於這種情況，一夜之間你的生活中就多出一堆熱心紅娘，完全不計個人得失地幫你牽線搭橋。再說，我還是獨子，傳宗接代的重任毫不客氣地全部落在了我頭上。

我和鵑在一家普普通通的中餐廳見面，她一上來就點了一大桌子菜，兩個人顯然吃不完，這讓我有點兒不大高興。她得知我的舅舅是教育局副局長時，眼睛突然一亮，之後明顯殷勤了許多，這一點也令我厭煩。她當時還是百貨大樓皮鞋部的一名售貨員，高中學歷、工人家庭，除了青春美貌什麼都沒有。與其說我被她的魅力折服，不如說實在受不了員工宿舍裡曬太陽的老太太成天在背後議論我「為什麼不結婚，是不是有什麼毛病」，於是，不出半年，我們就結了婚。

婚後，鵑很快發現我是那種說好聽點兒「淡泊名利」，說難聽點兒「爛泥扶不上牆」的窮酸文人。我喜歡當國文老師，不喜歡當官，不願利用舅舅那點兒資源招搖撞騙，這難道有錯嗎？鵑對我失望透頂，轉而將滿腔熱情投入自己的事業當中，並巧妙地借到了副局長舅舅的光。她早不在百貨公司了，先後在教育、醫療、工程等領域摸爬滾打，後來投身金融業，還混到了副總的位置。我也不知道她是如何做到的，後來轉念一想，實屬正常——沒有什麼比出身寒微又野心勃勃的人更可怕的了，他們任何事都做得出來。

我認真思考過我們之間的矛盾，本質上是「有用」與「沒用」的對峙。我做的一切她都認為是「沒用」的，比如：閱讀、思考、寫作。這些在她眼中不當吃不當喝，浪費時間，沒有絲毫價值。她不止一次指責我是在「逃避」，到今天我也不明白自己在逃避什麼。她還批評我常常掛在嘴上的「追求心靈世界」其實是糊弄鬼的說辭，是失敗者自我安慰的藉口。

而那些令她狂熱的金錢、名利、社會地位，對我而言才是一種「虛無」，原因就在於這一切轉瞬即逝，無法與時間抗衡。唯有思想和藝術才能戰勝時間，成為不朽。鵲是那種「黏上毛比猴都精」的人，但只有猴才一天到晚考慮「有用」的事，我們畢竟是人啊！

實在不好意思，扯遠了。我想說的是，價值觀不同的人共同生活只能互相折磨。我們都認為對方沒活明白，誰也說服不了誰。雖然在一起十一年，但不過是一場漫長的告別罷了。

鵲對我冷得像塊冰，一天下來話也講不了幾句，在社交場上倒是熱情似火、左右逢源。有時候我遠遠觀察她，發現她很有些本事，頗會猜上級的心思。一個人要鐵定了心想往上爬，使出渾身解數，用盡聰明才智，那他一定會如願以償。

與此相反，她對下面的人從來沒好臉色。有時候去餐廳吃飯，因為芝麻綠豆大的事就大聲訓斥服務生。其實我知道，她一定是在別處受了氣才找人發洩。每當這時我只能跳出來和稀泥，好言相勸，息事寧人。

還有，她接電話的樣子我也看不慣。如果是一個未知來電，她的聲音就很冷酷，像審問犯人似的。當對方自報家門，如果跟她腦袋裡的某位達官貴人對上了號，便馬上切換為一種高亢甜膩的嗓音，管所有的人都叫「親愛的」。我在一旁聽得直起雞皮疙瘩，但似乎沒人對此提出抗議。

這倒沒什麼，隨她去吧，各有各的活法，我也沒必要看不起人家面對生活的低姿態。在眾人眼中，我們夫妻檔是典型的「妻子女強人、丈夫窩囊廢」組合。一開始，她還熱衷於帶我出席她朋友（她有無數朋友）的聚會。我發現一個特點，他們對絕大多數事情都提不起興趣，唯獨喜歡自我吹噓和談論金錢。每次聚會接近尾聲，這幫烏合之眾都會引出這個話題：「要不咱們幾個琢磨著幹點兒什麼吧，什麼最賺錢？」沒有一次例外。

妻子的朋友個個都是成功人士，就是王朔說的「不就是掙錢給傻瓜看」的那種成功。在這種場合，我總是對人愛理不理、形同木頭，他們也都非常討厭我，認為我孤僻、古怪、自以為是。或許他們是對的，不過我不以為恥，反以為榮。鵑恨鐵不成鋼，漸漸放棄，我樂得清閒自在，皆大歡喜。

生了夢溪之後，鵑就總是找種種藉口拒絕我的求歡，好不容易有那麼一次，她也一臉堅貞不屈的表情，搞得我興味索然。女兒過了三歲，我們就已經分床睡了。天知道中國有多少像我們這樣的無性婚姻，居然也這麼湊湊合合地過下去，一過還能過好多年。要是有社會學家專門做個調查就好了，好歹我心裡有個安慰。仔細想想看，自己真是蠢得可以，人的生命只有一次，經不起這麼辜負。如果不能遵從內心的真實想法，表面的「和」又有什麼意義？做給誰看？誰又在乎呢？真實的壞比虛偽的好強上一萬倍。

雖然沒有證據，但我相信她在外面早就有人了。我實在懶得瞭解這些，其實也不是什麼掩耳盜鈴，而是我真的不在乎。我呢，找過幾次小姐，人都挺好的，真正的德藝雙馨。就像王朔說的：「我接觸的大部分性工作者都比小知識份子乾淨多了。」——我怎麼又提他了，當代中國作家裡，我只服王朔。我還與兩個有夫之婦（其中一個還是同事）分別維持過十三個月和八個月的性關係，我喜歡年齡大一點兒、不過分活潑的女人，她們能帶給我一種家常、安定的感覺。我們一般約在汽車旅館見面，旅館老闆是我高中同學，無須登記，非常安全。

也不是沒想過離婚，一來我這個人比較被動，得過且過；二來，每次我動這個念頭的時候，就會橫生枝節，把這件事岔開了。比如有一次是鵑的父親突然腦溢血辭世，我總不能在這個時候提離婚吧！至於鵑為什麼和我對付著過，我分析過，最後得出結論：我可能就是個幌子。她的社交極廣，各種關係錯綜複雜，像我這麼一個老實的綠帽丈夫是不可或缺的。

怎麼說呢，鵑的確庸俗了點兒，但終究不是壞人，也疼愛孩子。不過，她太過情緒化、缺乏耐心，好的時候心肝寶貝兒地叫，拚命給孩子買各種昂貴的禮物；稍不如意便拉下臉，甚至對孩子又打又罵。一次，不知什麼事惹著了她，她抄起杯子就往夢溪身上扔，我撲過去擋了一下，正砸在我左側額頭上，縫了四針。後來，每逢陰天下雨那個地方就一跳一跳地難受。唉，很多時候，好人的危害性一點兒不比壞人小。

二〇〇四年初，一次投資失敗讓鵑損失了一大筆錢，究竟有多大，她沒跟我細說，我也不問。看得出來，這件事對她的打擊極沉重，沉重到跑到我這裡來尋求安慰。我們似乎回到了蜜月期，一時間，我也迷惑了，明知並非如此卻也偏要自己相信。或許這次挫折會令她有所反思，從無底洞似的虛榮中醒過來，回歸自身，去開拓心靈世界；或許我可以帶領她，沿那條歷經重重艱辛摸索出來的、風光旖旎的小徑，通往真正的智慧。我有二千多冊藏書，印象中鵑只翻過一本《厚黑學》，那是我拿來批判用的，她卻當成了真知灼見。這次，我要抓住機會，徹底改變她。

正當我自我感覺良好、漸入佳境之時，有一天，突然接到女兒班主任的電話，說夢溪上體育課的時候暈倒了。我和鵑立刻從各自工作的地方趕往醫院，從醫生凝重的神色中，我們已覺出大事不妙。

經過長達十天的檢查，最終確診——M2急性成熟骨髓芽球性白血病。

2 夢溪

一天，我在食堂吃早餐的時候咬破了下嘴唇，頓時懊惱萬分，一方面責怪自己走神，一方面又擔憂傷口變成折磨人一週的口腔潰瘍。即使是如此微小的傷痛都足以遮蔽其他美好的感受，人類還真是脆弱啊！這麼想著，我的情緒一路跌至谷底，因為此刻的夢溪正在醫院接受第三個療程的化療。

活了三十六年，如果說我有什麼拿得出手、令人羨慕的地方，恐怕也只有這麼個好女兒了。她長得既不像媽媽也不像我，只是抽象地擷取了我們的一些特點，比如我想事情時愛噘嘴的神態、妻子發呆時蹙眉的表情、我尷尬時左顧右盼的樣子、妻子不耐煩時絞手指頭的動作……

有些孩子天生就好帶，不哭也不鬧，即使躺在嬰兒床裡，她也不懼無聊的時間。一雙星光熠熠的大眼睛對每一樣平淡無奇的事物都充滿好奇。有時候，她就那樣靜靜地跟我對視，彷彿一下子看到我心裡去了。更別提璞玉般半透明的小手和小腳，怎麼都親不夠，連鵲都覺得我愛孩子有點兒過頭。各位讀者，你們能理解我嗎？雖然人生大致上是艱難而醜惡的，但總有一些事、某個人或者片刻時光，令你覺得受到了上帝的眷顧。

這個孩子身上還有一種相當獨特的氣質，惹得我常常暗中觀察她，對她的思維和行為模式產生濃厚的興趣。溪溪跟我提到過一個久遠的記憶，說自己站在一個狹窄的臺階上，媽媽在身後托著她，她拿柳條逗弄欄杆裡的一群豬。豬還以為有什麼好吃的，一窩蜂湧過來，她又興奮又害怕，同時還擔心媽媽失手，自己會朝後栽倒。我聽了很是震驚，確有其事。那時溪溪還不到一歲，我們一家三口去鄉下村寨遊玩，鵑抱著她去豬圈看熱鬧。我向鵑求證此事，她也很詫異，因為自己從來沒有向溪溪提起，並且那一日也沒拍照。後來我在雜誌上讀到一篇文章，說一些人確實殘留著嬰兒時期的記憶，我更樂意把這件事歸因於溪溪的早慧。

大概兩歲左右，有一天在外婆家，她突然指著衣櫃頂上的紙箱子奶聲奶氣地大叫：「人！人！」（雖然我不在現場，但一想像她那可愛至極的樣子心裡便幸福得痙攣）。老太太有點兒迷信，嚇得夠嗆，等我回去後戰戰兢兢地講給我聽。我被她一渲染，心裡也七上八下，前去查看，才發現箱子上印著「素人紙業」的幾個字。這件事後來成了我們家廣為傳頌的一樁家庭趣事，老太太每次提起都一臉自豪，自己的外孫女才兩歲就識字了。

她與生俱來的社交才能和領導力也令我這個成年人望塵莫及，這一點可能隨她媽媽。不管認不認識那些小朋友，她都能自然而然地跟大家展開對話，像個小大人似的。這一點比大人都強，我注意到一個事實，很多成年人根本不會和陌生人相處，生硬、冷漠、封閉、保守，連基本的禮貌用語都沒有。也許是因為他們只願意跟那些與自己有利益關係的人打交道，也許他們不信任陌生人，認定「無事獻殷勤非奸即盜」。真是愚不可及！說真的，成年人還不如兒童，未經反思的人生，把那點兒純潔褪盡，就剩下一片廢墟了。

溪溪可大方多了，有一種天然的善意和親和力。不出半個小時，其他小朋友就已經對她言聽計從，興致勃勃地玩起她提議的遊戲。她則在一旁監督指揮，把團體氛圍搞得溫馨有序。不得不感歎這孩子非池中物也。

她，一個五六歲的小朋友，對公平的追求和捍衛也令我汗顏。別以為我在誇大其詞，就我的觀察，兒童對公平的在意程度比成年人可高多了。人越是年長越是對公平正義不屑一顧，還大肆宣傳弱肉強食、崇拜權力的惡論，屈從於動物本能。別說大眾了，就連不少我的同事——所謂人類靈魂的工程師——也沒幾個真正把美德當回事。抱歉，情緒有點兒激動，再說回夢溪。

那會兒我們去一個農村遠房親戚開的休閒農場，好幾家人圍坐在一起，四個孩子裡就夢溪是女孩。女主人是個四十來歲的大姊，有點兒重男輕女——女人的腦子裡一旦塞滿腐朽觀念，往往比男人還頑固，言談舉止中都能體現出來。她為每個孩子準備了一塊當地特色點心雲朵糕，把三只品相完整又大個的分給三個男孩，卻將碎成好幾瓣的最後一塊給了夢溪。當時前不著村後不著店，大家玩了一天餓得跟土狼似的，有得吃已經謝天謝地。溪溪卻當著眾人的面，把雲朵糕往地上一摜，還用小腳狠狠地踩了上去。

女主人當然知道原因，但裝傻，她也沒想到一個孩子的氣性怎麼這麼大。鵰感到很沒面子，氣急敗壞地推搡著溪溪，一個勁兒地打馬虎眼，說什麼孩子太小不懂事啦，不小心掉到地上別介意……總之，找藉口她可是一把好手，張口就來。我早就看出個中奧妙，在桌子底下抓住溪溪的小手，安慰地捏了捏，並用笑意盈盈的眼神告訴她：「幹得漂亮！」溪溪竟然笑出了聲，我看到鵰的臉都綠了。

需要澄清的是，我並非鼓勵孩子的暴躁和無禮，也瞭解溪溪不是不講道理的人。不過有些人實在太討厭了，必須要反抗——抗爭是生命的本質。

還有一件事也挺有代表性，應該是溪溪上二年級的時候，她所在的蒲公英市英才小學開展了一項名為「學習感恩，為父母洗腳」的大型活動。要求週一上午九點整，家長必須出席，自備腳盆。幾百個四肢健全的男男女女在操場上列隊排開，坐在帶靠背的椅子上，當眾脫掉鞋襪，泡進盛著涼水的盆裡。而孩子則半蹲半跪在他們面前，用稚嫩的小手搓洗眼前父母那雙飽經風霜的腳丫子。市電視臺全程空拍直播，場面壯觀，氣勢恢宏，據說還有不少人感動得痛哭流涕。

溪溪壓根兒就沒告訴我們這個活動，她的理由是：「我的父母洗澡時直接就把腳洗了，沒必要專門洗腳。」

負責此事的老師氣得七竅生煙，找我們反映。我強忍著笑連聲致歉，心裡的真實想法卻是：「這孩子真有勇氣，換作我我都不敢這麼說。」實在不明白人的想像力為何如此貧乏，一說感恩就聯想到腳，給對方一個真誠的擁抱不行嗎？怎麼對腳這麼感興趣？有戀足癖還是怎麼著？沒準還真是，別忘了中國女人裹腳裹了一千年呢。再說，這幫年輕力壯的父母又不是殘疾人，裝腔作勢，真好意思！

感恩這回事是通過說教就能實現的嗎？對此我深表懷疑。再說句離經叛道的話，關於灌輸孝順這件事，我覺得是無能，是怯懦。試想，如果你跟孩子之間彼此信任、相互關愛，使孩子擁有健全的人格，又何必擔心他/她不愛你、不回報你呢？更何況，我個人認為，對孩子的愛本來就不應該要求回報，當你那麼想的時候，就已經功利了。

真正的愛，是超越功利的。

鵲得知此事之後很氣憤，她對當眾洗腳也喜歡不起來，但又覺得「別人都這麼著，憑什麼就你特殊，你洗了又不會掉塊肉」。女兒才七歲，就這麼「有主意」「跟別人不一樣」，長大了還了得？她還敏銳地發覺，我一直暗中支持女兒的叛逆行為，就連我一塊兒罵。「我一直以為青春期才會叛逆，沒想到小學就已經叛逆了！」她罵人的樣子看上去很像母夜叉。

我和溪溪垂頭喪氣地站在一旁洗耳恭聽，希望這一切儘快結束。非常隱蔽地，彼此交換一下鼓勵的目光，那種心照不宣的感覺很不賴，彷彿共同密謀什麼壞事一樣。「她身上流著我的血，她真像我！」我的心中洋溢著愛，縱然婚姻不幸，好歹落個好孩子。

不知在哪本書上看過一句話：「城市生活就是長期監禁。」說得是啊，我們像囚徒一樣生活在鋼筋水泥的叢林裡。在肉體和心靈的禁錮中，我和溪溪最大的樂子就是欣賞星空，可惜已經被霓虹燈和空氣污染摧毀得差不多了。偶爾碰到一兩個好天，我們就像兩個傻子似的，仰著腦袋邊走邊看滿天星星，經常磕到絆到，招來的無非是我倆瘋瘋癲癲的大笑罷了。

「星星怎麼能這麼美啊！」溪溪感歎道。

「是啊！太美了！」忽然間，我有一種想哭的衝動，因為想起了康德的名言——位我上者，燦爛星空；道德律令，在我心中。

「爸爸，我死後會變成星星嗎？」

病程進展得非常迅猛，在確診之後僅僅七個月，九歲的溪溪便化作暗夜的一顆寒星，如此遙遠，如此孤絕。我呼喊她的名字，她只是眨一眨眼睛作為回應；我伸出像枯枝一樣的雙臂，卻無法讓她棲息在我的手上；晨光衝淡黑夜，她便消失，完全不顧及塵世間還有一個瀕死的靈魂。

我捨不得在晚上睡覺，好像突然之間不會睡覺了。即使入眠，也極輕淺。睡眠對我而言，就像漆黑一片的電視機螢幕，唯剩一顆孤星永恆地釘在那裡。

3 一線希望

各位讀者，請問，你能從茫茫人海中分辨出一個絕望的人嗎？

我走在人潮洶湧的地下道、天橋、人行道、商店、都市花園……人們迎面走來，目光無意間掠過我的臉，神色如常，然後擦肩而過。這時候，我思索，假如我是一個毀容的人呢？可以想像一下他們的表情，驚訝、厭惡、恐懼、不安、嘲弄，興許還有一絲同情。

如果把我的內心世界展示給他們看的話，恐怕就是這麼個結果。

溪溪走了半年後，鵬向我提出離婚。我們之間唯一的紐帶斷裂了，走到這一步也是必然。我隱約知道她搭上了一個暢銷書作家，專寫那種《不要有任何藉口》《卓越人士的十大習慣》《成功人生分七步走》《為什麼你是一個失敗者》之類的玩意兒，反正白給我我也不看的，但確實有人看，且銷量驚人。真是奇怪的事，但仔細想想又覺得沒什麼可大驚小怪的。

叔本華曾經說過一句話，大意是追求幸福必將導致不幸，智慧的人生應該學會如何避免痛苦。叔本華是我的精神之父，說他字字珠璣也不為過。如果我當國王，必須讓臣民人手一本他的《人生智慧箴言》。

鵑對我的言論不屑一顧，罵我「不思進取」，還自比勞倫斯夫人[3]。這倒令我大跌眼鏡，問她：「你怎麼知道勞倫斯夫人？」她回答：「管得著嗎？」

確實如此，我喪失了一切資格。

我該上課上課，該吃飯吃飯，同事們都讓著我，校領導還給我升了個小官——國文教學組組長。他們都覺得我這個失去女兒的父親、妻子跑了的丈夫太可憐，可我並不這麼認為，我們誰又不是命運這隻貓咪手中玩弄的老鼠呢？

其實一直以來，我在別人眼中大致上還算一個隨和的人，有點兒不識時務，有點兒話癆，但絕不惹人討厭，因為我從來不表達真實的觀點。最近一陣子，大家對我表現出敬而遠之的意思，我也不明白自己怎麼變成了一個眾人眼中的刻薄之人，一天到晚肚子裡憋著一股邪火。

國中部國文組的沈大姊比我大兩歲，話不多，挺豪爽，待我也不錯。她是蒲公

＊注3：一九一二年，英國作家D．H．勞倫斯認識並愛上了他老師的德國貴族妻子弗麗達。弗麗達拋下三個孩子，與勞倫斯私奔到巴伐利亞，兩年後結婚。

英實驗中學的老員工，我剛入職的時候她就已經在這兒了。以前一直覺得她與普通女人不一樣，身上有股俠氣。但自從生了孩子之後，馬上變成一個除了家長裡短、老公兒子之外什麼都不關心的人。天性裡的那點淳樸勁兒消失殆盡，真令我感到遺憾。

她生孩子晚，兒子今年五歲，有時候會帶他來學校玩。教育行業的人普遍會遭遇「教不好自己孩子」的尷尬，沈大姊的兒子就是典型。這個孩子不大會健康地表達自己的情感，總喜歡說風涼話。沈大姊偶爾穿件新衣服或者化個妝，在鏡子前面自我陶醉一會兒，兒子就會橫著來一句：「臭美臭美，媽媽真臭美！」我聽了很詫異，難道不應該說「媽媽真漂亮」嗎？再看沈大姊，臉上依舊笑嘻嘻的，根本沒當一回事。

這孩子還有點兒口齒不清，嘴裡總是嘟嘟囔囔的，一般我也不大在意他在說什麼。前幾天，他不知道搭錯了哪根筋，竟衝我來了，或許是本能地洞察了我窩囊的本質。他有著兒童的邪惡、捉弄的欲望，圍著我來回轉圈，口中念念有詞。我沒法視而不見，略加留心，竟發現他像唱兒歌似的重複著：「傻瓜傻瓜大傻瓜……」我心頭火起，馬上來到沈大姊的辦公桌前，「沈老師，你兒子怎麼一直罵罵咧咧的呢？」

「他說什麼了？」她從一疊作業中抬起頭，眼鏡從扁鼻樑上滑到了鼻尖。兩鬢蒼蒼，也不染。

「傻瓜什麼的。」

「嗨！」她彷彿聽到了一個大笑話，兩手撐住壓著玻璃板的辦公桌站起來，訕笑道：「小孩子不懂事，你跟他計較個什麼勁兒啊！」

「我不這麼認為，你低估了兒童的心智水準。」我試圖分析一下這件事。「我覺得咱們教育者應該努力幫助兒童建立辨別是非的能力，讓他知道哪些事是可以做的，哪些事是絕對禁止的。」

「哎喲哎喲！」沈大姊發出驚訝的聲音，聳起肩膀，如同一隻處於戒備狀態的貓，「這麼點兒屁事兒都能扯出一番大道理，我也真是服了你了。」

「這不是常識嗎？」老實講，我已經沒什麼火氣了，就是想說個理。可我早就發覺，大部分人不具備探討問題的基本能力，很難將情緒和理性分開。一旦觀點不一致，你又比較擅長表達的話，對方就指責你故意為難他、傷感情。

「我說不過你，我們離你遠點兒行了吧。」沈大姊把兒子扯到自己懷裡，坐回座位上。憋了一會兒，掉了幾滴眼淚。

我感到好沒意思，有些羞愧地回到自己的辦公桌前。從此以後，沈大姊再也沒有主動搭理過我，還在背後說了我不少壞話，什麼矯情啦，小氣啦，不像個男人啦，諸如此類。

或許她所言不虛。其實事後我也後悔，大多數時候，人與人是不能相互理解的，這麼簡單的道理我怎麼就不明白呢？

緊接著在我把副校長得罪了之後，不光沈大姊的兒子認為我是傻瓜，這也成了所有人的共識。起因是五一假期前，學校組織教師觀看京劇《紅鬃烈馬》，我坐在副校長老覃旁邊。劇情進入《武家坡》一折，王寶釧苦守寒窯十八年，已成為西涼國王的丈夫薛平貴回到長安，妻子認不出他來。於是，薛平貴百般調戲，以試探妻子是否守貞。

「這都什麼玩意兒？還有人性嗎？」我看不下去了。

「一齣戲而已，較什麼真哪！」老覃是南方人，操著很重的口音對我說。

「你說這合理嗎？十八年過去了，收到妻子血書才想起還有這麼個人。回來相見，看到妻子窮到挖野菜吃，不但沒有絲毫愧疚，反而出言猥褻，試探對方是否為自己守節。正常人幹得出這種事嗎？」我就受不了別人不講理，不由得有點兒激動。

「不要用現在的眼光看待歷史人物，薛平貴的做法沒有違背儒家禮教。」老覃也認了真，開始跟我探討起來。

我心知他屬於那種思維刻板的人，跟他說這些實在犯不著，但還是沒忍住。

「切！」我徹底打開了話匣子。「怎麼不能用現代眼光評價歷史人物？我跟你說，我認真思考過這個問題。既然這齣戲依舊在上演，依舊傳播著戲中的價值觀，就會對現代人產生影響，那麼，當然要用現代眼光加以判斷。」

「杜撰的人物而已。」

「人物是假，價值觀是真！再說，薛怎麼沒有違背儒家倫理？當初王寶釧為了嫁給他不惜跟自己的父親決裂，按照儒家倫理，是為大不孝。薛平貴居然讓一個女人為了自己背上不孝的惡名，能說他符合儒家道德標準嗎？」

老覃張口結舌地看著我，兩撇小鬍子氣得直哆嗦。

「不講邏輯，無情無義，什麼好事都讓作者意淫出來的男主人公占了……」我聯想起之前在網路論壇上的探討，那網友說得沒錯，能編出這種狗血劇情的準是無良文人。這也倒罷了，回去之後，我占用兩節課的時間，專門與學生探討「是否能用現代眼光評價歷史人物」這個主題。最後還引用了義大利歷史哲學家克羅齊的那句名言：「一切真歷史都是當代史。」

最最後，我就不再是國文教學組組長了。

二〇〇六年九月一日，又是一個新學期，我接手了一批新生，擔任國中一年五班的國文老師。應該跟各位讀者提到過，我鍾愛教師這個職業。處在觀察者的位置，每三年一個迴圈，我能夠脈絡清晰地瞭解「他/她為什麼會成為這樣一個人」。十二到十五歲的青少年，正是人生中各種「力」萌發的時候——感受力、想像力、創造力……所有促進生命的力。這些「力」也會影響我，讓我產生不會衰老的錯覺。

我時時觀察著學生們，捕捉每個人的獨特之處，生命最可貴的部分可能就在於這種差異性吧。我發現每個班都會形成一個有趣的生態環境，這裡有獅虎、有蛇鼠、有羔羊、有飛鳥，既是衝突的也是和諧的，混亂中呈現秩序。置身其間，你看到霸道、自私、狡詐、欺騙、冷酷、勢利，也能感知關愛、無私、正直、友善、熱情、誠實。這些性格彼此襯托，互為對照，編織出複雜的人性。也正因為青春無敵，一切善惡才愈發昭然。

毫不客氣地說，大多數學校信奉監獄化管理——效率最高，副作用也最大。有些教師自覺不自覺地產生一種拒絕活力的傾向，比如他們喜歡老實、聽話的孩子。而我最受不了死氣沉沉的氣氛，叛逆怎麼了？叛逆不應該是個貶義詞啊！我覺得全世界都整齊劃一，恐怕才是最可怕的事。

即使是令人窒息的升學教育，也無法壓抑青春的光輝，就像陽光終會撕裂烏雲。或許國中是人生中可塑性最強、最具有理想主義情懷的一個階段。隨著年齡的增長，很多人如同褪色的珍珠，變得不再相信真善美，變得像動物一樣為了生存庸庸碌碌，我發誓一定不能讓孩子們墮落為犬儒之輩。

我努力學習電影《春風化雨》裡的基廷先生，鼓勵學生獨立思考，無懼權威，對待萬事萬物都要運用批判性思考。這一點跟升學教育的理念南轅北轍，導致我所帶的班級考試成績一直不怎麼樣。我拙劣地模仿基廷先生，告訴學生「seize the day」（把握當下）。還一度想讓大家叫我「船長」（電影中基廷先生的學生如此稱呼他），後來覺得太肉麻而放棄了。但我討厭「李老師」這個一本正經的稱謂，於是讓學生叫我「π先生」。說起π，我有個超乎常人的小技能——能一口氣背到π的小數點後一百多位。還不錯吧？

我嘗試利用多年積累的素材，創作一部師生題材的青春小說。雖然博覽群書，也愛思考，但欣賞藝術和創作藝術之間隔著老遠呢，我一直寫不出什麼像樣的東西。

直到遇見了她，那個眼睛中星光熠熠的女生。
她有個浪漫的名字，叫費南雪。

4 費南雪

最近我開始跑步了，每天清晨沿著四百公尺操場跑個七、八圈。一呼一吸間，覺知專注於身體，思維卻天馬行空。或許跑步是一項思想者的運動。同事們也發現我的生活態度積極多了，像往一株乾枯的植物上澆了一杯水。

「減肥啊？」老廖右手拍拍我的肩膀，左手端著泡著澎大海、杭菊、枸杞、西洋參什麼的大水杯。澎大海已經膨脹到極限了，像個海洋生物似的一動一動。我剛想把跑步帶來的良好體驗描述給他聽，又覺得說了他也不懂，便隨便應了一聲。

「看你狀態蠻好的。」新調來帶畢業班的脫老師接上了話題，這個姓我這輩子第一次碰到，另外，他也是我見過個子第二高的人。第一高的那位是小時候家附近賣醬豬蹄豬尾巴的小商販，不知道為什麼，每天數次經過他那口香氣逼人的大鍋，但從未買過。他在同一個路口賣了十幾年同樣的東西，是我童年記憶的座標原點。只要遠遠地看到他在那裡，我就知道快到家了，感到安心。

「有嗎？」我自己倒沒什麼感覺。

「可不，前一陣子你跟個刺蝟似的。」老廖把自己放進椅子裡清清嗓子，喝了一大口水，發出呼嚕呼嚕的巨響。將他喝水這件事當成行為藝術一點兒不過分。

我感到有些羞愧，無言以對。

「戀愛了吧？」脫老師不知道我的家事，沒頭沒腦地問道。

氣氛立馬陷入尷尬。老廖屬於遇事就躲的人，無論多麼小的事，他都承擔不起。此刻，他把自己縮在澎大海後面，快速小口喝著，原來他喝水也可以不出聲。脫老師隱約感覺自己說錯了話，侷促地笑笑，一雙蜘蛛腿般的大手不知道往哪兒擱。沈大姊的耳朵也豎起來了。

我突然覺得荒謬絕倫，在一種類似於負氣衝動和嘩眾取寵的情緒中，或許僅僅是想開個玩笑化解尷尬，或許想表達的是「我與工作談戀愛了」這種屁話。總之，說的比想的快，脫口而出：「對，我愛上學生了。」

這句話也成為我日後板上釘釘的罪證。

我承認，第一次見到費南雪的時候，便被她眼中的星光所牽動。那些星光我是如此熟悉，它們一直沉睡在溪溪琥珀般的雙眼深處。如今改頭換面，再一次來侵擾我，抑或拯救我。我把自己晾在了講臺上，如同置身夢境，除了費南雪，周圍的事物全部虛化、後退。直到學生們開始竊竊私語，我才強迫自己回過神來。

她就像一隻醜小鴨一樣坐在倒數第二排，齊耳短髮油乎乎地貼在頭皮上。穿一件白藍條紋連帽衫，洗得有些褪色。牛仔褲過於肥大，似乎並不屬於她，把腳上那雙沾著泥漿的紅色運動鞋遮住大半。這樣的打扮在班裡可以算得上差勁兒，我猜測她的家境不大好。

她有一雙靈活的眼睛，不時微微轉動，折射出複雜的心理活動。看遠處時不自覺地眯起來，多半是近視了。為什麼不配一副眼鏡呢？鼻頭尖尖的，偶爾一抽動，讓人聯想起小狐狸。下嘴唇收回去一點兒，不笑的時候顯得孩子氣，笑起來嘴角的弧度像一個括弧，看上去倒有些世故了。肩膀比同齡女孩要寬，襯得臉頰小巧玲瓏，傳達出一股奇異的自信。

這真是一個與眾不同的女孩。我難以克制地將目光一次次投向她，還找機會向她提了個問題，關於最喜歡的作家。她落落大方地站起來，想也沒想，就說喜歡莫泊桑，估計曾考慮過這個問題。那一刻，我發現她的個子相當高，有一百六十五公分的樣子，她才十二歲或十三歲吧，將來還有得長呢。「為什麼？」我追問道。「因為他的語言很精巧，」停了一下，她補充道，「像鑽石一樣。」我愣住了，不單是她表述的美感，還因為我也是這麼想的。

關於費南雪的家庭，很快就傳出許多流言。人們向來熱衷於打聽別人的不幸，自己無論活得多慘，都能從別人的悲劇中汲取力量，這究竟是人性的優點還是弱點我也拿不準了。我很難想像一個少女如何承受得住。但令人欽佩的是，我從來沒有在她臉上看到遭受生活重擊的人慣有的憤恨或膽怯。她表現得很平靜，最多有些憂鬱。至少表面上是這樣。

還有一件事，我開始寫之前提到的那部小說了，談不上多順利，每天能敲一千來字。一邊寫一邊以3.1415926為筆名發在一個叫作「窮途莫路」的中文網路論壇上。版主老莫是一位都市隱者，好像在什麼地方做著一份看大門的工作。他非常滿意這種生活方式，還說，捷克作家赫拉巴爾不還當過倉庫管理員嘛。也是，對一個看重精神世界的人來說，有足夠的時間獨處就是最大的幸福。

老莫一個勁兒地鼓勵我繼續寫下去，說從我的文字裡看到了「充滿個性的敘述形式」。我深受鼓舞，每天清晨跑完步之後，如果沒有早課，便找一間無人的會議室寫上一兩個小時，隨寫隨發。每當看到讀者的回饋我都欣喜若狂，說真的，對我這個平庸的作者而言，沒有讀者真的很難堅持下去。

創作的生活純粹而高尚，或許是自我救贖的最佳方式。不知不覺間，當再次審視自己，我彷彿看到一個從沼澤地裡爬出來的、死裡逃生的人。往事的汙泥尚在，可已經不能摧毀我了。

我喜歡形容詞，不明白為什麼有的作家痛恨它們，說形容詞用得越少越好。我偏不。而且我發現一個有意思的現象，若採用不同的形容詞描述某個行為，結果很有可能南轅北轍，它們就像對生的樹葉一樣朝相反的方向努力著。舉例來說：節儉與吝嗇、自信與自負、勇敢與魯莽、認真與當真、執著與頑固……一天課上，我突發奇想，提議每人在紙條上寫幾個形容詞來描述自己。我隨機抽出一張，讓大家猜猜是誰。大部分無外乎「冰雪聰明」「英俊瀟灑」「熱情」「有耐心」「牛逼」「酷」「高」之類的，總之沒幾個能猜得出來。我悻悻然覺得這個小遊戲很失敗，孩子們的表達能力似乎都在萎縮。最後，信手拈了一張，心想這是最後一篇了，我念了出來：

憂鬱、憂鬱、憂鬱

貧窮、貧窮、貧窮

教室裡突然寂然一片，彷彿墜入深海。一張張年輕的面孔從不同角度轉向費南雪，而她的視線凝固在桌面中央，似乎用盡全力去承受那些沉重的目光。她本可以隨便寫幾筆的，但非要揭傷疤似的示於眾人，或許含有反抗的意味，或許她只是誠實無畏而已。我好像突然被鈍器襲擊，一陣恍惚過後，疼痛像狂風暴雨抽打著荒原。

隔日，我在兩堂課的空檔走到費南雪身旁，讓她放學後來辦公室找我一趟。等待期間，我忐忑不安，都怪午餐後的那杯咖啡。

這孩子體內蘊藏著一股神祕的「力」，就像某種意志頑強的野生動物，令人望而生畏。瞧瞧我都在形容些什麼呀！我摘掉眼鏡，做了一組眼球保健操，又起身到茶水間沖了一杯極難喝的即溶咖啡。咖啡還是在和沈大姊鬧翻之前她送我的，這讓我覺得自己很沒良心。

五點剛過，便響起三下沉重的敲門聲。辦公室就我一人，沈大姊接孩子去了，老廖患了疝氣正在住院，脫老師好像在郊區參加青年教師突擊隊的什麼培訓。

「請進！」我真希望自己的聲音哆嗦得沒那麼明顯。

從大門到我的辦公桌大概有五六公尺，她邁著天使的腳步向我走來，影子從地面爬上旁邊的書桌又重新落回地面，最終停在我的右前方。

「溪溪……」我不由得站了起來。

「您說什麼？李老師……哦，π先生。」她的雙手自然地搭在我的辦公桌邊緣，手指宛若蘭草。

「沒什麼，沒什麼。」我重新坐下，端起馬克杯喝了一口咖啡，幾滴棕色的液體濺到大腿上。

見我久未作聲，她遲疑道：「您找我有事嗎？」

「哦，是這樣……」我整理了一下思緒，兩隻手沒事找事地將幾本書疊在一起，「你的眼睛是不是有點兒近視了，我發現你老瞇著眼。」

「對！」她的直白倒叫我吃了一驚。

「我有個朋友是開眼鏡店的，要不……去配一副？我帶你去……」我語無倫次地建議道。

「好呀！」她就這麼輕易同意了。

我們搭地鐵坐了幾站，來到位於萬年青路的一家眼鏡店。

地鐵票是我幫她買的，她也沒說什麼。商店的招牌上寫著「馬拉松眼鏡店」，旁邊印有一匹馬拉著一棵松樹的簡單圖畫。「原來是這麼個馬——拉——松啊！」費南雪恍然大悟般笑嘻嘻地說。我也笑了。

我說了謊，其實店老闆並不是我的朋友，他只是對我這個老主顧有點兒印象而已。這個略微謝頂的矮胖中年男人總是搓著兩隻手，彷彿隨時準備大幹一場。他有著適度的精明，得體的奉承，讓你心甘情願地接受他的建議。驗光、挑選鏡框、配鏡一套流程下來花了不到一個小時，比我年輕那時候可方便多了，我當年還得滴一種令瞳孔擴散的藥水，接下來好幾天見不得陽光。我跟費南雪說這些的時候，她好奇地聆聽著，還主動問了幾個問題，顯得非常乖巧。

戴上紫灰色金屬框架眼鏡時，她眼中的星光似乎愈加璀璨，「哇！好清楚！」

「左眼兩百七十五度，右眼一百五十度加五十度散光。」老闆把驗光單據遞給我，囑咐費南雪：「你到外面走兩圈，試試暈不暈。」費南雪蹦蹦跳跳出去了，望著她的背影，我感慨，這才像個孩子嘛！

老闆收了錢，手臂肘撐在櫃檯上，短脖子立刻消失在聳起的雙肩之間。看看我又看看費南雪，問：「你女兒？」

「啊？」我一怔，懶得解釋，點點頭。

「這個頭兒，比我還高！」老闆嘖嘖歎道，「像你！」

我胡亂應著，心裡卻模模糊糊地有點兒高興。

從眼鏡店出來，費南雪的情緒明顯高漲，話也多了，談論的大多是同學間的瑣事。我裝作饒有興趣地聽著，卻生出一種極為不真實的感覺，彷彿電影裡的某個場景，又好像正在經歷夢境中的déjàvu（似曾相識）現象。

我牽著溪溪的手，行走在灰白色的厚厚的雲朵之上，過往的所有痛苦都是到達此地的階梯，更襯托出此刻的平靜與滿足……

「π先生，如果把自己比作一種動物，你覺得自己是什麼？」

費南雪把我從幻想中拽回來，我想了想，說：「他們說我像刺蝟。」

「別管他們說什麼，你自己覺得呢？」她頗有主見地引導我。

「我也覺得自己像刺蝟……要麼就是豪豬，反正渾身是刺。你呢？」

「獨角獸。」

「虛構的也可以啊？」

「當然啦！」

「那我改了，把刺蝟改成鳳凰。」

「鳳凰不是女的嗎？」費南雪的笑聲讓我想起屋簷下的風鈴。

「這就是你不懂了。雄的叫鳳，雌的叫凰。」

「是嗎？」

「當然。」

「我只知道鳳凰是不死鳥，牠會涅槃重生。」她還不大習慣戴眼鏡，乾脆摘下來拿在手裡，低下頭看著前後交替的兩隻腳尖。

夜色淡淡地包圍了蒲公英市，太陽的光線還未完全消逝，正處於瞬息萬變的美麗的過渡中。街邊的店面漸次亮起霓虹，我一眼看到一家花裡胡哨的披薩店，心想應該沒有孩子會拒絕披薩吧，於是指著那閃爍的披薩招牌問道：「想吃嗎？」

費南雪眼前一亮，嘴角兩邊深刻的弧線框住了笑容。不知為何，這個平凡無奇的瞬間就像鑽石劃過玻璃，永恆地鐫刻在我的記憶當中，成為我生命的一部分。

5 依賴

二〇〇七年春節剛過，我那退休好幾年的副局長舅舅突然盯上我了，開始狂轟濫炸般給我介紹相親物件。我老媽也跟著起哄，導致我的處境變得格外艱難。說真的，舅舅待我一直不薄，在位的時候就總惦記著幫我一把，想為我在教育局謀個一官半職。每次我都婉言謝絕，氣得他在背後罵我「不思進取」——跟前妻對我的評價一個樣。

對於大大小小的官員來講，再也沒有比退休這件事更可怕的了。一旦權力被剝奪，就像他們的生命線被切斷了一樣，立時枯萎。即使像我老爸那種沉浸在自己世界裡的木雕手藝人，也能覺察出不對勁，「你舅舅怎麼跟大病一場似的。」

官員退休綜合症的第一階段是抑鬱、足不出戶、意志消沉；第二階段是看什麼都不順眼、性情暴躁、易受激；第三階段則是鬧騰著瞎張羅事，妄圖重新把控人生，建立新權威，但往往以失敗告終。顯而易見，我舅舅已然處於第三階段。

總之，煩人，又不能不給他這個面子。今天我的相親對象是一位三十八歲的律者。師，也不知道我舅從哪兒搜羅的，一看就是經過重重篩選、精心考察之後的勝出者。不用說，身高、外貌、職業、社會地位、家庭條件一定都與我相當「匹配」。在他們老一輩的思想裡，醫生、教師、律師可謂三大黃金職業，可以進行各種排列組合。

怎麼說呢，她稍微有那麼一點點胖——禮貌地說，應該是豐滿。雖然從外在評價一個人有點兒低級，但我的確更喜歡苗條的女人。這倒也罷，放到唐朝也是一個尤物，但她還有個毛病，總是喋喋不休地談論自己。從用什麼牌子的粉底液到正在籌畫的出國旅行，從律師事務所的桃色醜聞到自己的奮鬥史……據我觀察，大部分人都不同程度存在這種問題，我二姨就這樣，每次一見到我，就翻過來掉過去講自己那點兒家庭瑣事，好像誰在乎似的。還有一次，她一口氣給我看了兩百多張她小孫女的照片，差點兒把我活活累死。

恍惚間，我感覺自己不是在相親，而是在進行商務談判。對面的女律師身穿靛藍色豎條紋職業套裝，腳上是一雙細跟尖頭漆皮鞋，蹺起二郎腿，滔滔不絕地說著我壓根沒在聽的話。她的雙手配合語言打著生硬的手勢，臉上小動作過多，總是擠眉弄眼的，或許她認為這樣很機靈還是怎麼著。我們之間的餐桌彷彿無限拉長，將她越推越遠，一直推到宇宙黑洞裡。

「不好意思，你剛才說什麼？」我似乎聽到她問了我一個問題。

「我問你平時都喜歡喝什麼酒，紅酒？威士忌？」她剛補了唇膏，上下嘴唇來回蹭，好使顏色更為均勻，猛一看很像一種叫不上名字的海魚。

「我覺得二鍋頭不錯，威士忌特別難喝。」我實話實說。

她重重呼出一口氣，好像在忍受痛苦似的皺起眉頭。不過還是頗有教養地調整了一下情緒，一隻手托起臉，另一隻手輕輕撫弄著叉子柄，身體扭出曲線，「哎，你知道張薄薄吧，他的離婚案子就是我代理的。」

張薄薄這個名字倒有點兒耳熟，我忽然想起來他是幾檔綜藝節目的主持人，只要一打開電視就能看見他在那兒蹦。實在搞不懂，綜藝節目為什麼總喜歡安排一大堆主持人，誰都想多說話、博人眼球，於是大呼小叫、插科打諢、醜態百出，我只消看一眼頭就大了。

「那你真是厲害了。」我隨隨便便地接口道。

她認定我在恭維她，馬上興奮起來，「你知道嗎？他老婆給他戴了綠帽子，跟趙獨獨好上了。趙獨獨你有印象吧，他是……」

我端起玻璃杯，連喝了幾口冰水，想著在下一次服務生路過的時候加一瓶啤酒。如果沒有酒精的幫助，我恐怕很難撐到這頓飯結束。

令我詫異的是，事後舅舅跟我說女方對我很滿意，誇我是一個很好的傾聽者，想進一步發展。我連連擺手，推說我們不大合適。

舅舅擺出一副要掀桌子的架勢，「怎麼不合適？我看挺合適的！」又拿出教育下屬的氣勢給我洗了一下午腦。我明知不可能，但還是稀裡糊塗、半推半就地答應了。在我們第三次約會一起看電影時，黑暗中，她突然對我發難，將手伸進我兩腿中間，緊接著大嘴唇子貼了上來，舌頭還在我嘴裡攪來攪去。

最後我落荒而逃，發誓就算舅舅把我殺了，也難以從命。

還記得那部電影的名字是《穿著Prada的惡魔》。

又開學了，過完新年，學生們的小臉都胖了一圈，唯獨費南雪又黑又瘦。多日未見，你還好嗎？見到她的一剎那，我下意識地扶住講臺邊緣，腳下的地面彷彿一條船似的輕輕搖晃。這個寒假只有二十多天，除夕夜她給我打過一個祝福電話，之後便音信全無。我再三試著聯絡她都沒成功。她一時在母親那裡，一時又住親戚家，家中電話不是沒人接就是停話，她又沒有手機。我牽掛著她，看到好吃的好玩的或者同齡的女孩，馬上就會想到溪溪，想到她。

自從上次帶她配了眼鏡之後，我又找種種理由請她吃了幾次飯，還隔三岔五地給她買一些日常用品、文具、衣服鞋什麼的。與其說是為了幫助她，不如說是為了滿足自己的私心，她一笑，溪溪就復活。我願用一切換取片刻的幻夢，你可以笑我癡，但虛假總比虛無強吧。

五一勞動節剛過，空氣中飽含著夏日將至的興奮，連風也變得柔情蜜意，一遍遍撩撥著你。雖然今晚滴酒未沾，我卻有了醉意，捧著吳爾芙的《普通讀者》粗粗讀著。上面的字紛紛剝落，一個個好像有了自由意志似的四散跑掉。我最近突然對十九至二十世紀的女作家產生興趣，找來幾本翻看。不過此刻我沉迷在春風裡不可自拔，已經一個字都讀不下去了。

抬眼看了看錶，十點五十九分。我懶懶地走出書房，準備到廁所洗漱，明天一早還有兩節課要上。正路過客廳，忽然聽到敲門聲。我心頭湧起輕微的緊張和不快，猜不出這個鐘點的訪客還能是誰。透過貓眼望出去，懷抱一只後背包的費南雪在門鏡的折射下顯得頭大身小，又可愛又可憐。

我立刻打開大門，還沒來得及問怎麼回事，她便急急說道：「π先生，今晚我沒地方去了，能住在這裡嗎？」

我聽出她的聲音似乎哭過，心痛得要命，連聲說沒問題。我讓她洗了個熱水澡，又安頓她住在溪溪以前的房間裡。這個房間我每週都會徹底清掃一遍，連床罩被罩都是新換的。

她看上去累極了，洗完澡換好睡衣，跟我道過晚安便回房睡了。我這才想到，她是怎麼知道我家地址的呢？細細回憶，好像還真有那麼一次，她問起一些我的家庭情況。當時我喝了點兒啤酒（真不應該在孩子面前飲酒），竟敞開心扉絮絮叨叨了好多，事後完全不記得自己講過什麼。倒是對一件事還保留著模糊的印象，她問我住在什麼地方，我說燕銜泥家園，後來她又問具體的門牌號碼，我也說了。當時心生奇怪，但話題很快岔開，就沒怎麼在意。接下來的一整個星期，她都住在溪溪房間裡。我高興得誠惶誠恐，像個家庭主婦似的一天到晚琢磨著用什麼美食賄賂她。上次做了一頓番茄燉牛腩，她把湯都喝得一滴不剩，我大受鼓舞，廚藝突飛猛進。

我注意到費南雪有點兒含胸駝背，個子高的人很容易出現這個問題。更何況現在的孩子長時間伏案寫作業，缺乏運動，體態普遍不大好。我專門諮詢了一位醫生朋友，又上網查閱資料，為她制訂了一套增強背部肌肉力量的健身計畫。她是那種自我意識很強的敏感女孩，當我指出她駝背的問題之後，她馬上就開始自我調整，並積極配合訓練。快到放暑假的時候，基本上改正了不良姿態，像隻挺拔的小天鵝一樣，而且似乎又長高了一點兒。

我們很能聊天，常常一聊就忘了時間。我非常喜歡跟天真無邪的人對話，他們的語言無拘無束，充滿想像力，能夠最大限度地表達思想。不像在社會醬缸裡浸淫已久的老傢伙們，張口就是一股千年老滷的陳腐味道。有時候，這類人哪怕說些普通至極的話，也會猶豫不決、百般思量、顧慮重重，簡直不知道他們在怕什麼，說句話能要了命還是怎麼著？當然，如若你一句話沒說合適，或者一個觀點與這些庸人不一致，他們立馬跳出來聲討，好像你觸犯了天條。對他們而言，陳詞濫調是最安全的語言，如果你拒絕使用，就「非我族類，其心必異」。

對不起，各位讀者，說著說著有點兒興奮，又扯遠了，我們繼續來談費南雪。一天吃過晚飯，費南雪主動提起了自己的家庭和母親的現狀。看得出，她有所保留，但這已是一個難能可貴的進步。當聽到她母親拿她過生日的錢去購買毒品時，我沒能忍住眼淚，害得我假裝有東西跑進眼睛一頭衝進廁所，匆忙中還帶翻了椅子。

但我能感覺到，對於母親，她的愛遠遠大於恨。是的，她深愛著她。

她表現得越來越依賴我，凡事都要徵求我的意見，小到衣服和鞋子怎麼搭，大到將來學文科還是學理科。

但我知道真實情況恰恰相反，是我越來越依賴她。我已經習慣了她在的日子，如果沒有她，就像第二次失去溪溪一樣，我的存在也就失去了意義。

一週之後，費南雪提出要回奶奶家住。我對她說歡迎她隨時回來，並留給她一把鑰匙，不過她沒要。我算了一下，到悲劇發生之前，她前前後後在我這裡住過六次，長則一星期，短則一天。現在回憶起來，這是溪溪走後我生命中最好的時光，像茫茫荒原上開出的一朵玫瑰。

她給了我一線生機，而我，卻殺了她。

6 兩個日子

我這個人對數字不太敏感，但在與費南雪的相處中，有兩個日子令我永生難忘——二〇〇七年五月十四日，和二〇〇七年九月十四日。

五月十四日是個星期一，前一天是母親節。中午時，她給我發了一條簡訊，只有三個字：寄居蟹。我一看到便會心地笑了，這是我們之間的暗語，意思是她今晚要在我家裡借宿。對了，四月五日費南雪十三歲生日那天，我送了她一款Nokia 5300，能聽音樂能拍照。我們每天都要聯絡對方，一日不落。

至於在課堂上，其他同學是否看出什麼端倪，老實說，我沒怎麼留意，也不太在乎。有流言蜚語嗎？或許吧。我本是對別人看法極端敏感的人，並為此困擾不已，但這次例外。可能是我太過專注，當你的目光聚焦於某個點，除此之外的一切都會淡出，根本不可能干擾到你。

我發現近來自己有一種不好的傾向，取悅費南雪幾乎成了生活中的頭等大事。我殫精竭慮地想出種種花招，給她買這買那，投其所好的一句俏皮話，噓寒問暖，察言觀色，聊她感興趣的任何事……即便是對待溪溪，也沒到這種低三下四的地步。可我已經失控了，就像置身於眼花繚亂的萬花筒裡，你永遠不知道下一次旋轉將帶來怎樣的圖景。

這天晚上，我又燒了費南雪最愛吃的番茄燉牛腩，還做了青椒馬鈴薯絲和青菜豆腐湯。下午一下課我便往家裡趕，從四點半一直折騰到將近七點。最後，當我把插有一枝煙灰色厄瓜多進口玫瑰的花瓶擺放在餐桌靠牆一側時，敲門聲恰好響起。

客廳的電視機開著，隨意放著什麼，只是為了添點兒聲音。費南雪跟往常一樣好胃口，吃得高興了，乾脆端起盤子，將濃郁的番茄汁澆在雪白的米飯上（我也愛這麼吃）。一面吃，一面讚不絕口：「嗯，太好吃了！天哪，怎麼這麼好吃啊！」她咀嚼的時候不發出一絲雜音，把兩只腮幫子撐得鼓鼓的。

「笑什麼？」費南雪停住筷子，有些難為情地看著我。

「你吃飯的樣子像花栗鼠。」我喝了一大口加冰塊的啤酒，喉嚨到胃之間馬上開出一條清涼的路。

「花栗鼠多可愛啊！」她拿過旁邊的空碗給自己盛了些湯，又用眼睛示意了一下，我擺擺手表示不需要。她話鋒一轉，提起教數學的韋老師體罰學生的事。據說一個學生由於驚嚇過度，導致嚴重口吃，已經休學在家了。

我這才想起有一陣子沒見到那個長著一對招風耳的細眼睛男生了，忽然警惕起來，「他沒把你怎麼著吧？」

「那倒沒有。」

「後來呢？家長沒去投訴嗎？」最近我兩耳不聞窗外事，這麼大的事竟然一無所知。

「找學校了，好像是賠了點兒錢，也沒怎麼樣。」

「韋老師還上課嗎？」一股怒火突然衝上腦門，我敢說，最需要教育的並非孩子，而是教育者本身。

「上啊！」

我完全可以想像學校上級在面對學生家長時那副推諉塞責、寡廉鮮恥的官僚嘴臉，這個體制就像絞肉機一樣將個人的尊嚴碾為齏粉。我站起來，身體前傾，很衝動地說：「如果有人敢對你動手，我就對他不客氣。」

「怎麼可能，不會的，不會的。」費南雪頗感意外地仰起臉看著我，眼中星光一閃，似乎有所觸動。她的兩隻手腕架在餐桌邊沿，彷彿在演奏一架鋼琴。

正在此時，電視裡傳出「寶瓶座流星雨將於今晚十一時左右降落在土撥鼠鎮」的聲音，我們同時將臉扭向螢幕。

「這不是一場普通的流星雨，而是數量特別龐大的『流星暴』，每小時出現的流星可能會超過一千顆！」天文台的一名長得有點像科學怪人的工作人員介紹道，神色亢奮。

「π先生，我們這裡能看到流星雨嗎？」費南雪坐直了身體，滿懷期許地等著我的回答。

「恐怕不成，城市裡光害太嚴重了。」看著她的神色越來越失望，我心裡也跟著空落落的。

我這才想起自己已經許久未登錄「獵星人部落」網站，竟然連這麼重大的消息都不知道。唉，我這一陣子簡直像活在真空裡一樣。這個民間組織由一群隕石愛好者組成，時常組團到全國各地收集隕石，自稱隕石獵人。我一直夢想著能親手撿到一枚，以寄託對溪溪的思念。

「你知道隕石獵人嗎？」我問。

「不知道。」

「那可是我的理想職業。」我大致跟她描述了一番，又提到有個遠房親戚就在土撥鼠鎮的仙蹤原始森林當護林員，「等他退了休我就去接他的班。」

「好浪漫啊！」費南雪用兩隻手撐著腦袋，滿心嚮往地說：「小時候，我老幻想自己就是森林仙子，掌管著森林裡所有的動物和植物。」

「好啊，那樣我們就是一個組合了——你是森林仙子，我是護林員。」這句話一說出口，我便深覺不妥，連忙端起啤酒遮住泛紅的面孔，心中惱恨著自己。曖昧會讓一切變得危險。

隔著杯子，我看不到費南雪的表情，只看到一個虛影在杯子兩側閃來閃去。我經歷了這輩子最難堪的一段沉默。

她忽然開了口，那沉鬱的音調嚇了我一跳，「π先生，你真的會永遠保護我嗎？」

「當然。」還沒來得及感到震驚，這句話便自動迸射而出。

更長久的沉默。全世界的話語都無法將之填滿。我變成一口枯井，空洞、詞窮、啞口無言。我為自己的無能感到憤怒。

「你喜歡樹嗎？」她突然問道。

「樹？樹可以做成書，我喜歡書，所以說我間接地喜歡樹。當然，樹還有很多其他的好處……」

她似乎沒在聽我說什麼，自顧自說道：「我最喜歡松樹。」

我用疑問的目光看著她。

「因為松樹會讓我想起媽媽。」她盯著那枝灰玫瑰看個沒完，幽幽地說，「我小時候，她噴的香水有一股松針的味道。」

我越來越摸不透費南雪，整整一個暑假幾乎見不到她的人影。

我一本書都讀不進去，一個字都寫不下去，跑步也停了，人變得呆呆傻傻。有時候做著什麼事，突然僵住，嘴裡不斷重複著：「我對她那麼好，對她那麼好！她怎麼能這樣對我……」等恢復意識，我覺得自己離瘋狂只有一步之遙。

隨著九月的臨近，我這只被拋棄的易開罐，興許還有回收利用的價值。我常常安慰自己，說不定她母親又出了什麼事，需要照顧，她只是不好意思總麻煩我。一定是這樣，我不能接受除此之外的解釋。

新學期第一眼見到她，我的眼淚馬上滾了下來，都懶得掩飾一下。她坐在那裡，像天使一樣，足以讓周圍的一切消弭於無形。我無法直視她，感覺像中了一槍，若不是身後有黑板撐著，估計早就站不住了。

我不在乎學生像看怪物一樣盯著我，也不在乎海浪一般的紛紛議論。我只要她的一個回應。

然而，費南雪對我冷若冰霜。

就在我百思不得其解的時候，費南雪突然主動給我發簡訊，還是那三個字：寄居蟹。那一天，正是二〇〇七年九月十四日。因為接下來要發生的事件，這一晚的視野如同加了放大鏡，每一個細節都被過度解讀。

由於這兩個多月的冷淡，我像個怨婦似的充滿了矛盾，一方面極度渴望她的到來，另一方面心裡又有氣，恨不得抓住她一問究竟。我痛罵自己心胸狹窄，想到那些心靈雞湯文章不總教人「平常心」嘛，便試著念咒語似的自言自語了幾句「平常心」，發現純屬扯淡，心情根本沒有改善。這不自己騙自己嗎？為什麼要迴避負面情緒？每一種情緒自有用途，承認憤怒和悲傷難道是一種罪過嗎？我什麼時候變得這麼懦弱猥瑣了？

我的頭腦像戰場般一片狼藉，這種狀況是沒辦法做飯的。我拉開茶几的抽屜，從幾張外賣菜單中選了一家比較靠譜的西北菜，裡面有費南雪愛吃的羊肉串、涼皮什麼的。打電話下單後過了半個小時，有人敲門，我想著今天速度還挺快。打開門，身穿深藍色連身裙、牛仔外套的費南雪佇立在那裡，臉上掛著微笑。我整個人呆掉了，所有的怨念就像陽光下的露水，頓時蹤跡全無，彷彿不曾存在。這條裙子我從來沒有見過，看不出什麼材質，只是覺得輕盈柔軟，像一團烏雲，過膝的裙擺處還點綴著若干淡紫色的立體花朵。她纖細的小腿裹著黑色長筒襪，腳上是我給她買的一雙帶暗紋的咖啡色繫帶皮鞋。

「買新衣服了？」我情不自禁地問道。人的情緒流瞬息萬變，剛從痛苦海洋中解脫的心又被悲傷籠罩——我一天天難過得要命，你卻過得好好的，還買了新衣服！

她沒回答，繞過我走進來，卸掉後背包擱在玄關地板上，然後輕車熟路地從鞋櫃中拿出我專門為她準備的拖鞋換上。

「我餓了。」她嘟起嘴，下巴微微收著，這個表情讓眼睛顯得更大了。不過，我沒從裡面看到星光。

「我叫了外賣，還沒到。」我有氣無力地說。

「有什麼好吃的？」她沒事人似的興致高昂地問道，好像這兩個多月不搭理我是理所應當的。

「羊肉串、涼皮、大盤雞、大拌菜。」我老老實實地回答著，想質問她卻無論如何開不了口。

「喔耶！太棒了！都是我愛吃的！」她蹦蹦跳跳地走向餐桌，拿了一只玻璃杯，接著到飲水機前給自己接了一杯水。她彎著腰，回過頭看了我一眼，正與我盯著她的視線交會，如同兩把冷兵器碰撞在一起，我們同時將目光移開。

說不上原因，也沒什麼蛛絲馬跡，僅僅是一種直覺，我感到她有點兒不對勁。當然，或許我只是事後諸葛罷了，回憶篡改了客觀事實。

外賣餐盒擺滿了一桌，我們相對而坐。我打定主意不先說話，但面對面的那一刻，她揚起擎著筷子的一條手臂，學著日本人的樣子說道：「我開動啦！」我的氣憤實在維持不了多久。最終，我繳械投降，放棄抵抗，先東拉西扯了許多壓根不想談論的話題，之後裝作漫不經心地問道：「前一段時間你幹嘛去了？怎麼聯繫不到你？」

「沒幹嘛，媽媽病了，一直照顧她來著。」她撕咬羊肉串的樣子，像極了貓科動物。

這句話足以使我冰釋前嫌，我假裝嗔怪道：「你也應該跟我說一聲啊！」心裡早已碧空如洗。一個人會忙到連打電話、回簡訊的時間都沒有嗎？反正我就是願意相信。

「怕你擔心。」她淡淡地說，視線投向電視櫃上的一隻拳頭大的木雕梅花鹿，眼睛使勁眯著。她只在上課時才肯戴眼鏡。「我爸爸做的，他是個木雕藝術家。」我的腦海中浮現出父親親切的模樣，心生愧疚，我已經一個多月沒去看望他了。

費南雪起身走過去，將小鹿托在手裡，歪著腦袋看。我也跟過去，看著她玲瓏的手指環住小鹿，彷彿在施魔法，說不定下一秒鐘牠就會活過來。由於只開了遠處餐桌上的吊燈，使得她的臉一半是陰影一半是光明，有一種油畫般的質感。

「要是能把這一幕拍下來就好了！」我心想。

「喜歡嗎？喜歡的話就送你。」

「真的嗎？」

我抬抬眉毛，點點頭。

費南雪猶豫了一下，將小鹿放回原處，說道：「算了。」一隻手還留在上面，無意識地一下一下摸著小鹿的脊背。

我看她彷彿想起了什麼不高興的事，一副若有所失的樣子。這種情緒馬上傳染給了我，我也一時無話。

忽然她又改變了主意，笑著說：「真的送我？」

「真的！」我跟著高興起來，又道：「特意為你做的，本來一會兒就打算送你，被你先發現了。」

費南雪緊盯著我，朝前走了一步，微微張了張嘴，似乎迫切地想要做什麼。接著她低下頭去，再抬起來時，已經換上了她那招牌式的笑容。

我說過，她一笑，溪溪就復活。

吃到一半，她突然問道：「π先生，想喝點兒啤酒嗎？」這是今晚費南雪第一次稱呼我。

這令我感到我們之間的關係有了復甦的跡象，我一口答應：「好啊好啊！」

費南雪起身去廚房冰箱裡取啤酒，她知道我總是在最裡面冰著幾瓶。

我做了幾次深呼吸，儘量平復心情。手肘撐在桌面上，十指交叉，像是在做禱告。對面，費南雪喝的柳橙汁盒子上插著一根吸管，頂端被她咬得七扭八歪，她一緊張就愛咬吸管。

綿密的氣泡覆蓋著金黃色的液體，高腰流線型玻璃杯的外壁上爬了一層水霧。我一口氣便喝下半杯，那久違的沁人心脾的感覺讓我快活得打了個冷顫。

我真的需要好好放鬆一下。

費南雪的面孔忽近忽遠，好像在對我訴說什麼。我搖了搖腦袋，試圖回應她，卻猶如在水裡游泳，一張口便灌滿了水。她朝我走來，深藍色的連衣裙遮蔽了我的視線。這片夜空，一顆星星也無。

7 狂怒

「爸爸！爸爸！」即便一百萬人同時說話，我也能分辨出溪溪的聲音。

我正在書桌前讀書、在洗手臺洗臉、在灶臺上炒菜、在壁櫥裡找東西……聽到這呼喚，猛回頭，身後卻是一片綿延無盡的荒漠曠野，呼嘯的狂風捲著成噸黃沙，由遠及近。

我已經記不得多少次從同一個噩夢中驚醒，仍下意識地回過頭去，只看到一面白牆。我氣喘吁吁地坐在床上，弓起身，雙臂環抱，等待痛楚過去。今天的感覺尤為強烈，就像被閃電擊中了頭頂，將我一分為二。我抬起手臂抱住頭，難受得呻吟起來。

比平時花費了更久，我才從噩夢的餘威中脫身，挪到床邊，這才發現自己渾身赤裸。我如同一個失憶症患者，冥思苦想，卻捕捉不到一絲痕跡。

我是誰？這是哪兒？幾點了？我怎麼了？

我感到恐懼，彷彿被困在了一只密封的玻璃罐裡。這種無頭緒的狀態沒持續多久，因為身體的不適奪走了我的注意力──頭痛欲裂、肌肉酸痛、視力模糊、口乾舌燥，我不得不重新躺下。

記憶之水滴滴答答落在空空如也的腦袋上，我知道著急也沒用，索性耐著性子苦等。「嗡」的一聲，周圍的一切忽然變得真實可感，我回過神來。

在喝下費南雪為我斟的冰啤酒後，不知怎的竟像酩酊大醉一般。她向我走來，一變二、二變四，跟四隻小天鵝似的。我驚喜地想把這個重大發現告訴她，舌頭卻不聽使喚。我能聽得到她在喚我，眼皮卻猶如謝幕般緩緩合攏。她抬起我的手臂，腦袋鑽到我的胳肢窩裡，試圖幫我站起來。我聞到了洗髮精的香味，不大確定是百香果味還是芒果味，總之是某種熱帶水果。我十分想向她求證這一點，但還沒來得及開口便跌出了意識之外。

兩隻腳在地板上摸索了好半天，才發現拖鞋不在原來的位置。

我赤腳站起來，頭暈目眩地在原地立了一會兒，等到視野邊緣的黑霧完全退盡。我找到拖鞋，胡亂披了件浴袍，先到溪溪的房間看了一眼，沒人。我心裡納悶，感到無情無緒，又踱到廁所。我像一隻大象進到一個小屋子裡頭，接連碰倒了好幾樣東西，手腳又笨拙又沉重，腦袋渾渾噩噩，無法思考。

簡單洗漱完，我走到餐桌前給自己倒了一杯水，發現手機還放在盤子旁邊，發出低電量警告的嘟嘟聲。我拿過來看了一眼時間，十點二十三分。腦袋頓時炸了，今天有我的課嗎？忽然，一股輕鬆曼妙的暖流從心頭滾過，我想起今天是週六。

我拉開椅子坐下，自嘲地搖了搖頭，開始翻看未接電話和訊息。

先看到一條費南雪的留言：「下午有空嗎？我有事找你。」直到這時，我的思維才逐漸連貫起來——昨晚到底發生了什麼？為什麼一杯啤酒就讓我斷片了呢？之後呢？費南雪什麼時候走的？等等，我為什麼沒穿衣服？

越想越匪夷所思，我打算先把她放在一邊。還有兩條訊息，其中一條來自一個跟我關係不錯的同事，他求我幫個忙，下週二替他代兩堂課，我應承下來；另一條來自「獵星人部落」的網友「孤窗籠」，他約我晚上喝一杯。他在論壇上比較活躍，加之我們住在同市，便交換了手機號碼，但素未謀面。我回覆他昨天喝大了，今天有點兒不舒服，改天再約。他執意叫我出來，說朋友在濱河公園附近新開了一家酒吧，景色絕佳。我一向不大會拒絕別人，勉強答應。兩個未接電話都是老爸打的，我回撥問他什麼事，他用永遠熱情洋溢的嗓音說沒什麼，就是想你了。我愧疚得不行，許諾明天下午一定回家看望他和媽媽。他高興得像個孩子似的，問我想吃點兒什麼。我本想說隨便，但改口說了一道他的拿手菜紅燒豬手。老爸果然興奮得什麼似的。

掛了電話，我把手機插在沙發旁的插座上充電，陷入沙發沉思起來。屋子還是昨天的樣子，只有餐桌一帶略顯淩亂，杯盤狼藉，桌椅橫斜。不祥的感覺就像禿鷲在空中盤旋尋找腐肉，始終揮之不去。

費南雪究竟什麼時候離開的？她今天約我用意何在？我沉不住氣了，挪過去拿起連著傳輸線的手機給費南雪撥過去，才響了一聲她便掛斷了。

訊息馬上跟過來：「我在醫院，不方便接電話。」

「你幾點走的？」

許久未回答。

我傻等著，無可奈何地躺倒在沙發上。大約半小時後，訊息提示音終於響了，我翻身撲過去。

「你今天能出來一下嗎？我有話跟你說。」

「電話裡不能說嗎？」

「不能。」

「那現在我去找你吧，你在哪兒？」
「我在醫院，晚上九點以後才有空。」
這時我想起晚上與「孤窗籠」有約，問可否改明天見面，她說不行。我只好讓費南雪九點半到濱河公園東門找我。她同意了。
秋天的蚊子又老又毒，野外的尤甚。我在濱河公園從八點徘徊到九點二十五分，儼然是眾蚊子嘉年華晚會上的一道大餐。來回走動也沒用，這些明知自己來日無多的傢伙拿出不要命的狠勁，貪婪地享受著在這世間最後的歡愉。
我一路拍拍打打，溜達到一盞路燈下，可能是電路有問題，路燈忽明忽滅，幾隻飛蛾圍著它搧著翅膀，如同鬼魅。氣壓很低，令人倍感壓抑，我脫下襯衫搭在手臂上，只穿一件黑T恤。草叢裡零星響起幾聲倦怠的蟲鳴，無風，樹葉無精打采地低垂著。散步的人們陸續走得差不多了，空留滿地狗屎。我看約定的時間臨近，便向東門走去。遙遙望見費南雪站在一面爬牆虎牆的陰影處，喜悅壓倒疑慮，我不由得加快了步子。她還穿著昨天那件衣服，頭髮長長了，在腦後束了個小刷子，看上去蠻可愛。
「怎麼把……」我想說「怎麼把頭髮紮起來了」。

「跟我走。」她打斷我，眼神閃閃爍爍，低頭從我身邊經過。看著她匆忙交換的兩條小腿和掀動的裙擺，我的心一沉，跟著她朝浣花河畔的方向行進。

天邊隱約傳來幾聲悶雷，就像猛獸剛被吵醒，發著脾氣。「快下雨了。」我像是對她說又像自言自語。她肯定聽到了，但沒理我。

我擔心她沒帶傘，想問又知道八成得不到回應。不知從什麼時候起，我簡直有點兒怕她了。

大概走出去兩百多公尺，我們來到一片長滿荒草的空地上，西邊是一條小土路，東邊有一片半人高的灌木叢，再往東便是穿城而過的浣花河了。此刻，這裡僻靜無人，離我們最近的一盞路燈也有十幾公尺。我抬了抬眼鏡，對於費南雪接下來的行動完全摸不著頭腦。

「你知道昨晚發生了什麼嗎？」她刻意用一種近乎嚴厲的口吻說出來，尾音卻在發顫。

「我也想知道！」我真心誠意地說。

「別裝傻了！」她發狠地提高了嗓音，一束移動的汽車燈光剛好掠過她的臉，那咬牙切齒的表情嚇了我一跳。

「嘿，小雪，注意你的用詞！」我清楚地記得是從她生日那天開始叫她「小雪」的，有關她的一切我都記憶猶新。雖然她有時也會任性，但像今天這般放肆還是頭一遭，我也火了。

「你演戲也沒用，我有證據！」她繃直了身體，眼珠快速轉了轉，胸口一起一伏，像是給自己打氣。

她在說些什麼呀，我一頭霧水地看著她。眼前的費南雪像一隻翅膀長硬了的小鷹，擺出一副挑釁的姿態。她現在已經開始消遣我這個無用的老東西了嗎？想到這兩個月來我跟個下人似的渴望著她的一絲眷顧，她卻視我若草芥，現在還沒來由地衝我兇。一股狂暴的悲愴感湧上頭頂，我真怕自己一下子背過氣去。

我抬手按住左胸口，哀號似的嚷道：「你什麼意思？你到底在想什麼？」費南雪嚇呆了，往後退了一步。但幾秒之後，她便恢復冷靜，從後背包前側的口袋裡取出手機，按了幾個鍵，將螢幕推到我面前。

我向前一步，還是看不清楚，伸手去接，她卻縮回手臂。我只好垂下手臂，將臉湊了過去。

一絲不掛的我和費南雪躺在床上。

「你給我一百萬，我就當這件事沒有發生。」

突然間，猶如五雷轟頂，我渾身顫抖，心臟痛到尖叫。我發誓，就算醉成世界上的頭號醉鬼，我也不可能動她一根毫毛。我跪了下去，跪在了她腳下。幾滴雨砸到泥土上，揚起一股辛辣的味道。

「反正已經這樣了，如果你答應我，我不會說出去的。」她像個老手似的扔下幾句話。

「這不可能，絕不可能！」我無意識地撕扯著手邊的枯草，腦袋裡的龍捲風還在肆虐。突然，我站起身，趁她不備一把奪過手機——我給她買的手機，奮力拋向涴花河。手機打了幾個滾，最後停在河邊的草叢中。

費南雪冷笑一聲，把手臂抱在胸前，滿不在乎地說：「你扔吧，無所謂，照片我早保存了。還有，大不了到醫院檢查，我已經不是處女了。」

我目瞪口呆地看著她，這天使般的軀殼內分明住著一個魔鬼。昨晚那杯啤酒驀然浮現在眼前，就算是我這樣的蠢貨也應該醒悟了——她陷害我！

我肝膽俱裂。

「π先生，認命吧！」她抬頭看了看天，不耐煩地用腳踢了踢周圍的野草。「限你十天內把錢準備好，否則我就把照片交給學校。」

牙齒深深嵌入下嘴唇，一股鹹腥的味道充斥著口腔，「我拿不出這麼多錢。」聲音彷彿來自一個陌生人。

「去借、去偷、去搶，我不管。」費南雪整理好書包，往肩上一甩，轉身欲走，同時咕噥道：「下雨了！」

就是這句「下雨了」讓我徹底喪失了理智，我像一隻獵豹般竄了出去，撲倒小鹿，兩隻手緊緊卡住她的喉嚨。狂怒令所有的感官都關閉了，我就像飄浮在一個永遠都醒不來的黑夢裡。

恢復意識之後，我發現自己正站在燕銜泥社區門口的報攤下，渾身濕透，上下牙叮叮噹噹彼此撞個不停，不知是怕還是冷。

一束車燈直刺向我的眼睛，我用手擋了一下，辨認出是一輛計程車，連忙攔下。司機看我落湯雞的樣子，怕弄髒車，推說準備收工。我將錢包裡所有的錢都塞到他手裡。

五分鐘後，我再度回到了浣花河邊。

費南雪已經不在那裡了。

耳邊傳來尖銳而持久的汽車喇叭聲，我站在暴雨裡淋了一會兒，讓自己徹底冷靜下來。想打車回家，才發現已身無分文。我就這樣像個鬼似的徒步兩公里回到家中，準備給費南雪打個電話，告訴她我可以給她一百萬，但沒那麼快，賣房子不是一天兩天的事。至於我到底有沒有跟她發生關係，我真的不知道，也不想知道。

剛拿起電話，我才想起她的手機已經被我扔了。我頹喪地走進浴室，連衣服都沒脫便打開蓮蓬頭。滾滾熱水從頭到腳洗刷著我，將滿身污穢衝進下水道。先是兩隻手貼在浴室玻璃牆上，緊接著整個身體也靠上了去，越來越矮，一直滑到地板上。

我在狹小的空間內蜷成一團，抱住膝蓋，忍不住失聲痛哭，覺得自己是個混蛋，心中默念著：

只要她滿意，我什麼都願意做。

8 逃之夭夭

我驚醒過來的一剎那，發現自己坐在一攤水裡，蓮蓬頭還在起勁地噴著水，已經涼透了。也許是人體的自我保護機制起了作用，一時我竟忘記了自己的處境。其實還是有一點兒感覺的，厄運像一隻饑餓的野狗一樣，在不遠處虎視眈眈。今晚發生的一切彷彿藏在一片毛玻璃背後，有那麼幾秒鐘，我甚至成功地欺騙自己，那不過是一場噩夢。

我關掉蓮蓬頭，扶著滑溜溜的牆壁掙扎著站起來，脫掉一身濕衣服棄在原地，走出淋浴間。從架子上拿浴巾將自己擦乾，之後裹在腰間固定好，這才抬起頭來看看洗手臺前鏡中的自己。

就在我與鏡中人眼神交會的片刻，回憶一滴不漏地全部湧入腦海裡。我像被一記老拳偷襲，正中胸口，雙手攀住洗手臺，痛得深深弓下身去。

許久，才敢抬起頭面對他。這是一個醜陋憔悴的中年男人，頂著一頭濕髮，鏡片上蒙著霧，嘴巴呆傻地半張著，胸肌萎縮，肚子凸出。我抬了抬左手，他亦步亦趣，我順勢抽了自己個大嘴巴，他也毫不含糊地搧自己的臉。我突然狂笑起來，任誰聽到都會覺得毛骨悚然。各位讀者，不知你是否有過這種體驗，越是氣氛詭譎或肅穆的場合，越忍不住要笑。這種衝動如此強烈，誘惑你，折磨你，直至演變成一種深入骨髓的恐懼。

這一次，鏡中人卻不肯跟我同步，冷眼旁觀，臉上掛著成年人看馬戲團小丑的微笑。我怒火攻心，一拳砸在鏡子上，放射性的裂紋伴隨著飛濺的血液向周圍擴散，看上去相當有藝術感。這倒令我舒服多了。

雨不知何時停的，此刻窗外泛著晨光。「無論如何，不要錯過清晨。」這是我小說裡某章的開篇，現在想想恍如隔世。幾窩鳥兒在不同的樹上啼囀，好一派勃勃生機，根本不在乎人間發生了什麼慘劇。原來城市也有這麼多鳥啊，這充滿污染與喧囂的破地方有什麼好的，怎麼這麼想不開呢？假如我是一隻鳥，斷然不肯留在這裡。

我癡癡地想著，面前攤開一張A4紙，凌亂地塗抹著一堆字符。一整夜，我枯坐在書桌前，算計「如何籌到一百萬」。

金融卡裡有八九萬存款，具體數字記不清了，就算八萬好了。按照市場行情，眼下住的這套二十五坪半的小三房，能賣七十萬左右，但要找到合適買家，少說得一兩個月。

還差二十二萬，舅舅說不定能借我十萬，爹媽五萬，剩下的讓狐朋狗友幫忙湊湊看。

不知道費南雪認定的一百萬是怎麼得來的，她知道這個數字意味著什麼嗎？直到這時候，我才想到一個切實的問題：她是不是遇到了什麼難處？何必用這種方式，有需要就跟我直接說嘛，我能不幫她嗎？

一想到費南雪，往日與她有關的各種細節紛至遝來，就像從山洞裡飛出成千上萬隻蝙蝠，遮天蔽日，令人驚懼。房間裡充滿了她的身影，到處都是她，行走的她、說話的她、凝神的她、端坐的她……所有的她最終重疊為一個她——在我手中拚命掙扎、滿臉通紅的她。

等我回到現實世界，看到自己的手背上盡是齒痕，下嘴唇也已腫了起來。昨晚她是怎麼回到家的？現在可感覺好一些了？能否原諒我？不原諒也沒關係，我會用一生去彌補，直到她滿意為止。想到這兒，我忽然生出一種被寬恕的輕鬆感，站起來，活動了一下麻木的雙腿和腰，感到有些口渴。

我走向客廳，路過電視時順手打開了，又到飲水機前接了一杯水一飲而盡。

客廳裡沒有時鐘，我四處尋找手機，終於從浴室地板上的濕衣服堆裡翻了出來，卻已因泡水壞掉了。坐到沙發前，我用家裡電話給老爸撥了個電話，他們老倆口醒得早。

老爸嘴裡塞滿食物，含混不清又興高采烈地說：「一猜就是我大兒子。」

我強打精神，提高音調：「吃什麼好吃的呢？」

「你媽一早散步買回來的油條豆腐腦。」

「少吃點兒油條，不健康。」

「沒辦法，就好這口兒。咱們社區那家早點鋪子漲價了，油條以前七毛，現在八毛；豆腐腦以前一塊，現在一塊五！這年頭，什麼都漲，就工資不漲……」

我聽著他絮絮叨叨說些家常話，生活依舊平穩地行駛在軌道上，彷彿我所遭遇的不幸都是假象。可以想像出老爸此刻紅光滿面的慈愛模樣，由於吃到了心愛的食物，變得更加和善，他總是那麼容易滿足。

這時，媽媽打斷了他，嫌他囉唆。爸爸連忙發出一連串哄小孩的聲音來安撫妻子，繼而關心起我來，問這問那，問個沒完。家庭的溫馨氣息像海風一樣舒緩了我的情緒，令我覺得無比珍貴，一時間，喉嚨竟有些哽咽。

忽然，聽筒裡傳來母親的吩咐聲：「聲音調大點兒！」父親應了一聲，電視的聲音陡然升高，連我這邊都聽得一清二楚。

「據熱心市民提供的線索……浣花河邊發現一個昏迷的少女……」

一股電流從頭貫穿到腳，我定住了。視線投向電視，螢幕上卻是治療腎虛的廣告。我把電話扔到一邊，手忙腳亂地抓起遙控器。畫面變換了幾回，定格於蒲公英電視臺晨間新聞。一個西裝革履、油頭粉面的傢伙正拿著話筒站在醫院門口，擺出一副沉重的樣子，煽情地說：「醫院雖全力搶救，仍沒能挽回少女如花般的生命……」

遙控器從我手中滾落在地，電話聽筒裡傳來老爸悶聲悶氣的「喂喂」聲，礦泉水桶驀然「咕嚕」一響，樓上有高跟鞋在走動，窗外一條惡犬狂吠不止……

嗖，我的靈魂被吸進了一個黑洞裡。

此地，只剩一具空殼。

我發現自己正在往一只四十五升的戶外背包裡塞東西，猶如牽線木偶在完成冥冥之中的指令。人在遭受巨大的刺激之後只有兩條路可選：要麼瘋掉，要麼麻木。

此時此刻，我的腦袋中只有一個念頭——離開這裡。

一旦沒時間矯情，思路反而有條理多了。幾樣東西是必須帶走的：家裡所有的現金、金融卡、手錶、筆記型電腦、移動硬碟、一本溪溪的相冊、裝著父母合影的相框、證件（事後證明全然無用）、父親送的猴子木雕（我屬猴）、刺蝟公仔（費南雪送我的生日禮物）。接著，我又將幾件替換衣服、半打內褲、半打襪子、一件輕薄羽絨衣塞進包裡。最後到廁所掃蕩一番，隨便抓了幾件盥洗用品。

我穿著衝鋒衣、牛仔褲和一雙防水登山鞋，背著戶外背包站在客廳裡，最後一次環視整個房間。

「永別了！」我在心中默默說道。

忽然，我想起了什麼，鑽進書房，往已經快要溢出來的背包裡塞了一本維克多．弗蘭克的《活出意義來》。還好，書很薄，不占地方。事後想想，關鍵時候選了這麼一本書，還真是諷刺啊！

就在我準備打開大門的一瞬間，外面突然響起敲門聲。我嚇得差點兒跳起來，透過貓眼向外一望，兩個穿警服的男人赫然出現在視野中。我頭皮發緊，心臟狂跳，兩條腿直打晃。敲門聲越來越急促，門外的人開始不耐煩地吼了起來：「有人嗎？」

我急中生智，突然想起半年前在網上購買的高樓逃生吊繩，便連滾帶爬跑進臥室，很順利地在衣櫃最底層的抽屜裡找到了。說實話，買回來後我壓根沒仔細看過那東西，根本不知道怎麼用。完全憑藉本能，我將繩子一端在暖氣上繞了幾圈，又穿過床頭欄杆以防萬一。再把另一端在腰間纏了七八圈，最後用安全鉤扣好。

我拉開窗戶，坐在窗臺上往樓下望了一眼，雖說只是三樓，可從這個角度看世界絕不是一件好玩的事。我臉色慘白，頭暈目眩，連忙縮了回來，抓住窗框急速喘氣。員警還在跟房門過不去，似乎把鄰居給敲出來了。才消停了一會兒，催命的敲門聲捲土重來。時間緊迫，我緊咬牙關，硬著頭皮將一條腿跨了出去，心一橫，重心滑到了窗外。

生平第一次，我感到身體如此沉重，兩隻死死握著繩索的手被摩擦得幾乎要著火。自由落體到一半，我才勉強控制住了速度，兩腳蹬著建築外牆一段一段往下墜。在離地面大概還有兩三公尺的時候，不知是暖氣斷了還是怎麼著，繩子突然一鬆，我像半扇豬肉似的狠狠地拍在了地上。

顧不上疼痛以及圍觀群眾詫異的目光，我三下兩下鬆開纏在腰間的繩索，拔腿就跑。飛奔到門口，正趕上一個扮相妖嬈的年輕女子拉開計程車門準備上車。我上前一步擋在她面前，一彎腰便把她彈了出去。車子開走老遠，仍能聽到她的高聲叫罵。

抬起手腕看了一眼錶，十點十六分。我要記住這一刻，它將我的人生劃分為涇渭分明的兩截。

「去哪兒？」司機是個胖子，後腦勺凸起一座小肉山。廣播裡正放著一段讓人聽了想哭的相聲，其中一個相聲演員沒完沒了地唬弄別人叫他「爸爸」，並認為是占了老大的便宜。

我足足有半分鐘沒法說話。

司機狐疑地翻起眼睛，從後視鏡瞪著我。

「長途巴士站。」

除了這裡，我還能去哪兒呢？

我以慢動作摘下背包，費力挪至座椅另一側，茫然地看著後退的街景，靜待痛楚和悔恨將我吞噬。

9 落幕

深夜十一點，我坐在隨便一個什麼小鎮的羊肉湯館子裡發呆。一碗羊雜湯、兩個火燒[4]、兩瓶啤酒早吃完喝完了，其他客人一個小時前就走光了，我還耗著，直到消磨掉老闆的最後一點兒耐心。

在逃亡的這十三天裡，我去了好多以前連名字都叫不上來的小地方，每天睜開眼都得想半天自己究竟在哪兒。無須登記的廉價旅店、公園長椅、地下道、交流道橋洞……都曾短暫收留我。時間對我似乎格外慷慨，我盯著自己的影子，許久過去了依舊紋絲不動。忘記在哪裡讀到過，失去靈魂的人是沒有影子的。突然發現自己的影子彷彿越變越淡，嚇得我起了滿身雞皮疙瘩，連忙跳起來挪到靠牆的陰影裡。

我也只配苟活在陰影裡了，低頭看看塞滿泥垢的長指甲，覺得自己確實像隻下水道的耗子。夜晚雖然沒了影子，卻更令我懼怕。

濃郁的黑暗中潛藏著許多難以名狀的東西，看不見並不代表不存在，如果仔細

*注4：流傳於中國北方的傳統麵食，為包豬肉等肉類的餡餅。

側耳聆聽，四面八方都有它們發出的極其微弱的聲響，或在呼吸，或在走動，或在竊竊私語。我嚇到渾身僵硬，已經無法分辨睡眠與清醒的界限。有時候好不容易有些犯迷糊，猛然間感到喉嚨像被巨蟒死死纏住，倒抽一口氣坐起來，耳朵裡還迴響著蛇行在草地上的沙沙聲。

一日，路上的小孩管我叫爺爺，我一時竟沒反應過來。恰路過蛋糕店，抬頭從櫥窗裡看到自己，那老朽的樣子讓我不想再看第二眼。突然，我的心裡竟生出一種自虐般的快感，把所有的折磨照單全收，巴不得來得更猛烈些，好抵消一部分罪惡感。

看到這裡，各位讀者一定會對我的虛偽嗤之以鼻。既然想贖罪，為何不去自首？其實在逃亡的過程中，我千萬次地湧起過自首的衝動，但終究鼓不起勇氣。一想到即將面對的輪番審訊、牢獄之災、新聞報導、流言蜚語，尤其是悲痛欲絕的雙親，我就哆嗦得站不起來。我為自己骨子裡的懦弱感到噁心，那為何不去死呢？

我去投河，結果架不住求生本能，自己游了回來；兩次嘗試上吊，第一次繩子斷了，第二次趕上有人過來問路；跳樓，恐高；絕食，才知道餓急了，一個人真的會去翻垃圾桶……總之，沒死成。

後來，我就跟隨身攜帶的那本《活出意義來》中所描述的集中營囚犯一樣，用麻木將自己厚厚包裹，整個人處於無知無覺的狀態之中。喜怒哀樂、愛恨情仇一併消失了，我每天只做一件事——活著。

就在被羊肉湯館子的老闆告知打烊的那一刻，架在收銀臺上方油膩膩的電視機吸引了我的目光。鼓凸的螢幕上正在播送一則新聞：

五月十四日降臨在土撥鼠鎮仙蹤原始森林的寶瓶座流星雨，吸引了來自全國各地甚至其他國家的隕石愛好者。在一批批尋寶者中，除了專業機構的研究人員，也不乏普通愛好者、投機者、收藏家。四個多月過去了，尚未有機構或個人證實已找到夜空爆炸的隕石，但尋寶的熱度仍然不減。近年來，隕石炙手可熱，價格水漲船高，高品質隕石可賣到每克萬元以上。一夜暴富的故事不斷誘惑著「隕石獵人」，哪怕是以經歷重重艱險為代價……

接下來，畫面切換為一隊全副武裝的人馬在原始森林中搜尋的場景，他們穿著統一的戶外服飾，背後印有「獵星人部落」的Logo。

見我全神貫注地盯著電視不肯移動，老闆果斷抬起手，按下遙控器電源鍵。螢幕一黑，我的心卻一亮。

隔了兩日，我輾轉到達土撥鼠鎮仙蹤原始森林。儘管專門挑人少的地方走，還是與獵星人部落的那批人偶遇了一回，幸好沒人認識我，更何況我戴著棒球帽、太陽眼鏡和口罩。興許被我放了鴿子的「孤窗籠」也在裡面。對不住了，兄弟！我在心中向他致歉。

當河對岸的小木屋出現在眼前時，我彷彿看見一道天光照耀在屋頂上。說起來，這裡的護林員應該是我爺爺的堂哥的孫子們——我對複雜的親戚關係向來搞不懂。大門敞著，我進去的時候他正在灶臺前燒飯，弄得滿屋子嗆人的辣椒味。

十幾年前，在爺爺的葬禮上我們見過一面。他比我小幾歲，如今看上去就像個農村小老頭，在大街上碰見八成認不出來。當時他就在仙蹤森林當護林員，接他父親的班。來之前，我曾撥打從查號臺查到的風景區總機號碼找他，對方記下我的手機號碼（當然是新換的），答應幫忙轉告。甭管能不能聯繫上，我肯定會直接上門，因為真的是走投無路了。然而，令我意外的是，第二天一大早我的手機居然響了。沒人知道這個號碼，不是他還能是誰！我跟他說過兩天要去仙蹤森林玩，順便去看看他。又旁敲側擊地試探了一番，感覺他似乎還不知道我犯的事。該怎麼跟他開這個口呢？想來想去一籌莫展。

我心猿意馬地吃著他做的辣椒炒臘肉，口腔裡火燒火燎，連耳朵都辣得生疼。他酷愛吃辣，就著米飯吃得很香，筷子像一陣急鼓似的敲擊著碗底。他用我聽不太懂的家鄉話詢問我家裡的情況，我支支吾吾應付著，感到如坐針氈。

突然，他單刀直入地說：「以後你就踏踏實實在這裡幹吧，啥也別想了。」

看來他什麼都知道。

我感激地看著他，一時說不出話來。辣味竄進眼鼻裡，弄得我淚眼朦朧。

他喝了一口搪瓷缸子裡的散裝白酒，鼻子裡噴出酒氣。接著用飛快的語速說了一大段話，大意是他在這裡算不上正式員工，別嫌棄，雖然錢不多，但活兒也少，自由，不需要跟人打交道。風管處的人和他有些交情，對此會睜一隻眼閉一隻眼。

「那你打算去哪兒？」聽完他鉅細靡遺的交代，我不禁發問。

「有兒時玩伴招呼我回老家做小雞性別鑒定師，據說待遇還不賴。」

「小雞什麼？」

「就是在養雞場裡鑒定小雞是公的還是母的，把母的留下。」

「公的呢？」

「扔粉碎機。」他又喝了一口酒，滿意地「哈」了一聲。

我沒開心為小公雞難過。忽然想起一件事，從戶外背包側兜裡掏出一個裝有五萬元現金的塑膠袋，塞到他懷裡。

他沒有推讓，看也不看，將袋子扔到旁邊的床上，繼續吃喝。片刻，他抬起曬得黑紅的臉龐，鄭重其事地說：「從此以後，你就叫李旭了。」

我一直在等著這一天。

當辨認出逆光中的費小姐之後，我錯愕萬分，還以為自己是在夢中。直到為她包紮好膝蓋的傷口，我仍在努力捕捉不合邏輯之處，企圖讓夢境崩潰。

「隕石獵人？」

她不置可否地一笑。

「有收獲嗎？」

「沒有。」

但我覺得她的真實答案是「有」——我。

我們面對面，她坐木椅，我坐床，聊了些什麼已經完全記不清。我好想就這樣一瞬不瞬地看著她，她的五官和費南雪如此相像，尤其是那笑容，那嘴唇美好的形狀，還有笑起來唇邊深深的弧線。

回想起小雪曾說過的那些關於母親的身世，我的眼眶有點兒發熱。

費小姐，你還好嗎？

她究竟是通過什麼方式找到我的，無從得知，也無關緊要。

我只知道自己的生命即將落幕，如釋重負的同時還格外好奇——她究竟會用什麼方式來殺死我呢？

晚上送走她之後，我馬上著手整理這十年來創作的作品，包括三部長篇小說、十八部中短篇，以及幾十萬字的散文隨筆。在森林深處，無邊無涯的時間都是通過寫作來打發的。這是一項大工程，就算日夜兼程，也得花費幾天。當她提出明天再次見面時，我拒絕了，讓她給我三天時間。

別急，三天之後，我將毫無保留地賠還你。

前往費小姐的公寓前，我找了家網咖，將所有作品打包發給了「窮途莫路」論壇的老莫，這些年來他是我唯一還偶有聯繫的朋友。雖然未曾謀面，卻一直把他引為知己。我告訴他自己將出遠門，歸期未知，這些東西全權委託他，請隨意處置。

書和衣服原樣留著，只將有紀念意義的個人用品放到洗臉盆裡，付之一炬。最後，把灰燼埋在門口的松樹之下。那是我在費南雪離去一周年的當天親手所植，她不是說過自己喜歡松樹嗎。「因為松樹有媽媽的味道。」——我什麼都記得。

做完這一系列事情，我突然瘋狂地思念起自己的父母來，但終究沒有撥出電話。我的情緒脆弱到了極點，經不起任何刺激，誰知道動起感情來會是什麼樣子，還有勇氣去送死嗎？

幸好費小姐不是一個職業殺手，她的手段未免過於粗糙。一進屋子我就感覺不對勁，顯然她剛租下這間公寓不久，日用品不齊全不說，很多東西的位置她自己都不大熟悉。我帶了瓶紅酒過去，算是給自己壯膽。

她似乎對自己的廚藝沒什麼信心，提前叫好了壽司外賣。我吃得味同嚼蠟，倒不是壽司不好，有幾個死刑犯能輕鬆愉悅地享受人生最後一餐呢？吃到一半，她悄聲無息地繞到我身後，雙手環住我，無限溫存地問我喜不喜歡吃。我愣了一下，不知道她葫蘆裡賣的什麼藥，說不定馬上要發難了。我當然得全力配合，剛剛偏了偏腦袋，她的嘴便堵住了我的嘴。相信我，這不是接吻，而是伏擊已久的獅子咬住了獵物。
就在這千鈞一髮之際，門外突然傳來「咚咚咚」三聲響。我倆同時驚呆了，就連傻子也能看出來這不是設計好的故事情節。費小姐猶豫了一下便過去開門，我也糊里糊塗地跟著站了起來。邪門的是，門口壓根沒人，她捧著一束玫瑰花回來，問是不是我送的，我否認，開玩笑說可能是情敵送的。她的臉色很難看，衝出去找了一圈，連鬼都沒見到一個。天知道這究竟唱的是哪一齣，我可沒工夫瞎琢磨。
後來氣氛一直有些尷尬，大家都不知道接下來的戲該怎麼演了。她好像對非洲有企鵝這件事耿耿於懷，可企鵝是無辜的啊，搞懂女人的情緒真是一個世界級難題。她一臉懨懨的，我只好唱獨角戲，天南海北胡扯一通。我這個人有個毛病——害怕冷場，任何場合只要大家沒話可說了，不用誰支使，我總會第一個跳出來活躍氣氛，簡直到了病態的程度。別人一尷尬，我就比別人還尷尬上十倍。但結果常常不盡如人意，落得個瘋瘋癲癲、愛出風頭的名聲。唉，有誰體察我的良苦用心呢！
我一杯接一杯地喝紅酒，巴望自己能妙語連珠，至少也別招人討厭。突然，她說要送我一件禮物。我意識到，這很有可能是要放大招了。
那是一條領帶。

我有一種恍然大悟的感覺，心臟激烈地跳了起來，特別想上個廁所。不過，她已經強勢地牽起我的手往臥室走去。唉，回頭再說吧，不差這一會兒。

後來，不瞞諸位，實在是有點兒重口味。當著一個還相當陌生的女性脫衣服真是害臊，但咬著牙也得接著往下演。她要求我繫上那條領帶，我完全不會搞，以往前妻給我買的都是懶人領帶。於是，我只好用小時候繫紅領巾的方法對付一下。

我的四肢被繩子固定於床頭和床尾的鐵欄杆處，看上去就像一隻在實驗室裡等待解剖的青蛙，場面荒唐透頂。她脫得只剩下一套黑色蕾絲內衣，讓我想起了黑色大理花[5]。唉，這一刻，說我是黑色大理花還差不多吧。

她一臉剛毅地逼近我，不知從哪兒抽出一把小刀，架到我脖子上。好傢伙，那柄刀子還真夠意思，寒光閃閃，斬金斷玉。她的手不停地打顫，把我的脖子和下巴都戳傷了。

血湧到我的臉上，眼前出現了許多迷幻的光斑，我彷彿站在了自家大門前，只需輕輕一推，便可以回到家中。但我還需做足全套戲，嘶吼著問她究竟是誰。

「還記得費南雪吧……你奪走了我的女兒，我唯一的希望……」

這是我聽到過的世界上最絕望的聲音。當「費南雪」三個字叮叮噹噹滾過耳朵時，我再也抑制不住瀑布般的淚水。請求你，幫我了結這多活了十年的可恥的生命。

費小姐解開我打的蹩腳領帶結，攥住一頭，將另一頭在我的脖子上繞了兩圈。就在她打算發力的瞬間，我情不自禁地吐露出壓在靈魂深處的那三個字：「對不起。」

她懸在空中的手停頓了片刻，整張臉簌簌發抖，之後彷彿怕自己心軟似的，使出全力勒下去。不過領帶很滑，她不得不一次次鬆開，往手掌上纏繞幾圈。折騰了好一陣子，反覆刺激著我的神經。為了保持尊嚴，我繃緊全身的肌肉保持姿勢。直到最後一刻，求生的本能戰勝了意志，我拚命地在有限的範圍內掙扎起來……

我來了，溪溪。爸爸好想你！

「聽說人在死前的一分鐘，他的一生會閃過眼前……對我來說，我的一生是躺在草地上看著流星雨，還有街道上枯黃的楓葉……」

電影《美國心美國情》的臺詞在我腦海裡飄來蕩去，我簡直愛死了這部電影。

我越來越輕，越升越高，直至貼在天花板上俯視著我們。對了，費小姐，有一

*注5：一九四〇年代駭人聽聞的美國謀殺案，一說是因為死者生前愛穿黑色衣物而得名。

件事你還不知道，但相信你遲早會發現。我放在鞋櫃上用來裝酒的帆布袋子裡還裝著一隻木頭盒子，裡面有一塊鴿子蛋大小的隕石。沒錯，我就是在仙蹤森林找到隕石的那個人。

請允許我把它送給你，並不是要求你原諒還是怎麼的，只是我覺得，它本應屬於你。

第4話

懲戒者

1

使命

一〇八九天，懲戒二十二人。

我是地下組織「國際懲戒者聯盟」中的一員，旨在對逍遙法外的戀童癖罪人做出制裁，通用的方式為化學閹割和面部×標記。聯盟總部位於印度新德里，截至目前，全球共有懲戒者四百三十四名，均為志願者，其中三分之二為女性，我的代碼是一一七。聯盟的經費完全來自捐贈，我每年的大部分收入都用於懲戒罪人——用我們這個圈子的暗語叫「捕狼」。

如果世界上有一萬種惡，那麼戀童癖一定是萬惡之首。三年前的一天，我在網上偶爾發現懲戒者聯盟之後，便果斷結束飛行員生涯，從此致力於在全國範圍內捕狼。我還有一個表面身分，所謂的自媒體旅行達人、暢銷書作家，這不過是走遍萬水千山去實施懲戒的副產品罷了。

此生我只做這一件事，因為懲戒是我的使命。

這次來土撥鼠鎮純屬偶然，我的編輯蓮霧受到九月末那場流星雨的啟發，建議我寫寫仙蹤原始森林和隕石獵人。我對森林感覺一般，那群狂熱的尋寶者也令我厭倦，他們還管自己叫什麼「隕石獵人」，不就是一群唯利是圖的傢伙嘛！不過蓮霧提出報銷差旅費，我正好從未去過土撥鼠鎮，想著去玩玩也無妨，便答應了。

從蒲公英市到土撥鼠鎮乘坐高鐵只需兩個半小時，我望著窗外疾速後退的原野，感到非常無聊。在短短四十分鐘裡，旁邊的胖大姊已經吃了一袋旺旺脆皮花生、五小袋獨立包裝的鴨舌、一條削了皮的黃瓜和無數瓜子。此刻，她正一邊吃著山楂捲一邊對身旁的同伴說：「這東西開胃的，越吃越餓。」

這時，外套口袋裡的手機震了一下，是娜塔莉發來的微信：「土撥鼠鎮發現狼。」

我的心一陣悸動，忙問道：「幾級？」這是我們的行話，一級代表疑似，二級表示高度疑似，三級確鑿無疑，四級劣跡斑斑。

「四級。」我像嗅到血的野獸一樣躁動起來，手心開始冒汗，追問道：「有證據嗎？」

「他在網上兜售兒童色情圖片和影片，有的片子他還親自出演。現在正招募新人，我已報名，跟他取得了聯繫。他說自己最近一個月都在土撥鼠鎮，我跟他說我就是本地人，隨時可以面試。」

太陽穴兩側的神經突突跳動，一股無處釋放的力在我體內亂撞。

娜塔莉是經過聯盟特殊培訓的「兔子」（誘狼者），也是我長期合作的搭檔之一。她今年只有十一歲，卻已經成功地協助我懲戒了四隻狼，可謂經驗豐富、手段老到。大多數情況下，我們根據線人提供的情報，一同趕赴狼窩，展開捕獵行動。這一次純屬碰巧，我來土撥鼠鎮之前跟她交代了一下最近的行程，誰知正好與線人剛剛鎖定的地點吻合。真是不虛此行，同時也證明了狼無處不在。

最新的科學研究表明，戀童癖是一種天生的取向，戀童者大腦中的白質異於常人：簡言之，灰質構成大腦，白質在灰質之間傳輸信號。正常人在看到兒童時會產生保護欲，而戀童者則產生性欲。

只有一種方式能治癒他們，那就是化學閹割。具體而言，將某些激素注入罪犯體內，令他失去性衝動，並使男性獨有的身體反應消失。國際懲戒者聯盟已研製出一種長效針劑，只需一針，功效可維持數十年。另外，懲戒者將在狼臉上刻下「×」的恥辱標記，以便長期追蹤。

為了節約經費，蓮霧幫我預訂了這家遠離鎮中心的廉價汽車旅館，反正不是我掏錢，湊合著住好了。我躺在床上，觀賞著手中泛著亮光的小鐵盒，裡面裝有聯盟寄過來的五支針劑。這間屋子西曬嚴重，我不得不起身拉上紗簾，隨後小心翼翼地將鐵盒放回行李箱的夾層裡。我重新躺下，陽光在臉上投下面紗般的陰影，舒服極了。我將潮濕泛黃的被子往上拉了拉，剛有點兒想睡，肚子就咕咕直叫，心裡也一陣空虛。一看手錶，差不多到吃飯時間了，早點吃晚餐也好，省得睡過頭沒得吃。這種小地方比不上蒲公英市，估計是沒什麼夜生活的。

我到廁所洗了把臉，從衣架上取下棒球衫套在T恤外面，靠在門口穿好防水戶外鞋，便出了門。沒走兩步，忽覺不妥，刷房卡回到房間，把行李箱闔上並將密碼打亂，這才放心地下了樓。

搭車來旅館的路上我就注意到旁邊有一家大型超市，一會兒吃完飯可以去買點兒零食、水果。明天娜塔莉就到，需要提前給她備好。馬路對面是挨挨擠擠的公寓樓房，人們從四面八方返回各自的「鴿子籠」，既為生活的千篇一律而絕望，又為尚且有家可歸而慶幸。這社區看著老舊，名字倒是不俗，叫「星塵公寓」。聽上去很有畫面感，讓人聯想到漫天星星像塵埃一樣鋪灑在天幕之上。不過現實相當粗糙，由於年深日久，「星」的下半截和「塵」的上半截被風雨侵蝕，只剩「日土」二字。

我沿著主路瞎溜達，太小的館子不敢進，怕吃壞肚子。偶遇一家精釀酒館，裝修得有模有樣，美國西部風格，門口立的小黑板上手寫著「憂鬱漢堡特價」。我走進去，挑了一張四人沙發座坐下，一個有點兒娘娘腔的男服務生過來問幾位，我伸出一根手指。他建議我換到吧檯，我沒接話。問他什麼是憂鬱漢堡，他回答裡面有藍紋乳酪，還提醒我不一定吃得慣。我堅持點了，又叫了一杯檸檬水。他還不走，聒噪個不停，極力推薦一款叫作迷魂劑的新品精釀啤酒。我明確告訴他我滴酒不沾。

我痛恨一切使人上癮、叫人軟弱的東西。

在微信裡確認了娜塔莉明天的到達時間，我便開始設計接下來的行動計畫。其實沒那麼複雜，既然這匹狼已有前科，便無須試探、取證，可以直接懲戒。娜塔莉約他在一家沒有監視攝影機的餐廳見面，我中途介入，找機會在他喝的飲料裡下藥。趁其意識模糊，把他弄到租來的汽車裡，懲戒完畢丟到一家醫院附近。剩下的事就要看他的造化了。

我漫無目的地左右張望了一會兒，伸了個懶腰，這時，憂鬱漢堡剛好來了。賣相不錯，撒著芝麻的現烤麵包外皮熱氣騰騰，中間夾著油汪汪的厚厚肉餅，露出一角的番茄和生菜也很新鮮。

我從桌上抽了一張消毒濕巾擦了擦手，兩隻手捏住漢堡，咬了一大口。嘴裡馬上充斥著又鹹又濃又刺激的味道，還有一股說臭不臭的怪味。我勉強咽下，隨即丟到一邊，終於知道為什麼叫憂鬱漢堡了，因為吃了想哭。

我只好把服務生招呼過來，重新點了一款經典漢堡。「裡面沒藍紋乳酪吧？」

「沒有。」

這次總算順利吃完了。好奇心使然，結帳前我又回頭咬了一口憂鬱漢堡，它在我口腔裡緩緩融化，最初的辛辣竟奇異地轉化為奶香，餘味悠長。可惜我實在吃不下去了，便打包帶走，權當明天的早餐。

接下來，我到超市買了娜塔莉點名要的張君雅雞汁味點心麵、香蔥蘇打餅乾、黃桃大果粒優酪乳，秤了一些香蕉、蘋果、橘子，臨走又拎了一大桶礦泉水。

從超市出來，天已墨黑，好像一段時間被偷走了似的。夜晚寒意襲人，帶著這座陌生小鎮的氣息，我的精神為之一振，同時又莫名地有些悵惘。回想起往昔的飛行歲月，常常是早上一座城，晚上另一座城，早已無感，他鄉即故鄉。而土撥鼠鎮給我的感覺就像剛剛吃過的藍紋乳酪，是一種全新的體驗，彷彿蘊含著更深層次的東西，足以令人難忘。

娜塔莉瘦弱輕靈，看上去就是一個再普通不過的中學生。她的相貌帶給人一種雨後初霽之感，淡淡的，卻清新可人。一雙生著單眼皮的眼睛稍微分得有點開，眼神堅定，很有主意的樣子。鼻子總愛快速地微微抽動，像一隻機警的兔子，與我認識的另一個女孩一模一樣。唇邊總掛著笑意，說不上是親切還是輕蔑。她的頭髮是我見過最漂亮的，黑緞子似的披到腰間，濃密亮澤，看不到一點參差。我很想問問她，一個學生打理起它們不嫌煩嗎？

第二天下午兩點，我接到娜塔莉，安頓她在我對面的房間住下。本以為當天晚上就能約到狼，沒想到那傢伙竟然說旅行時迷了路，我們只好將見面時間往後推遲了一天。

「迷路？」我納悶道。

「他是這麼說的，要問問怎麼回事嗎？」娜塔莉坐在椅子上，一條腿蜷起來，光著腳踩住椅子邊緣。

「算了。」我對這個傢伙的個人生活沒任何興趣。

她撕開點心麵，將速食麵碎末似的東西倒在手掌裡，一把接一把往嘴裡送，吃得津津有味。看得我都饞了，問她要了一小撮嘗嘗，滿嘴調料味。年紀小小，口這麼重。我想起一個女孩，她也是這個樣子，每次吃米粉都要叮囑老闆「多放辣椒、香菜、蔥花、榨菜、花生碎」，有時候嫌不夠還要自己動手再加一次，搞得老闆都不樂意了。

我的笑容僵在臉上，伸手摸向頸間的吊墜，上面的字母F已經磨得不甚分明。

我們選定了靠近土撥鼠鎮人民醫院的一家速食餐廳，名叫「麥當基」。仔細檢查過了，室內外都沒有監視器。這種小地方山寨貨遍地，在開著出租汽車過來的路上，我就看到一家叫「starfucks」的咖啡館，樂得夠嗆。娜塔莉問我笑什麼，本想跟她分享一下，又覺得實在欠妥，便瞎編了個理由搪塞。

我找了個隱蔽的座位遠遠觀望，那傢伙居然比約定時間遲到了一個半小時，光這一件事就足以證明他不是好人。他一身戶外裝扮，像是跋山涉水了一整天。頭戴一頂棒球帽，長相平庸，扔到人堆裡馬上就沒影。只有那兩撇師爺一樣的小鬍子和披到肩膀的頭髮令他稍顯與眾不同。

見到娜塔莉，他就像看到美味佳餚一樣兩眼放光。他們寒暄了幾句，他立馬興奮地跑到櫃檯前點餐，並不時回頭大聲詢問她愛吃什麼。幾分鐘後，他一手端著一只餐盤慢慢往回走，兩杯飲料幾欲歪倒。他殷勤地為她把吸管插上，又掀開裝漢堡的紙盒。我在一旁拿著薯條蘸著番茄醬，不緊不慢地吃著，耐心等待。見他們差不多吃到一半，我起身朝他走去。

「哎呀，老王！怎麼在這兒碰見你了，咱們多少年沒見了？」我抬高嗓門，像遇到失散多年的親人似的握住了他的髒手。

他一臉愕然地仰起臉，一條手臂隨著我蕩來蕩去。身體被迫朝我傾斜，之後只得站了起來。

「不認識我了？我是老趙啊！」我趁機將他從座位裡拉了出來，又向旁邊跨出一步，擋住身後的娜塔莉。他比我矮幾公分，也比我瘦小，從這個角度應該看不到娜塔莉的小動作。

「你認錯人了吧。」他遲疑地說道，兩撇鬍子在說話的氣流中一顫一顫，相當猥瑣。

「開什麼玩笑，把你燒成灰我都認得！真不夠意思，這麼快就把哥們兒忘了。想當年一起去野湖游泳……」我雙手扳住他的肩膀，讓他無法動彈。

「我不會游泳啊……」他覺察出異樣，抬起手試圖將我的手臂擋下去。

我真後悔起這個話頭，忙改口：「滑冰，冬天滑冰，瞧我這記性。」

「滑冰我倒是會……」

「現在不靈了，冬天都凍不嚴實，幾年前一個小男孩掉進去淹死了。」我繼續胡說八道。

「到底在說些什麼啊！」他終於忍無可忍，用力把我甩開，退後一步，怒火漸漸聚集。我估摸著時間夠了，雙手一擊掌，好像突然醒悟了似的，點頭哈腰地說：「不好意思，抱歉抱歉，確實是我搞錯了。」說完掉頭就走。

二十分鐘後，我和娜塔莉架著這傢伙邁出了麥當基的大門，向二十公尺開外的汽車移動。

「真難吃啊！」娜塔莉回望了一眼明黃色的M標誌，撇撇嘴。

「我覺得味道差不多啊，漢堡薯條都一個味兒。」

「什麼啊！根本不是！差遠了！」她白了我一眼，又加了一句：「沒品味！」

「明天請你吃一家真正的漢堡。」

「真的？」她驚喜地說，孩子對食物的熱愛永遠是發自肺腑的。

「保管你吃一次就忘不掉。」我粗暴地把那傢伙往上提了提，他跟著踏了兩步，又像一塊死肉似的癱軟下去。

一想到娜塔莉咬下憂鬱漢堡的樣子，我的心裡就樂開了花。

2 回憶森林

目送娜塔莉纖瘦的背影消失在剪票口，我逆著人流朝火車站出口走去。現在是下午一點半，去一趟仙蹤森林還來得及。我打算明天一早就回蒲公英市，根據以往經驗，懲戒結束最好馬上離開，避免節外生枝。

候車大廳裡有一股動物園的腥臭味，人們競賽似的展示著各自的醜態。如果你想瞭解一個人，那麼就觀察他無聊時的樣子。放眼望去，有人把脫了鞋的腳丫子架在行李箱上打盹，有人拿手機播出低俗短片並跟著傻樂，有人往地上呸呸吐痰，有人用震耳欲聾的聲音打電話，有人將垃圾丟得到處都是……

那一雙雙空洞無神的眼睛別無二致，那一座座靈魂深淵如出一轍。醜惡觸目皆是，人們早已熟視無睹，甚至以醜為美。而我永遠像第一次見到這一切一樣，心中無法抑制地泛起強烈的厭惡和憤怒。人們好像恨這個世界似的，不斷製造垃圾，或將體內的穢物排泄到公共空間。他們為什麼不去選擇做一個體面的人、一個道德的人？

在我眼中，這就是一群蠕動的蛆蟲。

我加快步伐，近乎奔跑，想儘快從惡劣的環境中脫身。幾次撞到別人，故意不道歉。但對方就跟沒感覺似的，並不在意。這反而激起了我的惡意，原來人們都這麼麻木不仁啊，根本不把受冒犯當回事。值得注意的是，同樣是這些人，冒犯起別人來也覺得理所應當。

自己沒有尊嚴，也不會給別人尊嚴。沒錯，就是這樣。我煩亂地想著，來到大街上，招手攔下一輛計程車。

告知司機目的地後，我往後一仰，靠在椅背上，緊緊閉合雙眼，這是將自己與環境隔絕的最簡單的方式。思緒終於回到娜塔莉身上，這一次她又出色地完成了任務，我們的配合也越來越天衣無縫。幾個月未見，她的四肢像抽高的竹子似的拉長了，但她彷彿還沒適應，顯得有點兒笨拙。她的真名是什麼？在哪所學校就讀？住在哪裡？我一無所知。

我在聯盟中唯一的連絡人Z曾透露過一點兒娜塔莉的故事。她在六歲時，曾遭繼父強暴。母親得知後，非但沒有報警，反而責怪女兒破壞了他們的夫妻感情，對她越來越厭棄。九歲時，她離家出走，在孤兒院待了幾個月，始終一言不發，工作人員甚至以為她是個啞巴。Z通過特殊管道接觸到娜塔莉，將懲戒者計畫和盤托出，徵詢她是否願意做一名誘狼者。

「我願意。」娜塔莉說出了幾個月來的第一句話。

事實證明，Z眼光獨到，娜塔莉很快顯露出天才般的稟賦，她的沉著機智讓我這個成年人都自歎弗如。記得有一次，狼非常警惕，不肯喝餐廳的飲料，我們遲遲找不到機會給他下藥。娜塔莉隨機應變，給自己點了一份羅宋湯，先喝了一半，又將藥粉悄悄混入。隨後把湯推到對方面前，撒嬌說自己喝不下了，早已五迷三道的狼美滋滋地喝了個精光。

十四歲生日當天，誘狼者的使命便宣告完成。從此，她們將回歸正常生活，帶著滿身傷痕和榮耀隱藏在人群裡。也許，等成年之後，她們會變身懲戒者，回到聯盟繼續效力。我有一種強烈的感覺，一旦踏上懲戒之旅，你的人生將徹底改變，甘願為這項事業奉獻一生。

這就是我曾經說過的——使命感。舉個不恰當的例子，你彷彿擁有了一本「死亡筆記本」。

我並不認為這是正義，但除此之外別無選擇。

三年來，我因為要寫書的緣故走過許多森林，客觀地說，仙蹤原始森林無論是規模還是景致都談不上出眾。這裡的林木多為夏綠闊葉林，都是尋常之物。我喜歡站在秋季的樹下等一陣風，然後看著落葉蕭蕭而下，任思緒紛飛。樹葉走完了它的一生，然而對樹來說，不過是一個輪迴。

十年間的兩次流星雨使仙蹤森林忽然火了起來。我這一路上不時會碰到隕石獵人，他們有的單打獨鬥，也有的成群結隊，聲勢浩大，其中一些人還拿著頗似掃雷器的設備。為了完成任務，我不得不一再跟人搭話。熱情又健談的人並不多，大部分諱莫如深，生怕別人知道了他們測算出來的路線（純屬封建迷信）。他們交換著極個別幸運兒一夜暴富的神話，祈禱上天垂憐，但大多數人只能在耗光了積蓄之後灰溜溜地離去，然後馬上又會有熱血沸騰的新人補充進來。

「你知道，宇宙是從大爆炸產生的，後來有了星系，再後來有了地球。根本不是地球產生了生命，而是隕石為地球送來了生命！」這位滿臉鬍碴的隕石獵人湊近我耳語道，眼神有點兒不像正常人。

就這麼一路拍照一路採訪，不知不覺，我發現周圍一個人都沒有了，風景區設置的觀光道路更是蹤跡難覓。夜晚彷彿一瞬間取代了白晝，黑壓壓的樹木在這片土地上矗立了千百年，充滿敵意地俯視著我這個入侵者。我像被一群巨人包圍了，抬起頭，天空被枝葉堵得密不透風，令人感到眩暈而窒息。更可怕的是，手機連一格信號都收不到，並且僅餘百分之十的電量。

我靠在一棵大樹上冷靜了一會兒，心中反覆提醒自己保持鎮定。忽然，隱約聽見嘩嘩的水流聲，一時恍惚：莫不是自己血管裡的血液？發神經，怎麼可能。我又豎起耳朵確認了一回，相信是個好兆頭，於是循聲而去。

走了幾十步，在月的微光下，一條小河橫亙眼前，蕩漾出斑斑金屬光澤，周圍的樹木像僕役似的躬身後退。我掏出手機，用最後一點兒電支撐的手電筒功能照向遠處，光芒將黑暗撕開了一道小口子，我看到對岸好似有一幢建築。儘管漆黑一片，我還是抱著僥倖心理隔岸大聲呼喊：「喂，喂！有人嗎？」

回答我的只有岑寂。「喂……」我精疲力竭地在河邊坐下，用手舀了兩口水喝，冰涼清冽。隨手撿起旁邊的一塊石頭拋向河中——咕咚，如同一個祕密沉沒於記憶之水。我復又站起，不知接下來該怎麼辦，思索今晚沒準就要在這裡過夜了。有幾隻不知好歹的飛蟲直往臉上撞，我憑空亂抓，根本不起作用。我突然惱火起來，彎腰抓起兩塊石頭朝對岸投擲出去，第一塊被黑暗一口吃掉，第二塊卻招來嘩啦啦的玻璃碎裂聲，在這寂靜的黑暗森林中顯得極端驚悚。

我打了個冷顫，感覺自己闖了禍。

突然，一條手電筒的光柱在我身上定格。幾乎是同時，一個克制著惱怒的男人的聲音從對岸傳來：「誰？」

我心裡一陣激動，大喊：「我是遊客，我迷路了。」

光柱從我身上移開，接著又是巨大的沉默，只聽到幾聲細碎的鳥獸鳴叫。

「你得過河，這邊有一條小路能通出去。」終於又有了聲音。他可能剛從屋子裡走出來，聲音更近了，口氣聽上去也友好多了。

「水深嗎？」

「不深，到膝蓋，小心點兒就行了。」

「多謝了，哥們兒！」我迅速脫下鞋襪、卷起褲管，走進河裡。河水刺骨，腳下的石頭滑得要命，每走一步都不容易。我手腳並用，終於抵達對岸。那束光一直引導著我。

「你從屋子後面走，我在沿途的樹上綁了麻繩做標記，兩三百公尺後就會來到一條小路上。沿著小路走到頭，就能看到柏油馬路了。那邊能包村民的車回鎮中心。

沒多遠，半個小時準到。」他的普通話非常標準，音色像個播音員，完全沒有土撥鼠鎮口音。

我自然是千恩萬謝。

臨別，他把手電筒送給了我。我掏出一百塊錢，他執意不收。

「還有剛才的玻璃……」

「算了。」

我又謝了一番，對他不禁生出幾分好奇，問道：「您怎麼住這兒？」

「我是護林員。」他在黑暗中說。「這裡沒電嗎？」我扭頭看了一眼黑乎乎的屋子。

「電壓不穩，經常停電。」他似乎不想再聊下去了，斷然說道。「快走吧！」

我感激地離開了，手電筒的光束開出一條路，向上一掃，沿途的樹木果然綁著醒目的麻繩。不出半小時，我已走出森林，不遠處便是燦爛的人間煙火。

從始至終，我都沒看清他的臉。

我包了一輛村民的車回到旅館樓下，剛跨出車門，頭頂便滾過一陣低聲轟鳴。

抬頭望去，一架閃著燈的飛機緩緩劃過夜空。土撥鼠鎮也建機場了嗎？不對，應該是旁邊的波斯菊市吧！成為懲戒者後，飛行於我已是前塵往事，不再關心。在為期一年的飛行員生涯中，我不過是區區學員，離獨自駕機還遠著呢。飛行員這個職業表面光鮮，其實非常辛苦，除了飛行就是開會和休息，幾乎沒有私人時間。飛行期間就像困在一間萬公尺高空的辦公室裡，也常常感到枯燥。但與普通上班族的不同之處就在於，我有機會目睹種種雲端奇境。那一刻，淩駕於萬物之上，人間煩惱統統拋卻。

這不過是人生河流中的片刻寧靜罷了，真實的情形卻是步步暗礁、處處險灘。我不知道別的圈子是個什麼樣，或許有職場的地方總免不了爭鬥，有人的地方就有政治。在這裡，好多人簡直把鉤心鬥角當正事，以老鄉、戰友、血緣、性關係等為紐帶形成種種派別，內部關係錯綜複雜、變幻莫測，堪比雲圖。你不想參與也不行，已經被自動歸類，根本身不由己。不管別人怎麼想，反正我認為把聰明才智放在這些事情上完全是浪費生命。

我人緣很壞，經常因為一點兒小事跟同事爭論不休，還公然指出別人的疏漏，令對方下不了臺。有時候我也反思，這不過是另一種欺軟怕硬，面對飛行員經理這個公認的蠢貨，我也不敢怎麼著。不過有一次會上，這個傢伙把當月的突出貢獻獎發給了自己哥們兒的公子——一個剛飛了不到一個月的小崽子，表揚其在例行檢查時發現機翼漏油的重大問題。我終於沒忍住掀了桌子，這明明是我的功勞，這麼睜著眼睛說瞎話，我肯定不幹。

結果我被嚴重警告，停飛一個月，寫檢討。從此以後，同事們更繞著我走了。我覺得這個世界很荒誕，你若是一個正直的人，他們非但不讚揚，反而視你為危險分子。在他們的觀念裡，順從強者是生存法則，如果你勇於抗爭、挑戰權威，那你不是瘋子就是傻子。

一切都沒勁透了，這麼活著我覺得對不起自己。在發現懲戒者聯盟後，我一秒鐘都沒有猶豫便辭了職。

更何況，在我內心最深最暗的角落，有一個姑娘蜷縮在那裡，就像賣火柴的小女孩那樣可憐，等待我去救她。十年來，她始終在那裡，就像我第一次撿到她時那樣。

是的，你沒有看錯，是「撿到」。

她有一個好聽的名字，叫費南雪。

3 撿來的女孩

不知道你還記不記得自己十六歲時的樣子，我是記得再清楚不過了。那時候，我的全部人生都被兩個字填滿——憤怒。這種憤怒並不是針對某個人、某件事而存在的，應該說我恨所有人、恨全世界。

走在大街上，我看到惡俗淩亂的看板、亂鳴喇叭的汽車、橫衝直撞的行人，就恨不得來一場地震把它們統統摧毀，立刻馬上。在學校，我發現同學個個言語乏味、面目可憎。有一次上課，不知怎麼，話題拐到了變態殺人狂身上，一個傢伙突然指著我，說我像《沉默的羔羊》裡的漢尼拔。大家哄堂大笑，紛紛說像，尤其是眼神。我不幹了，摔門出了教室，跑到廁所的鏡子前站了足足十分鐘。一裡一外兩道陰冷的眼神交會在一起，確實不像正常人。從此，我的外號就叫漢尼拔。

家裡就更別提了，儼然是地獄。我發現一件事，在我們國家，批評父母是相當危險的行為。對此我有好多話要說，暫且按下不表，先來談談我和費南雪的相識。

一點兒都不誇張，就像發生在昨天。二〇〇七年二月十七日是大年夜，我和父母、哥哥一起吃完年夜飯，等著看春節聯歡晚會。

過年是中國人全家其樂融融的重大節日，這一天所有的人都得收著點兒，以大局為重。我主動包攬了洗碗的活兒，我媽卻在一旁指手畫腳，一會兒說我洗得不乾淨，一會兒又說我浪費水。對於水電氣這幾樣東西，她有一種近乎病態的節儉。比如上廁所不開燈，我還以為裡面沒人，推門進去嚇一大跳；用水就更誇張了，她在廁所的水龍頭上接了一根膠皮管子通到塑膠大桶裡，讓水龍頭二十四小時保持滴水狀態，因為這樣水錶不會跳。我為她這種愛占小便宜的市儈行為感到羞恥，每次一提，她就暴跳如雷，罵我白眼狼、不當家不知柴米貴之類的。我聽著恨不得去死。

今天又是如此，話匣子一打開她就停不下來，從浪費水扯到兒子不成器繼而感歎自己命苦。我手中忙著，表面不動聲色，忍耐卻已逼近極限。這時，我哥握著兩個空啤酒易開罐走進廚房，問道：「媽，留著嗎？」

我媽立刻有了新的戰場，鬥志昂揚，嗓子也捏了起來——這是她即將投入戰鬥的標誌，「哎喲哎喲，這不是廢話嘛！你以為你媽是富貴人家嗎？」

「我就問問你要不要，現在這玩意兒也就幾分錢一個，堆在家裡占地方……」我哥苦笑著辯解。

然後，我媽又開始大發牢騷，每句皆為老生常談，她都重複過一萬遍以上。我爸呢，早溜進臥室，遠離戰火。春節聯歡晚會馬上開演，我試圖和稀泥：「好了好了，咱們快去看電視吧！」

不知刺激到哪根神經，她突然炸了，大敞開窗戶，抓起兩個易開罐直接從五樓扔了出去，也不怕砸到人。我受夠了，用兩隻沾滿洗潔精的手撥開擋在面前的哥哥，蹬上運動鞋、扯過羽絨衣便出了門。

好好的除夕夜就這麼毀了。

我漫無目的地在大街上遊蕩，蒲公英市就像一座空城，萬家燈火在我眼中，彷彿淒淒慘慘的鬼火。天空飄起了雪，不是鵝毛大雪，而是鹽粒似的碎屑，在路燈營造的一小團溫暖中抖動著。我停下腳步，看得入了迷，直到頭上身上都落了一層薄薄的雪花。

「五、四、三、二、一……耶……新年快樂！」遠遠近近傳來人們迎接新年的歡呼和祝福聲，我感到臉上有螞蟻爬過的感覺，但懶得去擦，任牠們在寒冷中凍乾。一瞬間，我分辨出有一個倒數的聲音如此切近、真實，不禁回頭尋找。就在身後四、五公尺的牆角處，有一團黑乎乎的小影子。我使勁眨了眨眼睛，慢慢朝那個方向靠近。就像從牆裡凸出來的浮雕似的，細節在我眼前逐漸清晰。這分明是一個小女孩！她蜷成一團，裹在一件黑不溜秋的羽絨衣裡，戴著衣服上的帽子，豎起脖領，只露出一雙閃閃發光的大眼睛。

「嗨！」我試探著跟她打了聲招呼。

「嗨！」她大方回應。

「你怎麼在這兒？大過年的。」

「你怎麼在這兒？大過年的。」她把我的話一字不差地重複了一遍。

我們都笑了，這就算認識了。

「站起來活動活動吧，老坐在那兒會凍僵的。」

她聽話地站了起來，讓我意外的是她的個子非常高，剛好到我的眼睛，可看她的臉明明還是個小孩子。那件羽絨衣不大合身，應該是成人的衣服，長長的袖子遮住了手，下擺垂到膝蓋。腳上是一雙沾滿泥巴的紅色運動鞋。

「冷不冷啊？」我看到她的鼻子都凍紅了。

「不冷。」她笑著說，露出一排整齊的牙齒，嘴巴兩側擠出兩道深深的溝。

「想不想喝一杯熱飲料？」

「想。」

「那我們去麥當勞吧。」這時候還在營業的也只有二十四小時速食店了。

「好啊！」她痛痛快快地答應了。

幸好口袋裡還有昨天收到的一百塊錢紅包，我給自己買了一杯熱咖啡，給她買了熱紅茶——這兩樣可以無限續杯，還點了薯條、炸雞塊什麼的。她狼吞虎嚥地吃了起來，吃到一半又支使我問店員多要了兩包番茄醬。後來，我乾脆為她加了一份雙層起士漢堡套餐。

我一邊喝咖啡一邊看著她大快朵頤的可愛樣子，心想：見識了她的吃法，就算厭食症患者也會食欲大開吧。她用吸管喝著紙杯裡所剩無幾的可樂，發出呼嚕嚕的雜音，彷彿在宣告這頓飯終於告一段落，吸管已被她咬得七扭八歪。

「你還沒告訴我你叫什麼呢。」我說道。

「費南雪。你呢？」

「井炎。」

「哪個井，哪個炎？」她擺出很認真的樣子。

「井底之蛙的井，扁桃體發炎的炎。」

「好名字。」費南雪哈哈大笑，完全不像個無家可歸之人。

「雪停了。」我透過落地玻璃望了望窗外。遠處的柏油路存不住雪，在路燈下露出黑亮的地面；人行道鮮有人走，空餘一串不知去向何方的腳印；窗臺下一叢叢修剪得圓敦敦的常綠灌木覆著一層雪，像戴了一頂白帽子。

費南雪也扭頭看著，微微瞇起眼睛，鼻尖不自覺地抽動了幾下。說實話，她的側臉比正臉好看。

麥當勞裡陪伴我們的，除了兩個昏昏欲睡的店員，還有一個衣衫襤褸的拾荒者和一個大腹便便的大叔。他們什麼都沒點，一個躺著，一個趴著，似睡非睡。不知道他們有著怎樣的人生經歷，為何會在麥當勞孤寂地度過除夕夜。到了下半夜，我倆也支撐不住，面對面趴在桌上睡著了。

我們就像一家人一樣，一心一意地等待天亮。

此後，這個撿來的女孩一直與我保持著斷斷續續的單向聯繫。她有我的手機號碼，我卻沒她的，一來她沒有手機，二來她說自己居無定所，所以沒法告訴我電話號碼，問她原因又不肯說。直到四月份她突然擁有了一部Nokia手機，我們的接觸才頻繁起來。

我們的相處方式就是瘋狂徒步。每次見面，我們都會在這座城市裡隨意亂走，一直走到天黑，立志踏遍每一條大街小巷。我們像兩個棄兒似的，有點兒相依為命的意思，同時擁有自由的幸與不幸。其實我們也沒什麼可聊的，大多數時候就這麼肩並肩默默走著。餓了就在路邊小攤上買個煎餅或者吃碗麵條米線之類的。我的零用錢少得可憐，很多時候我們只好分吃一份。

一個孤獨者遇到另一個孤獨者，就變成了最熱鬧的世界。

但她絕口不提自己的故事，三個月過去了，我只知道她的名字和學校。我起了疑心，有一天傍晚跑到蒲公英市實驗中學門口，決定跟蹤她。我藏在一個廢棄的電話亭裡，聚精會神地從湧出校門的人潮中搜索費南雪。

她出現了，隨著步子的節奏，臉頰兩側的齊耳短髮掀起又落下。陽光一定格外偏愛她，周圍那麼多人，只有她光彩奪目。她越走越快，向右拐了個彎，朝校門口的公車站走去。我與她隔著十幾公尺遠，緊隨其後。

十分鐘後，我跟著她上了十四路公車，正值高峰期，一群陌生人擠在一只狹小的移動盒子裡，誰都沒好氣。透過人群的縫隙，我看到費南雪站在靠近後門的位置，抓住扶手眺望窗外，偶有光影從她恬靜的臉上一掠而過。大概過了六、七個站，她下了車，我趕忙分開眾人往後門趕，差點兒沒下去，還被司機數落了幾句。

我繼續尾隨她，用沿途的樹或電線杆當掩護，又走了幾百公尺，最終進入一個看著挺高檔的住宅區。走進其中一棟公寓後，費南雪再也沒出來。我抬頭一看，社區入口處寫著「燕銜泥家園」幾個金燦燦的大字，中央空地上還聳立著一座燕子築巢的藝術雕像。

第二天，我約她出來，開門見山地問：「你住在燕銜泥家園啊？」

她猝不及防地愣在那兒，彷彿祕密被戳穿，好久才道：「你怎麼知道？」

「為什麼你不肯告訴我？這有什麼可隱瞞的？你到底是怎麼回事？」我忽然生氣起來，連珠炮似的反問道。

費南雪憂鬱地看了我一眼，無聲地張了張嘴。

「你知不知道，我喜歡你！」我衝著她大吼，說完自己都呆了。

她忽然蹲下去，捂著臉嗚嗚哭了起來。我嚇壞了，連忙蹲下去摟住她，湊近她的臉柔聲細語地安慰著：「對不起，你不想說我就不問了，真的，沒事。我也不是非得知道，別哭了，唉……」

過了許久，我的腿都蹲麻了，乾脆坐到地上，雙臂緊緊環著她。她像隻剛出生的小雞似的在我懷裡瑟瑟發抖。

那天晚上，我們又在麥當勞的老位子上過了一夜。她全對我說了，我無比震驚，沒想到她小小年紀竟遭遇了這麼多悲慘的事，她的父母根本不配為人父母。我的心碎了，跟她相比，我經歷的那些苦難又算得了什麼呢？

我還得知，燕銜泥家園是一直幫助她的國文老師π先生的家。真為她慶幸，也許他就是老天為了補償她而派來的好心人吧！

那一刻，我真心實意地感激他。萬萬沒料到，僅在四個月之後，費南雪便死在了他手中。

4 原生家庭

十幾歲可能是人生中最敏感、多變、華麗的階段，我甚至覺得這幾年的分量占據了一半的生命。剩下的時間不過是在不斷重複青春期形成的種種習慣，好的與壞的，直到死。

現在回想起來，我和費南雪相處的七個月決定了我的餘生。一切絢爛至極的事物終歸是短暫的，如同煙花照亮夜空，但這一瞬足以令我看到人生的全部真相。

我無法定義我們之間的感情，但這又有什麼要緊呢？我們如此相似，閉著眼睛都能把對方從芸芸眾生中分辨出來。

我們都有一對不合格的父母，這是命運強行塞給我們的，沒有任何選擇餘地。相比較費南雪的淒慘身世，我至少還有個完整的家庭，但實際上日子也好過不到哪兒去。打記事起，我就籠罩在一片家庭的愁雲慘霧中，永遠擔驚受怕，惶惶不可終日。

我的母親是一個極端情緒化的人，很小的時候我便發現，只要她高興，這一天全家就有好日子過。遺憾的是，她大部分時間處在一種怨天尤人的情緒中，一丁點兒小事都可以引發一場歇斯底里。她自私、霸道、任性、挑剔、刻薄、愚蠢、空虛、嫉妒心強、說謊成性，一輩子一事無成，卻總是能找出無數藉口，把自己塑造成一個為了家庭犧牲的偉大母親。她一無所長，沒正經上過幾天班，幹什麼都半途而廢，卻把這一切歸咎於家庭的拖累。她自視甚高，哀歎命運不公，牢騷滿腹。於是發明出許多折磨人的手段，其中最高明的一招就是清掃。表面上看，她是一個勤勞、愛乾淨的母親，但真實情況是，清潔房屋是她屢試不爽的武器。她把全家每一個角落都變成了自己的領地，你一旦進了家門，便成為她攻擊的目標。一塵不染的地板上有你的頭髮，光潔如新的馬桶被你弄髒了，遙控器沒有放回原位，茶几沾上了杯底的浮水印……她尖叫著，氣沖沖趕過來，手中摔摔打打，收拾你留下的爛攤子。她還嚴禁你動手，因為你永遠不可能達到她的要求。你就像個污染源似的站在自己家裡，畏首畏尾，不敢輕舉妄動。這就稱了她的心。

我總覺得，保持情緒穩定是最大的美德。從負責任的角度出發，解決不了自己情緒問題的人最好不要結婚生子，否則其他家庭成員只能淪為這個人情緒的宣洩口。但有趣的是，這類人總能找到一個有著其他人格缺陷的人，他們就像榫卯結構一樣結合在一起，剛好能彼此容忍。我見識過許多這樣的家庭組合，我家絕不是一個特例。

我父親正是如此，膽小怕事、自私懦弱、得過且過、逃避責任。惹上這麼個妻子，他也頭疼，常常找我和哥哥訴苦（儘管我們當時還小），但卻從未考慮過離婚。他像給自己娶了個女主人，一面飽受虐待，一面極盡巴結之能事。

即便如此，也不能令我母親滿意，她總當著全家的面嘲諷父親沒本事、不像個男人。偶爾，父親忍不住回兩句嘴，但接下來就要承受更猛烈的暴風雨。一遇到這種情況，我和哥哥就像險惡的大草原上的兩隻土撥鼠，鑽進小屋不敢出來。

他們兩人的感情非常扭曲，彼此厭惡卻又相互依存。在長期的婚姻生活中，父親發現一個規律，只要配合母親折磨別人，轉移她的注意力，自己就能夠得以保全。於是我和哥哥可就慘了，成了他倆感情的黏合劑，經常無端被打罵。原因千奇百怪，可能是吃飯時把一粒飯粒掉在了地上，也可能是關門聲音吵到了他們午睡，或者上廁所次數太多了。反正動輒得咎，一無是處。

在這樣極權專制的家庭中，我和哥哥選擇了不同的命運軌跡。比我大六歲的哥哥變得膽怯、沒主見、行為退縮，甚至崇拜暴力。而我，只有憤怒——無法傷害別人，卻足以毀滅自己。

當然，以上分析大部分是我成年後逐漸反思的結果，小時候的我還以為所有的家庭都一樣。隨著年齡的增長，我將視野投向外界，開始觀察他人，慢慢發現根本不是這麼回事。小學時，我有一個叫澎的好朋友，一次，澎邀請我去他家吃晚餐。他的父母說話和顏悅色，對我像對成年人一樣友好和尊重。飯桌上，他們會偶爾再自然不過地輕輕吻對方一下，我害羞得不敢抬頭。大家隨便聊著天，氣氛輕鬆愉快，沒有任何等級觀念，無論誰發起的話題都會受到重視。我吃著吃著忽然心酸起來，差點兒把眼淚掉進面前的湯碗裡。

這才是正常的樣子！我家呢？一群瘋子！對，就是瘋人院！我在心中撕心裂肺地吶喊著，震得耳朵都要失聰了。

即使在瘋人院，一個孩子也會慢慢長大。在遇到費南雪之前，我一直以為自己與幸福徹底絕緣，甚至真的會像同學說的那樣長成一個變態連環殺手。但一夜之間，我不再害怕，沒什麼能夠傷得了我了。

因為我想保護費南雪，所以我必須強大。

我清楚地記得離家出走那天的具體日期——二〇〇七年五月十四日，母親節的第二天。說來荒唐，那段日子本是我家最太平的一段時光，原因是我哥新交了個女朋友。也不知我哥哪兒來的好運氣，那姊姊是個相當優秀的女孩，反正我覺得他配不上人家。她叫姚靈然，是我哥在實習的報社認識的，與他同齡，也快大學畢業了。我覺得她的名字像她的人一樣美且獨特，所以這麼多年一直記著。

我所擔心的一切還是發生了。從三月份然姊第一次登門到五月十三日和我哥分手，我見證了全過程。一開始，我媽表現得熱情似火，逢人就誇然姊，每週末都會邀她來家中吃飯。在這方面她具有迷惑性，我早看透了。每當新人出現在她的生活中，最初她總是把對方想像得完美無缺，同時趁著對方還不瞭解自己，扮演慈母的角色。但不出半個月，新鮮勁兒一過，她便開始挑對方毛病，出於種種只有她自己知道的原因（我猜大多是嫉妒），變著法兒刁難人家。一旦知曉了她的為人，稍有尊嚴的人都避之唯恐不及。我哥和上一任女朋友就是這麼結束的。

母親節當天中午，我媽一上來就氣場不對，令人摸不著頭腦。她發作的前兆是保持傲慢的沉默，明知道敲門的人是哥哥和女朋友，坐在門口的她偏不肯動，使喚還躺在臥室的我爸來開門。然姊帶來的水果、餅乾禮盒她看都不看一眼，好像給她添了麻煩似的，讓我哥扔到廚房角落。我看到然姊的臉色也變了，但她還是帶著笑說道：

「母親節快樂！」我媽用蚊子般的聲音「哼」了一聲做為回應。

然後，我媽就去廚房做飯了，然姊問了一句：「阿姨，需要幫忙嗎？」我媽說不用，她便坐下來看電視。我媽憋著一肚子氣把菜做好，便陰陽怪氣地嚷嚷開了：「井昌、井炎，連菜都不知道端一下啊，等我餵你們啊！」然姊當然聽出了指桑罵槐的意思，但又沒法說什麼。

飯桌上氣氛有些尷尬，我媽卻說說笑笑的，畢竟這裡是她的主場。過了一會兒，她在生菜葉子裡捲了幾根小蔥，蘸上豆瓣醬伸到然姊跟前。然姊推說：「阿姨，我下午還有個採訪。」誰知我媽站起身，直接將蔥捲杵到人家嘴邊。然姊只好勉為其難地吃了。我媽坐回到椅子上，神情很是得意。大家都很緊張，誰都不說話，沉默地吃著。隔了一會兒，我媽又有了新的動作，她放下筷子，很突然地說：「靈然啊，我知道你的衣服都挺貴的，但其實貴的也不一定好看，不適合你。」

真不知道這些話她是怎麼說出口的，我感覺周圍的空氣彷彿變成了鉛塊。再看我爸和我哥，屁都不敢放一個，躲在各自的碗後面，只知道往嘴裡扒飯。牆上掛鐘的滴答聲混合著乾巴巴的咀嚼聲，令在座的每一個人都神經過敏。只有我媽不以為意，沉浸在自己的世界裡。

我不能再坐視不管了，搜索枯腸，好不容易挑起一個話頭，沒想到反而因此惹了禍。

「然姊，你平時都採訪些什麼人啊？」

「主要是一些文化界的名人，作家、書畫家、導演、明星……」

「那很厲害啊！能幫我要簽名嗎？嘿嘿！」

「沒問題，你喜歡哪個演員？」然姊的表情終於有所緩和。

「我喜歡……」

話還沒說完，我媽就橫插進來：「其實那些名人沒什麼了不起的，當上班族也沒什麼了不起的。」

我在異常的家庭中待得太久，已經無從得知什麼是正常，儘管如此，還是聽出這句話未免太過分。

然姊「唰」一下站起來，隨便編了個藉口，離席而去。我哥放下筷子就追。關門的聲音傳來，我媽突然號啕大哭，控訴我們合夥欺負她，我爸連忙過去安撫。我連忙趁亂溜了。

耗到晚上九點多回到家，一進門我就看到我哥正垂頭喪氣地坐在沙發中央，爸媽一左一右像挾持人質似的坐在他身邊。我媽紅著眼睛，格外駭人，聲音卻很是溫存，勸我哥：「天下大事，分久必合，合久必分。我看她沒什麼好的，脾氣又強，以後你也受欺負。」

我哥目光呆滯地點了點頭。

說實話，我真為然姊感到慶幸。

我媽的新敵人沒了，這對我們剩下三位家庭成員來說不啻為一大噩耗。果然，第二天，我媽盯上了我。傍晚放學回家後，我正在屋子裡寫日記，當然是寫我與費南雪的事。她突然推開房門，從我手中搶奪日記本。她從來都不敲門，我哥和然姊還沒分手的時候，我媽最愛幹的事就是在人家卿卿我我時推門而入。

我不撒手，她揚手就搧了我一個耳光，還說了好多羞辱的話。她看上去非常過癮的樣子，根本剎不住車。我氣急了，拿打火機把日記本點了，扔在客廳地板上。

當時屋子裡只有我們兩個人，她呆了幾秒鐘，然後呼天搶地地跑到廁所，將大半桶「偷來」的水澆在跳躍的火苗上。登時騰起一團黑煙，旋即擴散到整個客廳。她沒料到我竟敢做這種忤逆的事，倒怔住了。

這個家沒法再待下去了，瘋了，全都瘋了。我匆匆忙忙往書包裡塞了幾件衣服就往外走。大門匡噹一聲巨響，隔著門也能聽見我媽熟悉的號哭聲。我心中立刻生出一股惡毒的快感，一步跨兩級臺階，一口氣下到一樓。

天剛剛擦黑，我在大街上久久徘徊著，一家家小飯館釋放出難聞的油煙味。我給費南雪打了三通電話，不是沒人接就是被掛斷，好長時間之後，她才發訊息告訴我在π先生家裡。π先生，又是π先生！我不由得泛起一絲醋意，一股懊惱又無能為力的情緒在我體內遊走。我不知不覺來到就讀的成功中學附近，在一家山西麵館吃了碗刀削麵，出來後，轉身走進隔壁的網咖包夜。

至於明天怎麼辦，我懶得去想。明天對我來說，太遙遠了。

5 似水年華

一旦觸碰我的底線，我將變得非常冷酷。我不想再回去了，打算跟家庭徹底決裂。那麼，接下來呢？

第二天早上六點五十分，正是平日上學時的起床時間，我從網咖的椅子上清醒過來，早已拿定主意今天不去上課。我總是先於鬧鐘幾秒鐘醒來，就像野生動物似的時刻保持警惕，永遠過分緊張，打心眼裡羨慕同齡人一覺睡到中午的本領。

環顧四周，網咖裡座無虛席，全都是跟我差不多大的學生。幾個人頭戴耳機還在遊戲中奮戰，大部分攤開四肢睡死在座位上。空氣中彌漫著香菸、酒精、便當、泡麵和體臭的混合味道。我站起來活動了一下脖頸，拎著書包走到門外。在緊鄰的公廁裡簡單洗漱，由於昨晚走得太急，連毛巾都沒帶。看著污漬斑斑的鏡子中那張正在滴水的、瘦削的臉，我卯足了勁揚起嘴角，卻發現自己喪失了笑的功能。

大街上還灰撲撲的，只有幾個早起鍛鍊的老年人走近又走遠，還有幾個學生睡眼惺忪地騎著單車衝進晨霧中。蒲公英市就像一條巨鯨般慢慢張開雙眼，準備開始又一個沉悶無聊的日子。馬路斜對面的早點攤是我常去的，那兒的糖油餅炸得很夠意思。老闆是個滿面紅光的胖大叔——天天這麼吃不胖才怪，他的身材呈橄欖狀，粗壯的腰間繫一條紅白小格子圍裙，兩隻肉乎乎的大手把麵團揉捏得服服貼貼。他把麵團擀成麵餅或揪成長條下到油鍋裡，沒多久它們就變得硬邦邦、金燦燦的，在泛著泡沫的滾油裡浮動。

我和三五個陌生人坐在一條拼接起來的長桌子旁，像跟誰賭氣似的撕扯著糖油餅，又吃掉一大碗餛飩。吃完後，我坐在長凳上發了會兒呆，打開手機，幾條訊息一齊湧了進來。都是我哥發的，問我在哪裡，讓我快回家吧，說爸媽很擔心，云云。我無動於衷地將它塞回口袋，感到虛偽透頂，如果真在乎我的死活，他們幹嘛不親自問，用得著指使我哥嗎？

想到這裡，我的腦海中浮現出我媽的樣子。每當把事情搞砸了，她就開始示弱，往床上一躺，不是這兒疼就是那兒難受，讓她上醫院又不去。然後收拾爛攤子的事就落到了我們頭上。這套把戲她已經玩了大半輩子，從來都不怕給別人添麻煩，像個情感上的吸血鬼一樣。有時候我簡直覺得她就是為了折騰別人而生。

我惱恨地往後移開長凳，起身離去，旁邊的哥們兒不明所以地看了我一眼。我就這麼在外頭晃悠了一上午，看到小飯館便進去問人家招不招短工。全部碰壁。想想也在情理之中，有誰會雇用一個來路不明的未成年人呢？

到了中午，我從便利商店買了個三明治，站在路邊兩口吃掉，然後繼續找工作。我的要求並不高，管吃管住就行，我可以從晚上六點工作到十二點。天快黑的時候，我終於交到了好運，一家叫喜福會的驢肉火燒店同意讓我試試。店主是一對五十多歲的夫婦，被我編造的父母雙亡勤工儉學的故事所打動，安排我住在飯館二樓的閣樓裡。我的工作就是放學後打打雜，他們還答應每月給我六百塊工錢，每週休息一天。

當天晚上，等客人走得差不多了，我就在店裡一口氣吃了三個夾青椒的驢肉火燒和一大碗驢雜湯。老倆口一邊把所有的椅子四腳朝天倒扣在桌子上，一邊偷眼看著我狼吞虎嚥，彼此笑眯眯地交換一下目光。這一天我實在太累了，把自己放平在閣樓裡由兩只箱子拼成的床上，心裡泛起一陣陣狂喜，緊接著就沉沉地睡了過去。甚至都沒來得及把這個好消息第一時間告訴費南雪。

我時常覺得自己像野草，無論被扔到何處，只要有一道縫隙，讓陽光和雨水滲下來，就活得下去。

隔了一日，費南雪得知消息後來店裡找我，懷中抱著一隻雜毛小奶狗，說是在路邊撿的。我向老闆夫婦介紹她是我同學，見她這麼高的個子，老闆夫婦信以為真。我在店裡忙前忙後，費南雪就坐在角落逗小狗玩。那小東西剛能睜開眼，叫喚的音量卻很驚人。

「肯定是餓了。」大媽將一隻盛滿牛奶的碟子放在小奶狗面前。牠馬上像小海龜奔向大海似的匍匐過去，把腦袋浸在碟子裡賣力地舔著，還發出享受的嗚嗚聲。大媽伸出一根指頭揉揉小奶狗的頭頂，忽然對我說：「井炎，你們出去玩玩吧，今天晚上客人也不多。」

「啊？這樣可以嗎？」我正在擦桌子，停下來直起身。

「沒事的，玩去吧！」大爺的聲音從後廚傳來。

「謝謝大爺大媽！」

「那小狗呢？」費南雪問。

「就留在店裡吧。」大媽用兩隻手把小奶狗架到空中，牠的肚子撐得滾圓，因吃得太飽而犯起了迷糊，任人擺佈。

我倆走出喜福會，一同沿著不遠處的浣花河邊散步。這一帶正在打造濱河商業街，白天大修大建，夜晚倒是清靜，一個人走甚至還有點兒恐怖。兩盞路燈隔得很遠，中間區域黑黝黝一片，我們的影子忽長忽短、忽前忽後。突然，有什麼東西撲打著翅膀低低飛過。

「燕子嗎？」費南雪費力地分辨著。

「應該是蝙蝠。」

「哎呀，快跑，蝙蝠屎會掉在頭上的。」

「不要緊，你知道嗎？蝙蝠屎其實是一味藥。」我笑著拉住了她。

「騙人！」

「真的，騙你幹嘛，有一味中藥叫夜明砂，就是蝙蝠屎……」

「我才不信！」她推了我一把。

我重心不穩，順勢向前跑出兩步。費南雪追上來打我，我一回身抓住她的兩隻拳頭。我們面對面僵持了幾秒鐘，她頭髮的味道像暗夜花香一樣襲來。我感到一陣眩暈，聽到自己的心臟在狂暴地跳動著，並且也感受到了費南雪的，我們好像變成了一個人。不知道為什麼，我差一點兒哭出來。

我眷戀地看著她被月光籠罩的臉，忽然說：「以後，你不要去找π先生了好不好？」

「什麼？」她的身體一晃。

「π先生……別去他家了，我也說不好，總覺得，反正不要去了，就當我求你。」我結結巴巴地說著，同時觀察她的臉色。

話音剛落，費南雪甩開我，不顧一切地跑了起來。我大驚，拔腿就追，從背後死死抱住她。

她反抗，對我又踢又踹，我就是不肯鬆手。突然間，彷彿過緊的發條終於繃斷，她全身洩力，軟綿綿地靠在我身上。我連忙將她的臉轉過來，發現她臉上全是淚水。

「你以為我想這樣嗎？你以為我想嗎？」她吼道。

「我錯了，原諒我……我錯了，原諒我……」我後悔極了，不停地重複著道歉的話，直到她在我懷中漸漸恢復了平靜。我當然明白，當她流落街頭時，除了π先生，又能夠依靠誰呢？我真是個混蛋，明知是無可奈何的事，偏要吃這個乾醋，太可笑了。

好好一個夜晚就這麼毀了，我沮喪地望向遠處，浣花河呈現出果凍般的質感，搖曳著一簇簇亮片。

後來，我目送費南雪上了末班車，她走到窗前，將吻過的掌心按在玻璃上，漸行漸遠。

這幅畫面代表著一種至清至純的初戀情懷，永遠地鐫刻在我心底。無數次午夜夢迴，她就這樣與我告別，逐漸收縮成一個閃著亮光的小洞，像燈塔般無言地召喚著我。

我在原地站了好久，渾身上下感到前所未有的清爽。忍不住一路狂奔，還叫了幾嗓子，引得草叢裡一陣騷亂，隨後一隻老流浪貓敏捷地躍上牆頭。

晚上，我抱著小奶狗翻烙餅似的躺了一宿，太過興奮，熬到快天亮才睡著。我順便給它起了個名字——River。

我到底是一個怎樣的人？

按我父母的說法，我是個冷酷無情的不孝子。也確實如此。我的同學議論我心理陰暗、難以捉摸。或許他們也是對的。而在驢肉火燒店老倆口心裡，我是一個沉默寡言、踏實肯幹的孩子。也不能說他們看走眼。

隨他們怎麼想，無所謂，我只在乎費南雪的看法。快期末考試了，我忙得焦頭爛額，她還雪上加霜，對我不冷不熱的。她真的認為我是一個生性多疑、斤斤計較的傢伙嗎？我承認最近的行為有些失控，也再三懇求她原諒。然而，三個月後，殘酷的事實卻證實了我的擔憂。

六月初的一天，我忘了具體是哪天了，費南雪吃飯時突然說漏了嘴，談到最近看的一部電影，叫《終極追殺令》。我隨口問講什麼的，她又支支吾吾，顧左右而言他。我留上了心，與她分開後便進了網咖。看完後我立馬炸了，電影講的明明是中年殺手和少女的愛情故事。

第二天我向大爺大媽請了假，課也沒去上，一大早混入蒲公英市實驗中學。摸到辦公大樓，沒費多大力氣便找到了初一國文組的辦公室。我在門口徘徊良久，一心想見π先生，至於之後怎麼辦根本沒想那麼遠。

不知過了多久，只有一個中年婦女和一個老頭子出入。我注意到門沒合嚴，便走過去透過門縫朝裡面張望，突然肩膀上多出一隻手，我嚇得幾乎跳了起來。

「同學，你找誰？」一個高高瘦瘦的男人出現在我面前，他面容清癯，臉頰有點兒凹陷，戴眼鏡，一望而知是老師。

我一時語塞。「你是哪個班的？」他和善地問道，順手整理著手中的書本，將重心放在一隻腳上。直覺告訴我，他正是π先生。

「我找姬老師。」我急中生智，驢肉火燒店大爺姓姬。

「姬老師？」他微微皺眉，但並沒有不耐煩，追問道，「教哪個班的？」

我編不下去了。「要不我幫你問問？」他一把推開辦公室的門，看架勢打算幫我打聽姬老師的下落。

「我搞錯了。」頃刻間，我的勇氣消失了，扭身就跑。

我一頭扎進對面教學大樓的男廁所，不知道何去何從，又不甘心就這麼走掉。我怕走廊裡有監視錄影，只好在廁所瞎轉悠。下課鈴大作，我閃身進入隔間，把門鎖好，從背包裡掏出一個魔術方塊打發時間。課間休息臨近結束，打打鬧鬧的學生陸續回去了，嘈雜的廁所終於安靜下來。我剛準備打開門，忽然被一段對話攝住了心神。

「聽說費南雪已經住π先生家了。」

「不會吧！」

「董蕾親眼看見的，她跟π先生住同一個社區。」

「你也別亂講，π先生不就是為了幫幫她嘛！她家什麼情況，你又不是不知道。」

「我靠，你還真純潔。你知道什麼叫蘿莉控嗎？」

這時，鈴聲響起，一陣紛亂的腳步聲過後，廁所徹底空了。

恢復知覺時，我發現自己跌坐在牆角，書包壓在腳踏沖水閥上。在水流的衝擊下，便池中的魔術方塊無休止地滾動著。

我哆嗦著掏出手機，按下一行字：「你跟π先生到底是什麼關係？」

費南雪整整三天對我不理不睬。

第四天，我精神崩潰，在浣花河邊遊蕩了一整天。想到有一次，我和費南雪在這裡玩捉迷藏。她藏我找，結果我找了半個小時也找不著，情急之下報了警。最後才發現她居然躲在水裡，用蘆葦稈伸出水面呼吸。五月的水還是相當寒冷的，她也真做得出來！

她這個人就是這樣，只要認定了的事，一條道走到黑。

我覺得自己活著也沒什麼意思了，一邊往河裡走，一邊想像著費南雪得知我的死訊之後的悔恨和痛苦，心中竟然感到很解氣。當河水漫過腰間，耳邊終於響起了那久違的聲音。我回過頭，看到費南雪跳入河中，張開雙臂保持身體平衡，克服水的阻力走向我。

我們的眼淚混在一起。在我的記憶中，六歲以後就沒掉過眼淚。原來在看到我的告別訊息之後，她便飛奔過來。

從此往後，我們決口不提π先生。不過，他就像一隻潛伏的幽靈，伺機而動，隨時準備發起致命的一擊。

6 救贖

第一眼看到櫥窗裡的這條藍色連衣裙時，我便再也挪不開步子。說不好是怎樣一種藍。我想起國中時和同學去郊外旅行，大巴士在盤山路上拐了個彎，突然就看到遠處一片開闊的湖泊，像剛從天外飛來，又像已然存在了千萬年。它是那麼輕盈、沉默、寬容，藍得……就像這條裙子。

然後，我買下了它，用掉大半個月的工資。

暑假的午後燠熱、滯重，蟬鳴慵懶，遠處傳來斷斷續續、失真的敲擊聲，一種寂寥又輕鬆的感覺漫過身體。

中午的客人散盡了，大爺大媽在後廚收拾，我隨便挑了張桌子坐下，一隻手支著腦袋打盹。忽然聽到River項圈上的小鈴鐺響個不停，牠現在正是最活潑最好玩的時候。即使還在半夢半醒中，我也能猜到，費南雪來了。

我把她帶到小閣樓，像變魔術那樣掀起床上的薄被，口中唱道：「嗒噠！」

費南雪看看我，捧起一團霧似的裙子，說：「怎麼能這麼美啊！」她轉了轉眼珠，嘴唇掀動著，忽然啜泣起來。

沒想到把她弄哭了，我心疼地抱住她，等待她恢復平靜。

「太漂亮了！」她又讚了一回，抽抽鼻子，打量起裙子的細節來，指尖相繼掠過下擺的立體小紫花。

「試試嗎？」見她心癢癢又躊躇的樣子，我就直想笑，於是攛掇道：「穿吧穿吧，我背過身不看你還不成嗎？」

費南雪咬著下嘴唇露出了笑容，一排貝齒閃爍著健康的光澤，「別偷看。」

我喜歡她毫不扭捏的個性，有時候像個小男孩似的，透著可愛。聽著背後窸窸窣窣換衣服的聲音，我感到手心出了不少汗，血液在體內汩汩流動，混沌的大腦無法勾勒出她穿上這條裙子的樣子。

「好看嗎？」

我循聲轉過去，哦，老天，說真的，她就像一個真正的公主。我敢說這條裙子是我一輩子買的最值的東西。在她面前，我覺得自己變渺小了，忽然侷促起來，期期艾艾不知說什麼好，一臉蠢相。

「我問你好看嗎？」她原地晃了晃肩膀，因為沒得到肯定答案而有點兒心虛。

我笨拙地向她伸出一隻手，撥弄著裙子蓬鬆的下擺，跟地主家的傻兒子似的憨憨地說：「好看。」

誰能料到，才穿了一天，這條裙子便被扯了個大口子。

第二天晚上十一點店裡正要打烊的時候，費南雪卻慌裡慌張地跑來找我。她的狀態很不對勁，可以稱得上詭異，彷彿遭受了劇烈的刺激。兩眼失神不說，連那條藍裙子也皺皺巴巴，從腋下到腰間綻開一條大縫，露出裡面白色的吊帶。

「怎麼了？」我感到大事不妙，連忙將鐵捲門拉下來。

她的胸脯快速地一起一伏，臉憋得通紅，眼睛彷彿要噴出火來。

我走過去，按住她的肩膀，輕輕搖撼，她像個布娃娃似的在我手中來回搖晃，「到底怎麼回事？」

她的目光落在我臉上，卻似乎什麼都看不見。

我被她的恐懼傳染了，發急道：「說話啊！」大媽聞聲從後廚趕來，肥胖的身軀震得地面一顫一顫，她用滿是裂口的手托起費南雪的臉，柔聲說：「莫慌莫慌，慢慢說。」

費南雪倒在大媽懷裡，終於哭出了聲。從她不斷被抽噎打斷的話語中，我們得知她被一個陌生男人追了一路，嚇得夠嗆，衣服也被街邊欄杆刮破了。大媽安慰道：「別哭了，不要緊，阿姨給你縫好，保管跟新的一樣。」

「你大晚上的出來幹嘛？」我想起費南雪並沒打算今晚來找我。她明顯被問住了，張口結舌，連哭都忘了。這時大媽擋在我面前，我一時看不到費南雪的表情。

等她的臉再次出現在我視野中，她已穩住情緒，輕描淡寫地說：「餓了，出門買泡麵。」

在我的印象中，她最討厭泡麵。我剛想提出疑問，大媽端著針線盒一搖一擺朝我們走來，話題就這麼被岔開了。

縫好的裙子就跟新的一樣，但我看得出費南雪不過是在強顏歡笑。

大媽指揮我把兩張桌子拼起來，親自找了床褥鋪上，讓我睡在店裡，又安排費南雪睡閣樓。我跟她提起過費南雪的家庭情況，她也就不再多問，從此多了一份悲憫。在我有限的人生經歷中，美好的情感幾乎全部來自陌生人的恩惠。有這樣一種人，他們把別人看得很重，總是以一種付出的姿態面對這個世界。很難想像，他們的那份熱忱從何而來，就算被世情所傷也不改初衷。多年後，我才意識到這類似於一種宗教情懷，即使不信教或再平凡不過的人，也不妨礙他們具備這種超越性的精神。相形之下，血緣關係也就那麼回事。我真是這麼想的。

雖然這樣的人寥若晨星，但確實存在。也正是他們，在我荒原般的心靈上落下了一場雨。

睡到一半我忽然瞪大雙眼。在徹徹底底的漆黑中，睜眼閉眼完全沒區別。不知你是否有過同樣的感受，如果有人在背後一直盯著你看，你會突然掉過頭去準確地鎖定對方。或許可解釋為一種對危險的直覺。我向來非常相信直覺，認為它近乎神諭。

果然，我蓋在肚子上的毛巾被動了一下，隨後，那熱呼呼的、有節奏的鼻息吹在我左耳上。我放鬆了身體，側過身，伸出左手讓她枕著。費南雪面對著我蜷縮成嬰兒狀，不一會兒，我感到手臂上濕漉漉的。

「嘿，怎麼了？」我摸索著她的臉，手心也沾濕了。她只是無聲地流淚，我只能一遍遍輕拍她的後背，直到她的呼吸變得均勻。地板和桌椅上經年的霉味一陣陣鑽進我的鼻孔，我再也睡不著了，感到全世界的悲傷都濃縮在她小小的身體裡。今晚的事實在蹊蹺，我心裡忽然「咯噔」一下，會不會是她媽媽又出什麼事了？現狀已經糟糕透頂，前面還能再加一個「更」字嗎？

十六歲的我並不知道，命運是最殘酷、最沒道理可講的。在它面前，人類毫無招架之力，只能眼睜睜地看著悲劇降臨。

又是一個新學期，我已經適應了白天上課晚上打工的生活，一切按部就班，沒什麼可抱怨的。整個暑假我和費南雪差不多天天膩在一起，開心是開心，但她確實跟以前不大一樣了。我說不好是為什麼，有時候我覺得她老是藏著掖著，話說一半。也許是我多心，當你疲倦或者情緒低落的時候就不大能夠顧及別人，更何況天氣那麼熱，誰都會提不起勁兒。

開學之後我們在一起的時間自然減少，我已經有將近一個禮拜沒見著她了。主要是我太忙，姬大爺見我幹得不錯，開始教我炒些家常小菜什麼的。我學得很快，尤其是驢雜砂鍋做得一絕，成了每桌的必點菜。之所以好吃，是因為我愛琢磨，各種調料怎麼搭配、每種調料起什麼作用、何時放、放多少，都有講究。我像做實驗似的不斷嘗試，最後總結出一個最佳方案。姬大爺雖然做了幾十年，但都是憑經驗和感覺，缺乏反思，所以味道老是差那麼一點兒。看到我做的菜這麼受歡迎，他也只是認定我有當廚子的天賦，死活不肯認同我研究的那一套。

「乾脆高中畢業後就別再讀書了，自己開一家小餐館也蠻不錯嘛。」我這樣想著，臉上不知不覺泛起了笑意。雙手正托著一盆熱氣騰騰的驢雜砂鍋，即將跨過後廚通往前廳的小門。

人的一生中，重大時刻往往就是幾個瞬間而已。無常、短暫，如夢幻泡影，如露亦如電。沒有任何徵兆、跡象、暗示，說來就來，完全不給你反應的時間，更不管你將要面臨的災難。

兩天後，我清醒過來回憶那一刻，有一種恍若隔世之感。一切發生得極快，我記不清是先聽到爆炸的巨響，還是先被一股強大的力量推了出去，或者兩者同時發生。總之，我看見驢雜砂鍋從手中飛走，雜碎、粉絲、白菜、鵪鶉蛋拖出一條斑斕的弧線，彷彿電影特寫。這就是我失去知覺之前目睹的最後一幕。

我是慢慢知道這一切的。瓦斯桶爆炸，姬大爺全身百分之五十深二度燒傷。我被氣浪掀翻，頭部受傷昏迷了四十八小時，卻奇跡般地沒有留下後遺症。

還有，費南雪的死訊。

我真希望自己沒有醒過來。事發兩個多月後，我在一家咖啡廳見到了費南雪的母親。我以為我會對她恨之入骨，如果她沒有吸毒，退一步說，如果她沒被關在戒毒所，悲劇也許可以避免。但見到她的第一眼，我的仇恨頃刻間化為烏有。那是一張絕望至極的母親的臉，讓我差一點哭出來。她瘦得驚人，我也一樣。我們兩人就像坐在地獄烈火裡，交換著支離破碎的信息。我不敢看她，因為她跟費南雪長得非常相像。

「我一定會為費南雪報仇的！」這是我的諾言。

她盯著早已涼掉的咖啡，沒有任何回應。

十年，我翻爛了所有能找到的犯罪心理學方面的書籍，搜集了海量國內外關於戀童癖的資料。看得越多，越痛徹心扉。

兒童強暴犯是再犯率最高的犯罪類型之一，戀童癖也是所有人格類型中最難改造的一種。以兒童為目標的人，大部分過著正常、不引人注目的生活，甚至在周圍人中有著相當不錯的口碑，就像π先生那樣。直到某天，他們被體內變態的性欲所征服，無法抗拒心中的魔鬼，便會侵害兒童，甚至將其殺害。

若強暴殺童者第一次犯罪沒被抓到，嗜血的欲望很快會促使他再度作案，且作案頻率越來越高。

心理學家可以將這些精神變態者的心理狀態分析得絲絲入扣，然而，當面對人類的殘暴邪惡時，除了震驚和恐懼，普羅大眾往往感到束手無策。一個活生生的生命就這樣了無痕跡地消失，而兇手卻在世界的某個角落繼續正常人的生活。

我不會允許這種事情發生。

在加入國際懲戒者聯盟之前，我就詳細瞭解了化學閹割這回事。「化學閹割」肇始於美國，捷克、波蘭、韓國、俄國等國家也陸續通過了對性犯罪者和戀童癖慣犯實施化學閹割的法律。但我們所在的地方還遠未走到這一步，促進法律改革這樣的宏偉工程也非一日之功。

我不能再等待了。

一〇九三天，懲戒二十三人。

坐在回蒲公英市的高鐵上，我掏出隨身攜帶的筆記本寫下這行字。土撥鼠鎮離我越來越遠，心裡空空蕩蕩，直覺上彷彿有什麼事未完成似的。說來奇怪，這個小鎮帶給我一種亦真亦幻的感覺，好像曾經來過一樣。

鄰座一個鼻毛像大蔥似的大爺打了個大大的哈欠，一邊打一邊還跟身邊人語焉不詳地說著什麼。我屏住呼吸，抬起一隻手遮擋口鼻，將視線投向窗外連綿的田野。這時，口袋裡的手機震了起來，是我的編輯蓮霧。

「採訪進展如何？」

「順利，正在回程途中。」

「嗯，要不要一起吃晚餐？」

我關上螢幕，心裡湧起一絲夾雜著煩躁的甜蜜。早知她對我有好感，可我真的能開始一段新的戀情嗎？我有資格嗎？我還有愛的能力嗎？

蓮霧那張嬌俏善良的臉出現在窗玻璃上，我不願承認，但確實有一瞬間令我怦然心動。

「好的。」我回覆。

幾分鐘後，手機又響起來，我以為要繼續商量上哪家飯館，打開卻是娜塔莉。

「矢車菊市發現狼。」

一如往常接到同樣的消息，心臟怦怦撞擊著胸口，好一會兒才平復下來。我坐直身子，用審視的目光環顧了一遍車廂，看上去人人都像路邊的石頭一樣，再尋常不過。但我深知邪惡的樣子，大多數時候，他們絕不是青面獠牙的怪獸，恰恰是你我一般的常人。

高鐵列車鑽進一條隧道，窗戶驟然變成一張黑幕，耳朵裡灌滿了高速行駛帶來的雜音。我的心也隨之一沉，暗暗思忖：究竟什麼時候才能找到π先生呢？此生能找到他嗎？

「會的，一定會的。」

我發現旁邊兩位乘客都在看我，意識到竟然一不留神說出了心中所想，連忙掩飾地低頭按起了手機。

突然間，一種崇高的感覺闖入心田，令我難以自持、熱淚盈眶。說不定下一個就是π先生。

第5話——水邊的少女

1 費菲

Hello，大家好！我是費南雪。真是不好意思，讓大家久等了。設想過無數次該怎麼開這個頭，最終還是這麼平平淡淡地出場了，令你失望了嗎？

我其實很在意別人怎麼看我，但出於一種奇怪的自尊心，反而會加倍表現出滿不在乎的樣子。說說吧，我想聽聽你的真實想法，我們不應該為了討好別人而說謊——成年人老是這麼告誡我們，但他們經常自相矛盾、出爾反爾，所以你也可以選擇不信。

嗨，不管怎麼說，我永遠定格在了十三歲，時光無法倒流。我總是幻想時光能夠倒流，如果回到××時候該多好啊！你也會常常這麼想嗎？是不是只有過得不好的人才這樣呢？

我對父親的記憶非常模糊，印象最深的就是他的腿，因為它們占據了我的全部視野。

它們走得飛快，我老是跟不上，心裡焦急，又不敢跟父親鬧。其實小孩子最會察言觀色，知道跟誰能撒嬌，在誰面前最好老老實實的。我能通過他身上的氣味分辨出他的心情，如果帶著室外清新的空氣，你就可以隨心所欲；如果是臭烘烘的菸味，那你可要小心了。

高興起來，他會把我抱在空中，玩各種高難度拋接。我聽到自己咯咯笑個不停，四周的景物在轉圈，腦袋也暈暈乎乎。我有一種快要尿出來的感覺，刺激極了。但這樣的好時光可不常見，每一次我都很是珍惜。如果他坐在什麼地方冥思苦想，那你最好學聰明點兒，放輕腳步、壓低聲音，千萬不要讓他注意到你。他具體在想什麼呢？老在那兒坐著不會無聊嗎？我只知道他是個攝影師，恐怕拍照片是一件非常複雜的事情。

他活在自己的世界裡。

他打過我一次，我一直記得。那時候我只有一歲多，還不怎麼會講話。這可能是我人生最早的記憶了。有一次我們一家三口去一個旅遊景點，在售票處我大哭大鬧，把門票揉成一團扔掉，搞得他倆一頭霧水。我因為大人不能理解我的意思而哭鬧得更厲害了。折騰了幾次，我爸徹底失去耐心，當眾打了我一頓，周圍的老太太都看不下去過來勸。在中國，當小孩還真是一件辛苦的事情啊！

其實，我的本意是想親自從售票員手中接過門票，而不是經由大人轉交到我手上。長大以後我觀察過這種現象，小朋友對一切新鮮事物都躍躍欲試，希望獨立完成。大人怎麼就這麼愚鈍呢？他們不也是從小孩子過來的嗎？

父親對我來說有點可有可無，但有一天他突然徹底不見了，這對我造成的衝擊力還是巨大的。有些東西存在時你不覺得什麼，一旦失去就會帶來許多麻煩，比如鑰匙。我的名字也從鄭南雪變成了費南雪，其實我是更喜歡後面這個名字的，但如果要拿失去父親作為代價，我寧可保持原樣。而且，好像就是從改名以後，我的生活突然變得七顛八倒，小時候我還以為是改名這件事給我們帶來了厄運，是不是很幼稚？

一開始，我不大明白毒品究竟是個什麼東西，但我知道它意味著什麼——瘋狂、拋棄和背叛。很小我就知道，所謂的愛永遠是有條件的。

我的媽媽變了一個人，彷彿被魔鬼操控了一樣，從她的眼睛裡就能發現這一點。我不敢細看她的眼睛，裡面好像有一雙手似的——落水者的手。

她本來是個好媽媽，沒有比她更好的，相信我，這才是她真實的樣子。我不知道怎麼證明這一點，或許根本無法證明，只是存有這樣的信念罷了。就算我交不出學費，在衛生間用小刀把手臂劃得滿是血痕的時候，我對她的恨都沒有持續太久。我這麼說並不是矯情什麼的，她的確是個不合格的母親，但我知道她也不願如此。她曾經戰鬥過，然而對手是那麼強大、不可抗拒，她輸了。

但我表達的意思絕對不是「天下無不是的父母」什麼的，這是混帳話，說這話的人比耗子都怯懦。

我的母親犯了錯，甚至可以說大錯特錯。命運或許不公，但命運終究也是人創造的。沒必要掩飾這一點。我的意思是，我也犯了錯，否則怎麼會走到今天這一步呢？即使在如此惡劣的環境中，我也有選擇的權利。不過我也一敗塗地。

我們不應該嘲笑失敗者，尤其是那種勇敢抗爭過的。即使他失敗了，依然值得尊重。我表達得不夠準確，唉，你能明白我的意思嗎？

你知道，仇恨的滋味真是不好受。我有一個表姑還是表姨，好像是被丈夫拋棄還是怎麼的，她就總是被仇恨籠罩著，張口閉口就是那些。到後來，我發現她的容貌都變了，顴骨凸出來，臉上生了橫肉，還總是咬牙切齒的。有一次我在廚房門口跟她撞了個滿懷，我嚇了一跳，差點兒沒認出她來。真的，一點兒都不誇張。所以，怎麼說呢，放下仇恨其實是為了救自己。

不知從什麼時候開始，家裡總有一些陌生男人出入。我又是恐懼又是厭惡，放了學也不肯回家，饑腸轆轆地在大街上走來走去。時間過得可真慢啊！我更不願意去爺爺家，稍後再告訴你原因。來我們家的那些男人跟正常人不大一樣，好像要一口吃了你。後來我更正了這個觀點，他們沒什麼特別，不過換了個環境，另一面被激發出來，就完全不控制自己了。放肆，對，就是這個詞。每個人可能都有這麼一面，或多或少。

仔細想想，我好像一夜之間就變成大人了。人的適應能力超級強大，在特定的時候，環境迫使你改變。就跟生蠔似的，可以隨著溫度、營養條件的不同而變性，很神奇吧！這是π先生告訴我的。

生蠔也叫牡蠣，我是從莫泊桑的小說《我的叔叔于勒》裡知道這種生物的，裡面有這麼一段：「她們的吃法很文雅，用一方小巧的手帕托著牡蠣，頭稍向前伸，免得弄髒長袍；然後嘴很快地微微一動，就把汁水吸進去，蠣殼扔到海裡。」看得我直流口水。你知道是誰第一次帶我吃牡蠣嗎？是的，也是π先生。不過，相比生吃，我更喜歡吃蒜蓉烤生蠔，因為有點兒受不了生吃的腥氣。

怎麼扯到生蠔上了，我剛剛正打算說什麼來著？對了，毒品。剛開始，我媽媽還儘量背著我，偷偷摸摸的，到後來，乾脆當著我的面給自己打一針。一轉眼，她便從焦躁不安進入到一種極度興奮的狀態，兩隻眼睛突然瞪得像燈泡，嘴巴張著，好像見到了什麼驚人的景象。接下來不停地在房間裡走來走去，有時候還會自言自語。我在一部電影中看到過一個場景，演的是有人通靈時的怪異模樣，就跟那個差不多。

看得多了，我也見怪不怪，還會幫她把用過的針頭處理掉，以免她反覆使用。她犯了癮可不管什麼乾淨不乾淨的。我發現假如我不把她當成一個吸毒者，而把她看作一個病人的話，內心就會好受許多。可究竟什麼藥才能治好她呢？請科學家們快點兒研製出這種藥吧，拜託啦！

我的心是一口井，裡面的恐懼從來沒有真正消失過，永遠不知道下一秒將會發生什麼。我老是站在井中，因此一雙腳總是涼冰冰、溼答答的，我多麼渴望有一雙溫暖乾燥的鞋子啊！記得小時候，媽媽老愛捧起我的腳丫又親又咬，還假裝被熏得背過氣去。每一次我都笑得要岔氣，在他們的大床上來回滾。那時候，我的腳從來不會感到冷。

只要是壞消息就傳播得飛快，我家這點兒事在學校好像沒人不知道。但他們表面上不敢對我怎麼樣，因為我的成績非常好，三年級以前門門功課滿分。總之，小孩子跟大人一樣，都是會高看優勝者。滿分對我來說已經沒什麼挑戰性，我要求自己不但滿分而且必須第一個交卷。這個記錄直到四年級才被班上一個男孩打破，他突然開了竅似的，每次都先我一步。我輸得心服口服。

大概是二年級的夏天，天熱得要命，空氣熱氣騰騰，人恍恍惚惚。突然，一個男孩指著我的頭髮大叫：「她頭髮裡有蟲子！」我有點兒心虛，因為最近頭老癢癢，也不知道怎麼回事。老師走過來湊近看了看，聲音彷彿一把小鋸子，「哎呀，是跳蚤，要傳染的。」同學們「轟」一聲議論開了。隨後，她把我帶到操場上，用殺蟲劑在我頭上噴了個遍。全校師生都趴在窗戶上見證了這一幕，那些目光就像陽光透過放大鏡一樣，聚焦在我這隻螞蟻身上。我居然沒有被烤焦。

還有一次，我跟一個女生打了一架。幾年級記不清了，反正那時候我是班裡個頭最高的女生。國文課，老師讓我們講一段自己和媽媽的故事。想起前一段時間媽媽親手為我烤了一個生日蛋糕，還裱了很複雜的奶油花，味道棒極了。說真的，她正常的時候真的是一個不錯的母親，可惜這種溫馨時光比沙子中的黃金還少。輪到我，剛開口說：「我的媽媽有個好聽的名字，費菲，芳菲的菲……」

與我隔著一條走道的那個滿嘴暴牙還散發著體臭的女生，突然像發現了新大陸，尖聲道：「狒狒，啊哈哈，狒狒。」接著，她用下嘴唇包住上嘴唇，聳起雙肩，用拳頭在桌面上來回挪動。如此聲情並茂的演出立刻引爆了全班，大家笑得又砸桌子又跺腳，連老師都跟著傻樂。

我哭了，感到屈辱，突然像隻貓似的彈出去，撲到她身上。暴牙妹是學校乒乓球隊的主力，力氣比我大多了。我很快便被她騎在了身下。老師過來拉架，臉上還殘留著剛才的笑，嘴上說著：「好了，別鬧了，開個玩笑而已嘛！」

從此以後，我再也沒聽過她的課，課堂時間全用來看小說。

但每次考試我都是班上最高分，作文還在市裡、區裡獲過幾次獎，給她臉上貼了不少金。她還大言不慚地跟別的老師介紹經驗，大談如何如何輔導我。當然全是騙人的鬼話。

說說為什麼不願意去爺爺家的事兒吧。我能從陰沉沉的氣氛中感到自己不受歡迎，他們勉為其難的樣子令我更寧願在大街上耗著。每次一進他們家，我就會被分配一堆雜活兒，掃地、擦桌子、剝蔥切蒜、洗碗……就不能讓我安安靜靜待一會兒，好像我不是他們孫女，而是個保姆。這還不算什麼，最令我難以忍受的是他們總是在自己房間裡議論我。隔著虛掩的房門，看到他們探頭朝我張望，似乎每天都在商量怎麼把我這個累贅甩掉。

而且，我發現一個祕密，我爸爸並沒有失蹤，他不定期與家裡保持著聯繫。好幾次了，如果是我接起電話，對方就不講話，過一會兒再打來，奶奶一接，他們就聊好久。

我在他們家真的待不下去，除非實在沒辦法，我儘量不去麻煩他們。記得有一次，我寧肯餓得吃牙膏，都不願意去投靠他們。

我媽大概戒了一萬次毒，也失敗了一萬次。在一個成年人反復無常的世界裡，我變得無法相信任何事情，只相信自己。在校園裡或大街上，每當看到和我同年紀的人三五成群，一起沒心沒肺地大笑著，我都會覺得很神奇，這個世界上真的有什麼事令人那麼開心嗎？而且他們似乎認為這些歡樂都是理所應當的，只有我知道事實並非如此。

我感到自己就像一隻隨時準備為生存而戰的流浪狗，不允許任何人靠近，直到遇到他。

5月14日，
流星雨降落
土撥鼠鎮

2 π先生

我老是有一種羞恥感，說不清道不明，就像影子一樣，我走到哪兒它跟到哪兒。穿上一條新裙子，老覺得別人盯著我看，搞得我很不自在，還不如穿舊衣服；上超市，瘋狂地擔心自己會偷東西，儘管我從來沒做過，但彷彿已經被抓了現行；別人哈哈大笑，我就覺得是在嘲笑我……

這種羞恥感也始終伴隨在我和π先生相處的過程中，我怎麼都想不明白這段關係究竟是錯是對。從來沒人教過我如何辨別是非善惡，我的一切思想和行為都是從我內心裡長出來的。我可以同時高興和難過，感激和厭惡，接受和拒絕，愛和恨。

到底什麼才是正確、得體、恰當、正常、健康的情感呢？我想啊想啊，最後才發現，這個世界只會製造問題，不負責提供答案。

他在講臺上背誦著π小數點後面的數字，像相聲裡的貫口[6]似的，一口氣往下說。同學們發出驚歎的聲音，鼓起掌來。我懷疑他是隨口亂說的，但後來證明我錯

＊注6：相聲中大段連貫的臺詞，講究快而不亂，慢而不斷。

了。接著，他讓我們以後不要叫他李老師，而叫π先生。那是我升入國中的第一堂國文課。

後來，我總是回想起這一幕。儘管我很不願意去想，這一幕還是固執地闖進來。他有著羞澀的笑容、長長的雙腿和一雙顫抖的手。

我敢打賭他第一天就注意到我了，我和他目光接觸的時候，他突然冷了場。長時間的沉默令每個人都很不舒服，有人開始交頭接耳，我的羞恥感又來了。他終於回過神，什麼都沒發生似的讓大家把課本翻到某一頁。可我知道，一切已經發生了。

他是我的國文老師，同時他也是個男人。男人，很多男人，他們像下水道的老鼠似的出沒在我家，有時候還恐怖地盯著我看。也許這就是我羞恥感的起源。他們醜陋、貪婪、骯髒、沒有感情，但有力量——讓人不安的力量。我把自己鎖在小屋裡，雙手拚命地捂住耳朵，以免聽到隔壁傳來的噪音。

當π先生提出要帶我配眼鏡時，我的第一反應是警惕和抗拒，但我真的非常需要一副眼鏡。我究竟是從什麼時候開始放下戒備的呢？是那些奢侈的食物、漂亮的衣裳、新款運動鞋，還是黃昏的漫步、敞開心扉的交談、一起欣賞一首歌或一部電影？

我也說不好。

第一次住在π先生家，是因為我確實沒地方可去了。家裡，我媽在發瘋；奶奶家呢，移民美國的小姑回國探親，把我的房間占了，再說我也不想看到她嫌棄的嘴臉；井炎，只是在我腦海中一閃而過，實在不想讓他陪著我在麥當勞熬一宿。我在外面溜達到午夜，除了累也沒什麼特別悲傷的感覺。街上的拾荒者啟發了我，原來垃圾桶裡寶貝還真不少，十五個飲料瓶就可以換成一個燒餅。

填飽了肚子繼續走。我不敢停，腦袋裡縈繞著一個怪念頭：只要停下來，別人就會認為我是流浪兒，把我送到收容所之類的地方去。我累到了極點，說不定在行走過程中已經睡著好幾次了。

突然看到旁邊社區掛著燕銜泥家園的牌子，咦，這裡不就是π先生的家嗎？

我承認，他家的地址是我特意問出來的。因為預感到自己總有流落街頭的一天，只能投靠他。我按照記憶中的門牌號碼敲開了門，果然沒錯，π先生的表情像見到外星人似的。我感到好笑，不管三七二十一進屋倒頭便睡。第二天一早醒來，才注意到這是他女兒生前的房間。他跟我說起過，我和他女兒長得很像。我端詳著桌上相框裡李夢溪的照片，那是個有著一雙貓眼的漂亮小女孩，可一點兒也不像我啊！

後來形成了習慣，只要我遇到麻煩，第一個想到的就是π先生。我們有過很多美好的回憶，一天，他又做了我最愛吃的番茄牛腩，那酸酸甜甜又帶著肉香的番茄汁讓我一輩子都忘不了。π先生告訴我燉牛肉要用二十多種香料，然後又像說相聲一般開始羅列：花椒、八角、小茴香、草果、豆蔻、白芷……也不管我感不感興趣，說起來沒完，唉，他有時候確實有點兒囉唆。

我之所以在眾多的日子裡記住了這一天，是因為有一件令人印象深刻的事情——一場流星雨降落在土撥鼠鎮仙蹤森林。我們一邊看著這則電視新聞，一邊閒聊起來。從他那裡，我第一次知道隕石獵人這個職業，感到非常有趣。忽然，他說了一句：「你是森林仙子，我是護林員。」一瞬間，我有一種想哭的衝動，不知道自己到底好在哪裡，值得π先生如此付出。「你會永遠保護我嗎？」我毫無必要這麼問，因為我早知道答案。

臨睡前，我在日記本上畫滿了流星，蒼穹下那個黑色小人兒代表π先生。「You are my shooting star！」我感激地寫道，想像著流星照亮夜空的樣子，就像π先生給我的生活帶來光明。在接下來的一頁中，我玩了個小遊戲，把「仙蹤森林護林員隕石獵人」按π的數位順序，藏在一堆雜亂無章的文字裡。當時我還得意了好一陣子，彷彿製作了一張藏寶圖。

一開始，我也感到愉快，最起碼我有了一個安全的房間和一張舒適的床。看著他女兒房間裡一大書架的童話故事、滿滿一衣櫃的衣服、數不清的玩具（光是芭比娃娃就十幾個），我的心裡很不是滋味。同樣是女兒，為什麼我過的卻是這樣的日子？我莫名其妙地跟π先生發了好幾次脾氣，事情都小到不能再小，比如他買了燒烤味的洋芋片而不是我要求的番茄味，或者被蚊子叮了什麼的。後來，我才意識到這是一種難堪的嫉妒。是的，我嫉妒一個去世的女孩，嫉妒的感覺跟仇恨一模一樣，就像鞭子一刻不停地打在身上。而憤怒，不過是為了掩飾它罷了。

即使任性如此，π先生也不生氣，甚至我覺得他還有點兒高興。他對我真的好，有點兒太好了，好得過了頭，變了味兒。一有機會他就給我買各種東西，這對我確實是一個很大的誘惑。從前遠在天邊的東西現在變得觸手可及，我的胃口也越來越大，總是想要更多。今天一條新牛仔褲，明天一個MP3，後天到高級館子吃一頓。他助長了我的貪婪，等我反應過來，我發現自己被這些控制住了。

我就像他女兒的那些打扮得漂漂亮亮的芭比娃娃，我的羞恥感又回來了，開始拒絕π先生的禮物。看起來這件事對他打擊挺大的，都寫在那張傷心失望的臉上。

當然也不僅僅是這些吃的用的，他帶給我消失已久的被人關心的感覺和家庭的溫暖。我從來沒見過像他這麼有耐心的人，他的感情多得用不完，濃得化不開。或許像一個美夢令我感動，但你要知道，這與我的真實生活反差太大，也會讓我感到撕裂、不知所措。

是我懦弱嗎？懦弱到只配蜷縮在陰暗潮溼的角落而不敢接受陽光？習慣了人生的殘酷無情而無法相信美好？或許吧。

到了最後，π先生對我的幫助已經變成了一種負擔，有時候我接受他的邀請僅僅是為了讓他開心一點兒。我甚至開始憐憫他，覺得他比我還可憐。他真是走火入魔，上課的時候，老是不由自主地盯著我一個人講課，連最遲鈍的同學都覺出來異樣。自從我收到作為生日禮物的這支手機之後，每天都會接到他的訊息，他就像一個嘮叨又焦慮的母親似的反覆叮嚀。「吃飯了嗎？」「吃什麼了？」「降溫了，當心感冒。」「早點兒休息，別太累了。」回覆越多，問的越多，後來我都懶得回了。

我一直有個疑問，在他眼裡我到底是費南雪還是李夢溪？難道我只是她女兒的替代品嗎？一想到這一點，我就感到被污染了一樣。

而我，到底把π先生當作什麼？我想來想去，腦子裡一團漿糊，理不出頭緒。朋友不像朋友，親人不像親人，父親不像父親。還有，我始終迴避、不願承認的一點——我們之間的曖昧。這種感覺在我們一起看了電影《終極追殺令》後到達頂峰。當然，這是一部非常精彩的電影，令人回味無窮。看到中年殺手里昂和十二歲的瑪蒂達在生離死別之際互訴衷腸，真是讓人浮想聯翩。我尷尬極了，無地自容。再看 π 先生，他的眼睛也從電視螢幕上挪開了。

第二天一大早，我還沒完全醒來，朦朧中感覺到有人在旁邊。定睛一看，π 先生竟搬了一把小板凳坐在床頭，目光慈祥地凝視著我，像說夢話似的喃喃道：「溪溪……」我嚇得厲害，僵在了被窩裡。看我睜開眼，他也怔住了，跳起來假裝到書桌前找了一會兒東西，很快便灰溜溜地走了。

之後，我們誰都沒有提起這件事。但這對我是個刺激，這麼下去不是他瘋就是我瘋。再加上後來井炎吃 π 先生的醋，跟我大鬧了一次，我知道再也不能這樣了。

我強迫自己挑剔他、討厭他，只有這樣我才能鼓起勇氣徹底疏遠他。他的臉上總是掛著和善的笑，他的聲音還是那麼溫柔親切，讓你不由得相信，只可能別人辜負他，他絕不會辜負別人。

對不起，π 先生，我必須離開你。

我戴著他給我配的眼鏡，穿著他給我買的衣服和鞋，用著他送我的手機，但我再也沒有對他露出笑容。上課時，他看向我，我就低下頭；他發來簡訊，我視若無睹，電話更是不接；校園裡碰到，我轉身離開。我想，他一定傷透了心。

放暑假前最後一次見到他時，他正和幾個老師在籃球場上打球，並未注意到我。他穿著回力球鞋，卻配著一條西褲，可能忘了帶運動褲。他神情專注，微屈雙膝，褲子太緊，把臀部的形狀都勒出來了，兩隻手高高舉著，彷彿正在向生活投降。我突然覺得有點兒噁心。

我掉頭就走，夕陽從後面托著我，將長得驚人的影子鋪展在眼前的地面上。我把說不出的懊惱發洩在腳下的小石子上，有幾顆彈到路邊欄杆上，發出叮噹一聲脆響。「他怎麼穿了這樣一條褲子，難看死了。」我恨恨地想，還以為自己如今徹徹底底地討厭他了。當時的我自然不曉得這樣一個道理：正是因為期待這個人是完美的，才無法接受哪怕一丁點兒瑕疵。

3 井炎

井炎，我喜歡他的名字。我說過，我就像站在井裡，腳是冰涼的。而他，彷彿井中的兩團火，溫暖了我的雙腳。

他本人也像火，愛恨情仇來得太過強烈。怎麼可能忘記我們的初次邂逅，那場景，唉，我找不到語言去形容。

二〇〇七年除夕夜，我又來到了大街上，至於原因，我不說大家恐怕也猜得到吧。臨出門前，我想給自己找條毯子什麼的，卻意外從儲物間裡翻出一件我爸的羽絨衣。寒風把街上的行人都清理乾淨了，為勝利歡呼著，淒厲又寂寞。

這個夜晚應該會很難熬，我把自己裝進這件陌生的羽絨衣裡，想像著是在被父親擁抱。我心存僥倖地把所有的口袋掏了一遍——這件衣服裡裡外外得有十幾個口袋，期待翻出些零錢，結果一無所獲。

我彳亍街頭，由於戴著羽絨外套的帽子，呼吸聲蓋過了一切。突然產生一種幻覺，我變成了太空人，正行走於某顆未知的星球上。拐過前面的彎，就會發現外星生物。我這麼想著，臉上浮出笑容，加快腳步。一雙紅色運動鞋像捉迷藏似的，一隻探頭，另一隻就藏起來。向右轉，我緊張又振奮地放遠視線，不過是另一條乏味的街道，連個鬼影都沒有。

路燈被風吹得微微顫動，彷彿電壓不穩似的忽明忽暗，令我產生暈船的感覺。目力所及，路燈頂上立著一隻挺大個兒的烏鴉一動不動，彷彿裝飾物。再定睛一看，我的老天爺，旁邊光禿禿的大樹上還棲息著上百隻牠的親戚。牠們像新長出來的葉子一樣守在這裡，還好，不至於受凍，因為大家都穿著羽絨服。忽然，我發現人孔蓋的孔洞處升起兩道白煙，恍然大悟，原來這裡有熱力管道啊！牠們可真會找地方。

我想起 π 先生曾告訴過我，烏鴉是世界上第二記仇的動物，切記別惹牠們！

「那第一記仇的動物是什麼呢？」我好奇。

「考考你，陸地上最大的哺乳動物是什麼？」

「大象？」

「沒錯。」

「啊！」我驚歎道，「沒想到體形最大的動物心眼兒卻最小。」

唉，π 先生在做什麼呢？還用問嗎，肯定是和家人歡聚一堂唄！我知道，只要今晚打電話給他，他馬上就會設法幫我，可我居然連一點兒和他聯絡的念頭都沒有。今晚他屬於他的家人，而我，就與這些烏鴉做伴好了。

比夜晚還要黑的小心眼兒朋友，可千萬不能得罪。我躡手躡腳地從牠們身旁溜過去，在奶茶店和水果店交會的牆角處安頓下來。這個角度真是得天獨厚，地勢高，視野開闊，看得到整座城市的燈火。天空一顆星星也沒有，卻好像把它們傾倒於人間。我出神地看著，忘了餓和冷，凌空伸出手去，似乎觸碰到了那些閃亮的仙塵。

風也被這美景鎮住了，柔聲細氣地吹著，吹來了雪。這雪彷彿是從碎冰機裡刨出來的，砸在臉上有一點點痛，卻是可愛的，只是為了引起你的注意。雪越下越大，在路燈的照射下，組成了一張星光閃爍的簾幕。

有一個人正披著這張銀閃閃的雪網一步步走近，從步態來看應該是男人，不，是個男孩。在離我不遠的一盞路燈下，他住了腳，抬起頭望天空。沒來由地，我全身的血管突然一起震動。就在這時候，人們遙遠又亢奮的新年倒數聲從四面八方傳來。

我動了動嘴唇，跟著數起了數，或許有一些想讓他注意到我的成分。聲音由最初的試探、膽怯、喑啞變得越來越清澈和自信。

當然，他發現了我，我們的故事開始了。

我說過他是火一樣的人，既可以給予光明和溫暖，也可以帶來灰燼。相遇時，我還不到十三歲，他剛過完十六歲生日，但我倆的命運齒輪已經緊緊咬合在一起了。我感到了火的溫度，想觸碰又縮回手。我不希望他成為這部糟糕透頂的影片中的一個角色。

但他偏要插進來，又是跟蹤又是投河，大鬧了幾場。我領教了火的威力。

和我一樣，他也是來自問題家庭的問題兒童，我們是彼此的救命稻草。家庭造就的悲劇每天都在發生，受害者的上一輩還是受害者，可以追溯到無窮遠，卻沒有人站出來勇於承擔責任。每次提起這些，他就又氣又急，連控訴帶詛咒。他說他母親是自戀狂，父親是懦夫，兩個人都是自私自利的撒謊精。我嘗試打斷他，卻只能激起他更為強烈的怒火，甚至有一次說著說著痛哭起來，怪我不理解他。

我怎麼可能不理解他呢？只是我覺得，這樣夜夜在心中澆灌仇恨並不能讓自己好過些。你懂我的意思嗎？不是不體諒你，我想我還是有一點兒發言權的，也不是讓你假裝無視滴血的傷口，而是，怎麼說呢？寬恕這個詞可能大了點兒，但我找不出更合適的。

沒有比仇恨更容易的事了，可強大的人是不屑於容易的。你現在肯定不贊同我，哪怕是出於自私的考慮，也要試著放下仇恨。求你了，好嗎？

他無條件地信任我、依賴我，我也回報以同樣的情感。

剛入夏，井炎在一家叫喜福會的驢肉火燒店打工，店主大爺大媽對我們超級好，真沒想到能交到這樣的好運。如果不是那場意外，那個暑假本應該過得像天堂。

二〇〇七年七月十五日夜，我和衣躺在床上看π先生送的《王爾德童話》，漸漸打起了盹。書沿著我的身體滑到床邊，幾欲墜落。睡意沉沉中，我聽到大門處傳來鑰匙和鎖摩擦的聲音，還有高跟鞋的脆響和另一雙鞋的悶響。我又睡了過去。

夢境像一部按下快轉鍵的電影，以眼花繚亂的速度切換畫面。

猛然定格，一個衣帽架上掛著一件男式毛呢大衣，頂端搭著一頂鴨舌帽。它的影子原本靜靜地貼在後面的白牆上，剎那間，黑影像一隻狗那樣抖了抖身體，扭過頭對我說：「原來這兒還有一個呢！」

我立刻嚇醒了，一波恐懼從頭滾到腳。我感到一條蟒蛇正沿著我的雙腿往上爬，被掀起的裙襬發出揉紙似的沙沙聲。緊接著，一個毛茸茸的東西出現在我眼皮底下，借著窗外漫進來的稀薄的光，我認出那是一個人頭。

尖叫聲被一隻沾滿菸草味的粗糙的手堵在喉嚨裡，我像砧板上的活魚一樣徒勞地扭動著。衣服纖維在撕扯中綳斷，木床的每一個接合處都發出有節奏的獰笑，房間裡充滿來自地獄的腐臭。房門閃開一條縫隙，客廳的燈光照進來，這束僅存的希望之光不時被來回踱步的黑影所遮擋。

「如果你敢說出去，我就殺了你，殺了你全家。」他在我耳邊威脅道，接著像個鬼魂似的消失了。

我也想變成鬼魂，鬼故事裡的厲鬼不都是女人或者小孩嗎？我就想變成那樣的鬼，一生一世纏著他、折磨他，讓他生不如死。然而，我連奪取我童貞的人是誰都不知道。

當我神志不清地衝出大門的時候，我母親依舊在客廳裡病態地徘徊著，她的樣子分明也是一個鬼。

就在井炎出事的前一天，我倆剛剛去市中心的步行街訂做了一對情侶項鍊。最簡單的款式，925銀細鏈子配一枚一角硬幣大的圓片吊墜，分別刻上「F」和「J」。配完項鍊之後，我們去惦記了很久的那家西餐廳吃了一頓豪華晚餐。不過還是很節省的，兩個人只叫了一客牛排。照著電影中的外國人那樣要了三成熟，結果上來才發現還是血淋淋的，很嚇人，只好讓店員回鍋煎到七分熟。看著厚厚的一塊，其實吃起來一點兒不費勁，咬下去又嫩又彈，滿口汁水。

「這種牛都是聽著音樂、喝著啤酒長大的。」井炎用刀叉把牛肉切成小塊，自己沒吃多少，主要負責看著我吃。

「是嗎？別光給我，你也吃啊！」

「我在店裡天天吃驢肉，其實味兒差不多。」

「那驢要是天天聽音樂喝啤酒，也會這麼好吃嗎？」

「難說。」

「不准歧視驢。」

「沒歧視，我是說，驢比較倔，可能會拒絕新鮮事物……」

「那吃多了驢肉，人也會倔嗎？」我喝了一口免費檸檬水，很嚴肅地問道。

「你覺得我變倔了嗎？」井炎挺了挺胸膛，將拳頭立著擱在桌面上，左手的刀和右手的叉一齊指向天花板。

我使勁點頭。

「再給你一次機會，當心我手裡可拿著刀呢！」

我拚命搖頭。

我倆同時像瘋子似的笑得前仰後合，引得其他客人紛紛側目。我們才不管呢，笑得更歡了。其實，我並沒有那麼想笑，事實上，我覺得自己永遠也不可能真正開心起來了。

吃完飯我們乘公車回喜福會，車裡混進來一隻蚊子，人們只是把它轟來轟去，出於奇怪的心理，沒人動手打死牠。

「你看牠，就跟進了查理巧克力工廠的小朋友似的。」我用羨慕的口吻說。

「說不定這是牠最後的晚餐了。」井炎的眼睛漫不經心地追著蚊子飛行的軌跡。他隨口這麼一說，並未意識到這句話是一個可怕的預言。

第二天一整天我都沒聯繫上井炎，這是從來沒有過的事，他就算再忙也會抽空回覆我的。下午放學後，我連等公車的耐心都沒有了，背著書包一路從學校跑到店裡。三公里只花了十八分鐘，全程一輛公車都沒追上來。離餐館越近，我的心就提得越高。夕陽陰慘慘地貼在鉛灰色的天幕上，顯得極其冷漠。路邊有一個淺淺的水坑，倒映著這輪古怪的太陽，我一不小心踩了進去，弄得鞋襪都溼透了。破碎的太陽顛簸了一會兒，又拼湊完整，兀自震顫著。

終於望見了喜福會的招牌，同時也看到店門口圍著一圈黃色警戒線，幾個路人湊在一起指指戳戳地議論著。我心急如焚，一彎腰鑽了進去。River不知從哪兒鑽了出來，滿腔委屈地往我腿上撲。馬上有兩個警察模樣的人走向我，做出驅逐的手勢。我急中生智，說我是店主的孫女，問他們到底出了什麼事。

「初步調查是瓦斯洩漏導致爆炸。」高個子警官對我說，臉上沒有表情。

「他們人呢？」我把River拉起來抱在懷裡，焦急地問。

「已經送第一醫院了，你快過去吧。」另一個看上去比較面善的年輕警官回答。說著，兩個人返身往後廚走去。

我感到腳下的大地突然塌陷，追著問道：「嚴重嗎？」

「不大清楚，你快去醫院吧！」年輕警官停住腳步，回身向我擺了擺手。

大堂裡一片狼藉，桌椅橫斜，但並沒有灼燒的痕跡，只有後廚的門框被熏得焦黑，再往裡都是警察的背影。我想挪動雙腳卻沒有成功，River哀哀地叫個不停，彷彿在抗議命運開的惡意的玩笑。

我需要錢，很多很多錢。

4 絞殺榕

醫生說井炎的狀況很不明朗，沒有明顯的外傷卻昏迷不醒，需要進一步做腦部斷層掃描；姬大爺躺在加護病房，頭和上半身纏滿紗布，一臺臺機器扯出許多管子插到他身上；所幸大媽毫髮無損，她身上還繫著卡通圍裙，手臂上戴著袖套，胖胖的身體堆在走廊的塑膠座椅裡，只剩下哭。

我撲過去抱住她，她花了很長時間才認出我，渾濁的眼睛斂起一點兒神采，轉眼便消失殆盡。

「怎麼辦呢，怎麼辦……」她的嘴唇抖了抖，攬著我的手臂垂下來，曾經溫暖我的身子也沒了溫度。

他們這麼小心翼翼地生活，用最善意的心，靠最誠實的勞動，可還是躲不開命運的戲弄。憑什麼？

我只用一秒鐘便長大了，或許從一出生我就是成年人了。這個世界不講道理，我唯一的避風港、僅存的美好，就這麼被毀滅了。我感到自己從來沒有如此憤怒過。

「大媽，別哭了，我來想辦法。」拋下這句話，我驀然站起身，向走廊盡頭跑去。其實那一刻，我根本連一點兒主意都沒有。

回到奶奶家的時候，他們正坐在客廳的沙發上看連續劇，沒開燈，只有電視螢幕一閃一閃。

「爺爺，奶奶。」我飛快地打了聲招呼，從他倆身邊溜回自己房間。

他倆沒作聲，連眼珠都沒轉一下，兩張臉發出瑩瑩藍光。

我躺在小屋床上，那些悲慘的畫面在腦海裡閃回。電視裡的歡笑從虛掩的門口飄進來，間或夾雜著爺爺奶奶的一兩聲短促的笑聲。淚水經由太陽穴灌滿兩隻耳朵，我翻過來趴在床上，將臉埋進枕頭歇斯底里地尖叫起來。

「我就說……這孩子有點兒不正常……」「作孽……那個女人……」「又是一筆錢……」「憑什麼讓我們出……」「戒毒所……」「不管了，一分錢都不出……」「自生自滅……」

他們一直管我媽媽叫「那個女人」，這些隻言片語在房間的各個角落蹦來跳去。看來他們是不打算再為我母親負擔戒毒所的費用了。

我需要錢，很多很多錢。

一個人闖入了我的腦海。我心裡一驚，感到羞恥萬分，雙手抓住鬢角的頭髮，用意志力將他驅逐出去。沒多久，他又回來了，更加固執地站在那裡，手臂絞在胸前，重心放在右腿上，偏頭看著我，眼神幾乎可以說是羞怯的，就像平時在課堂上那樣。他似乎說了什麼，我卻聽不到聲音。

我必須救他們，井炎、姫大爺，還有媽媽。他們的生命攥在我手裡，他們只有我。

而我，只有他。

他說過會永遠保護我，對，他說過這樣的話。一定會的，他會幫我。那麼我需要多少錢？一百萬夠嗎？一百萬是個很大的數字。

嗯，就一百萬。別傻了，他怎麼會給我一百萬呢？我必須得到這筆錢，而且要快，越快越好。不能再等了，好了，別哭了，哭有什麼用。

如果說這個時候必須有人做出犧牲，那也只能是他了。

我突然想起了一種榕樹——好像是自然課上講的還是電視裡的什麼科普節目介紹

過，這種榕樹的種子落在其他樹的縫隙裡，如果環境適宜，就會在上面生根發芽。接下來，它向下長出龐大的根系，插入泥土中，像一張網把支柱大樹包裹起來，而對方則因為缺乏陽光和營養而枯死。

它名叫絞殺榕。

對不起了，π先生，我只能這樣。

接下來，我需要集中精力解決的問題就是——用什麼方法。

我的大腦一片空白，就像被蝗蟲掃蕩過的麥田。在寸草不生的土地上，一切富有生命力的事物都消亡了，新滋生的只有那一朵通向死亡的惡之花。

我一夜未曾闔眼，第二天早上六點便給π先生發送了一則簡訊：「寄居蟹。」這是我向他提出借宿請求的暗號。幾秒鐘後他便回覆了一個「好」字，真懷疑這個人二十四小時手機不離手。

一放學我便乘公車去了π先生家。我穿上最漂亮的衣服，就是井炎送我的那條藍裙子，外面搭了一件牛仔上衣。儘管徹夜未眠，卻沒有一絲倦意，微微有些紅腫的雙眼流露出迷幻的神采——只有義無反顧的人才會這樣。

站在π先生家門前，我猶豫了很久，前思後想，每一條路都是死路。有一瞬間，我差點兒臨陣脫逃。

抬起的手終於還是敲在了大門上。

「買新衣服了？」π先生清風一樣的聲音送進耳朵，那不設防的、真誠的目光落在我眼睛深處。

我跨進玄關，看到房間還是老樣子，好像專門在等我歸來似的，親切得不得了。我一邊換鞋一邊調整呼吸，提醒自己一定要硬起心腸，現在不是婆婆媽媽的時候。一切都是權衡過的，如果必須要犧牲一個人，也只能是他。算他倒楣。

「喂，這歌怎麼樣？好聽嗎？」他用那一如既往的熱情的嗓音問道。

我這才注意到有音樂聲從客廳電視櫃的音響裡傳來，假裝側耳聆聽了一會兒，應付道：「嗯，好聽。」

「你真的喜歡？」他驚喜道，又有點兒不好意思地咕噥了一句：「送給你的。」

一首英文歌，旋律悠揚深情，可我壓根聽不懂，更沒這個雅興。仔細分辨，也只捕捉到橋啊水啊幾個單詞。

我緊張得一塌糊塗，吃飯時不小心將舌頭咬出了血，簡直不知道自己在吃些什麼，只記得有羊肉串。我儘量裝作輕鬆愉快的樣子，機械地往嘴裡塞著食物，暗中觀察時機。他問我假期為什麼不聯絡他，我早知他會問，就用「媽媽生病了，我一直照顧她」這樣的低級謊言搪塞。他好像一下子就釋然了，大人真會自我安慰啊！

我看著對面低頭吃飯的π先生，發現他頭頂有兩個髮旋，一個順時針一個逆時針。以前怎麼沒注意到？可能是他剛剛理了髮的緣故吧。他忽然抬起頭直勾勾盯著我，彷彿透過眼睛窺見了惡意的祕密。我一緊張，筷子上的食物「啪嗒」落在盤子上。時間拖得越長，就越破綻百出，我心一橫，問他要不要喝啤酒。我不太確定這步棋能不能成功，因為他提起過，不應該在我面前飲酒。

但他爽快地答應了。我馬上起身走向廚房，在冷藏室深處找到啤酒，用貼在冰箱上的帶磁鐵的起子打開。扭頭看了一眼，確認安全後，我將一個小紙包從牛仔外套口袋裡掏出來，裡面有一小堆磨成粉狀的安眠藥，那是我昨晚從奶奶的藥箱裡偷出來的。最初我往π先生專用的啤酒杯裡放了一半，想了想，乾脆全倒進去。五顆的量。隨後，我把瓶中的啤酒注入杯中，濺得四處都是，然後用一根筷子攪拌均勻。

這半分鐘過得像半個世紀。我端著高高的啤酒杯，一股涼意從手掌傳遍全身。

我忽然感到呼吸困難、舉步維艱，倚在冰箱上大口大口喘著氣，淚水在眼睛裡打轉。左邊是廚房的門，右邊是水槽，這是最後一次機會，我可以選擇走出去，或者把啤酒倒掉。

藥效來得很快，π先生的眼睛越變越小，不一會兒便用手支著頭，眼看著要跌出椅子。我知道時機已到，連忙把他攙進臥室。他一沾到床便呼呼睡死了過去，我花了不少力氣才幫他脫去了所有的衣服，全程儘量閉著眼睛。

接下來輪到我了。事情到了這一步，也就卸下了所有的心理負擔。一旦開始墮落，就像自由落體一樣，速度只會越來越快。

我用π先生送的帶照相功能的手機，拍下了我們躺在床上的裸照。

真是諷刺至極。

從π先生家出來才剛過八點，街上人還很多，神色和步態都比平時悠閒。我想起今天是週五，週五永遠是最開心的，週六不過爾爾，到了週日想到明天就要上學，一整天都會若有所失。看來期待一個事物永遠比得到它的感覺更好。

我相當熟悉這條街道，對沿途的店鋪也瞭若指掌。尤其鍾愛口味獨特的小飯館，不是連鎖店，而是像大爺大媽開的驢肉火燒那種。看到它們，馬上想到姬大爺，想到井炎，我的心又開始痛。

我這就準備去第一醫院，離這兒大概有四公里，不遠，但需要轉一次公車。在蒲公英市文藝大學換乘的時候，我忍不住朝學校門口走去。這裡就是媽媽曾經工作的地方，小時候她經常帶我在校園裡玩。主樓前面那棵像巨人一樣的泡桐樹依舊矗立在那裡，多麼忠誠的樹，每年春天都會開出滿滿一樹喇叭狀的紫色花朵。我對能開花的樹總是有一種崇敬之情，不由得邁開步子走向它。

傳達室門口一位老爺爺站在房檐的燈泡下，臉上的皺紋縱橫交錯，卻給人一種智慧的感覺。他的視線不經意地落在我身上，表情由舒緩變為驚異，微微張了張嘴。

倒是我先認出了他，叫道：「莫爺爺！」

「你是……等等，先別告訴我，我能想起來……」他把腦袋扭到一邊，抬起一隻手，停了幾秒鐘，笑道：「費南雪！費菲的女兒！」

「您記性真好！」我一下子想起好多小時候的事，有一段時間我經常在莫爺爺這間小傳達室裡待著。還記得在他這裡看過一本《豪夫童話》，其中一篇叫《冷酷的心》，講的是一個人出賣了心換成金錢，然而失去快樂的故事。說實話，我不是很喜歡這個童話。

「您還在這裡上班啊！」我感覺莫爺爺就像長在這間小屋子裡似的，從來沒見他離開過。

「對啊，我這小屋多好，遮風擋雨，讓我當皇帝我都不去。歡迎你常來玩啊！」他做出一個請的手勢。

我走了進去，一切都跟記憶中的分毫不差，這種感覺太神奇、太懷舊了。我跳出現實之外，退回到時間的起點。我先來到一格一格的木製信箱前，翻翻這兒摸摸那兒，裡面插著報紙雜誌什麼的，信件基本絕跡。桌子上那臺紅色電話依舊擺在老位置，電話線亂糟糟絞在一起。那會兒，我老是纏著他跟我玩「根據撥號聲猜電話號碼」的遊戲，當下又試了一次，全部猜中。最裡面的折疊床上扔著一臺亮著螢幕的筆記型電腦，床下則塞滿了書，牆角處的一疊書像魔豆似的歪歪扭扭衝向天花板。屋頂正中垂下一顆節能燈泡，幾隻小飛蟲繞著它飛，彷彿群蜂在崇拜蜂王。

我坐在桌前那張凹陷的舊皮革椅上，和莫爺爺閒聊了幾句，我們都故意在那個話題的周邊打轉，彷彿那裡掛著一張「高壓危險」的牌子。我好想在這裡待久一點兒，只要一出這個門，舊時光的魔力將化為烏有。

「嗯……還好嗎，你媽媽？」他終於還是問了。

「挺好的……」標準答案只有一個。

「對了，我有一樣東西要給你。」他走到床邊，蹲下，從書山中費力地抽出一只奶油曲奇餅乾鐵罐。

「謝謝，不用了，我已經吃過了。」我站起身，擺手拒絕道。

他朝我搖搖頭，掀開蓋子，呈現在我眼前的是一紙淺粉色的信封，上面龍飛鳳舞地寫著「費菲」二字。

「你知道『時間膠囊』嗎？以前，有個老師提議給未來的自己或家人寫一封信，密封好埋在地下，十年後再挖出來。到今年教師節剛好整整十年，大家都把屬於自己的信取走了，唯獨留下了這一封。它是屬於你的。」

全身的血液都湧到了我伸向鐵罐的那隻手上，不敢碰，彷彿它會化作蝴蝶飛走。莫爺爺鼓勵地衝我點了點頭。

信封裡有張節日卡片，封面上一隻小馴鹿正越過白雪皚皚的林海飛向月亮，身後是一片燦爛星河。

親愛的女兒：

你好嗎？寫下這些文字的感覺真是奇妙啊！無法想像十年後的你，會是什麼樣子。

雖然媽媽給了你生命，但這並不是什麼了不起的事，也不會為此而要求你的感激。事實上，媽媽應該感謝你，感謝你豐富了我的生命。

你讓我見識了生命的不可思議。

請記住，無論如何，媽媽永遠站在你身後，你一回頭就看得到。

愛你的媽媽

一九九七年九月十日

最後，我不知道是怎樣跟莫爺爺告別的，只感覺腦袋像拔掉塞子的浴缸一般，產生了一股巨力，把一切的一切捲進來。人，活著的和死去的；事，已經結束的、正在發生的和即將發生的……我猛然回頭，只看到滿街流淌的霓虹，彷彿一條河。

第二天一早，我從醫院的塑膠座椅上醒過來，全然不知自己的生命已進入倒數計時。

井炎依舊昏迷不醒，姬大爺依舊在ＩＣＵ，拖欠的醫療費數字每小時都在增長，大媽哭著打電話四處借錢。我急於跟π先生談判，但白天根本走不開，忙不迭地在醫院奔波。π先生答應晚上九點半同我見面。

地點是他選的，濱河公園東門，不遠處就是我和井炎經常散步的浣花河。我也沒心思猜他為何選在這裡，滿腦子就一個字——錢。

我提前幾分鐘到達，站在門口一面被爬牆虎覆蓋的牆邊等他。

空氣中有一種急迫感，似乎憋著一場暴雨。我能聞到自己身上的餿味，為了掩飾三天沒洗的油膩頭髮，乾脆把它們在腦後紮了起來。剛準備給π先生打電話，就見他邁著長腿興沖沖地走過來。

我已經想好了，到河邊去談，那兒沒什麼人。我在前面走，他跟在後面，一路上聽著他的皮鞋在水泥地、土路和草皮上發出不同的聲響。我沒有回頭。

我們來到浣花河邊的一片空地上，我轉過身，與他面對面。路燈遙遙照著，我勉強能看清他的臉，那是一副聽憑發落的表情。我差點兒受不了，不能再拖了，必須用最邪惡、最殘忍的語言切斷所有的退路。

他彷彿對昨天發生的事情沒什麼概念，只是疑惑不解。當我把手機中的照片展示給他看時，他像被人打了一記悶棍，整個兒地癡了、傻了，一張臉看上去彷彿揉成一團的廢紙。突然，他身子一軟，跪在我的腳邊。他的失態令我恐懼，我只好用更兇狠的話給自己壯膽。

我繼續刺激他，並發出最後通牒：若十天內籌不到一百萬，我就把這一切公之於眾。

此時，雨點兒劈裡啪啦地砸了下來，要說的都已經說完了，我需要儘快離開這個地方。剛轉過身，一股難以抗拒的力量從背後襲擊了我，我重重摔倒在地。緊接著，我的喉嚨被一雙手死死掐住，那雙手的主人竟然是π先生。

「他有著羞澀的笑容、長長的雙腿和一雙顫抖的手。」第一次見到他時，我便注意到了他的手。如今，正是它們，讓我漸漸失去了意識。

好冷，怎麼到處是水？這是哪兒？

先是眼皮顫動了幾下，緊接著迸開一條縫，眼珠逐漸顯露，但很快被雨水逼得瞇起來。我吸了一口氣，立刻咳嗽起來，抬起兩隻溼淋淋的手覆在發痛的頸部。身體其他部分的知覺也漸次喚醒，只是冷，冷得止不住發抖。我發現自己正躺在泥地裡淋雨，試著翻轉身體，沒有障礙，然後用兩隻手臂肘撐起上半身，也成功了。

就在蜷曲雙腿、準備起身之際，我忽然感到頭頂的雨止住了。抬眼望去，正上方出現一柄雨傘，然後是一隻男人的手。

「需要幫助嗎？」他彬彬有禮地問道。

他把我攙扶起來，我道過謝。四面都是雨幕，我茫然環顧，不知道接下來該怎麼辦。

「到我車裡避避雨吧。」說著，他便牽起我的手臂，往幾公尺開外的一輛轎車走去。

我昏昏然跟著走了幾步，右上臂被他拽得生疼，下意識掙扎了一下，他抓得更緊。我覺出不對勁，立刻停住腳，開始朝反方向用力。他扔掉傘，斜過身子，伸長的右手一把拉開右後方車門，再用身體抵住，兩條手臂將我攔腰抱起。我使盡全力大喊救命，卻因為受傷而發不出像樣的聲音。雙腿在空中踢騰了幾下，便被他整個兒扔進後座。

我拚死從兩個座位之間的縫隙處鑽到前面，撲到方向盤上，尖銳而持久的喇叭聲響了起來。他咒罵著，抓住兩隻腳將我拖回後座，將全身的重量壓了上去。

身體背叛了意志，我如同困在蛛網上的昆蟲，一動不動，只聽到鼓點似的雨滴擊打著汽車蓋。再一次，鐵手扼住了喉嚨，我不再反抗。唯一令我感到難過的是，掛著「J」吊墜的項鍊被扯斷了，永遠地卡在了某條骯髒的座椅縫隙中。

剎那間，一道閃電劃過，照得車內亮如白晝。那張猙獰可怖的面孔定格在我的雙眼中，並且，我清清楚楚地看到，他只有一隻耳朵！

我最後的姿勢看上去像在擁抱灌木叢，雨點持續不斷地落在身上，彷彿一個又一個冰涼的吻。千萬不要為我難過，請把我想像成一株蒲公英，生來就是要被風吹散的。這些破碎之心穿越河流，抵達對岸，將開出一座新的花園。

番外篇

二〇一八年五月十六日，才入夏沒多久，天就已經熱得不像話。好在計程車的冷氣開得足，像個小小的臨時避難所。西裝革履的井炎坐在後座，微微側過臉望著窗外，表情輕鬆，眼神卻始終銳利。

為了避開傍晚尖峰，他故意提前出門，比講座時間早到了一個多小時。他的視線在手錶上停留片刻，這隻錶是蓮霧送他的生日禮物，他拆開包裝後說了一句話：「手機明明可以看時間，要手錶幹嘛？」搞得蓮霧當場拉下臉，他用了幾十倍的話才把她哄回來，而她卻宣稱：「你知道我沒法兒氣你太久。」想到這兒，井炎心中一暖，不由得微笑起來。

他左右手各提著一大捆新書，塑膠繩勒得手指頭血液循環受阻。立在蒲公英市文藝大學門口，不知如何打發接下來的時間。

把書運到場地本不是他的工作，但自從蓮霧成為自己的女朋友後，宣傳新作時他再也不能光動動嘴皮子了。

一進校園，他立刻沉浸在海一樣的寧靜之中，彷彿有一隻巨大的罩子將都市喧囂隔離在外。令他感到驚異的是，還生出一種類似於時空穿梭的感覺，彷彿曾經來過或者未來要來，恰恰不應該是此刻。

他定了定神，邁開步子，準備在校園裡好好逛一逛。
可這些書實在是個累贅，他把它們放在地上，揉揉發白的手指，一扭頭便注意到旁邊的一間灰磚小屋，門口懸著傳達室的牌子，看上去很老派。他走過去，隔著玻璃對裡面的一位老者說明來意。
對方一口答應下來，打開門，讓他把書擱進去。
「星夢奇緣——隕石獵人尋寶攻略。」老者讀出封面上的書名。
井炎突然感到有些不好意思，搭訕著準備離開。
「哦，今天大禮堂有個新書發表會……你寫的？」他用頗有洞察力的眼睛盯著這個一身正裝的年輕人。
「是。」
「很有意思的話題，隕石、天外來客……你走了不少地方吧？」
老者似乎來了興趣，讓出那只破舊的椅子，自己坐到最裡面的折疊床上。
井炎想著反正也沒什麼事，便坐了下來，這只椅子出乎意料地舒服。「對，戈壁沙漠、深山老林沒少去。」
「讓你印象最深刻的是什麼呢？」老者像個記者似的問道，乾瘦的身軀彷彿要消失在那件寬大的襯衫裡。

井炎愣了一下，從未有人問過他，他也從未想過，但答案早已浮出水面。

「土撥鼠鎮仙蹤森林……」

這時，口袋裡的手機嗚裡哇啦地響了，他說聲「不好意思」便接起來，蓮霧說自己也到了，問他在什麼地方。他忽然意識到電話裡的聲音和真聲彼此重疊，起身一把推開門，衝不遠處擺擺手。

原來蓮霧就在幾公尺開外，兩人目光交接，相視而笑。

「大爺，多謝，書先放您這裡。」井炎倚在門口，一腳門裡一腳門外，打算離去。一束光剛好照在他的臉上，他瞇起眼睛，視野裡跳躍著無數光斑。

「沒問題，放心吧。」

就在他轉身的瞬間，袖口帶倒了書桌上的什麼東西，隨後地板上傳來不祥的碎裂聲和滾動聲。

「糟糕！」井炎心慌意亂地蹲下查看。

一隻小鹿木雕被摔成三截，頭部不知所蹤，腹部從中間裂開。

老者急忙湊過來，看到這一幕，口中「哎呀」一聲，臉色驟變。

蓮霧也跟了進來，看看老者又看看井炎，憂慮的目光最後停留在井炎手中的小鹿上。

「對不起，對不起，我真是太笨了。」井炎向老者致歉，他朦朦朧朧有一種感覺，這不是一件尋常之物，或者說，它對老者有著特殊的意義，不過已經無可挽回了。他從錢包中抽出幾張鈔票，將它們放在門口的桌面上，做這一切的時候心中充滿了羞恥感。他知道這不是金錢能夠衡量的，但除此之外也別無辦法。

「算了，一個意外。」老者把錢折了兩折，強行塞到他西服的口袋裡。

「太抱歉了！」蓮霧在一旁喃喃道。

井炎的感覺糟透了，雙手像捧著一具屍體似的，進退兩難。突然間，他瞪大了眼睛，目不轉睛地盯著掌心。緊接著，他極輕極輕地沿著裂縫將其分開，一張捲成棒狀的紙條出現在三人眼前，並一點點變得鬆弛。

大家面面相覷，覺得非常不可思議。井炎用目光徵求老者的意見，對方點點頭，他便一手捏住一端，將紙捲緩緩鋪開。

這張巴掌大的紙是從本子上撕下來的一頁，有著淡淡的橫條紋。正反兩面密集地寫滿了字，一面中文，一面英文，字體相當漂亮。這應該是一首詩的中英版本。

「Bridge over troubled water。」蓮霧念道，「我記得是一首歌的名字。」說著，她便用手機查了起來。「果然是一首歌！」過了一會兒，她喜不自禁地嚷道，按下播放鍵。

When you're weary, feeling small
When tears are in your eyes, I'll dry them all
I'm on your side
oh, when times get rough
And friends just can't be found
Like a bridge over troubled water
I will lay me down
When you're down and out
When you're on the street
When evening falls so hard, I will comfort you
I'll take your part,

oh, when darkness comes
And pain is all around
Like a bridge over troubled water
I will lay me down

惡水上的大橋

當你疲憊不堪，感覺自己渺小
當你眼中含淚，我為你擦乾
我站在你身邊
當生活變得艱難，朋友離你而去
我願倒下，化身橋樑
助你跨越憂愁之河
當你潦倒落魄
當你流落街頭，度日如年
我來給你安慰

5月14日，
流星雨降落
土撥鼠鎮

我替你承擔
當黑暗來臨，痛苦將你包圍
我願倒下，化身橋樑
助你跨越憂愁之河

如泣如訴的歌聲將三人環繞，一時間讓他們忘了身在何處。曲終，久久無人開口，井炎看到蓮霧眼中有淚，兩人都有些尷尬，同時看向別處。

「這是一個女孩送給我的。」老者突然主動說道，眼睛依舊盯著那張紙條。

「真是對不起。」

「沒關係，不摔這一下，我就永遠不會知道這個祕密。」他真誠地說，充滿了柔情。

井炎站在講臺中央，面對眼前黑壓壓的觀眾做主題演講，分享新書的創作故事。整個過程中，始終有一種揮之不去的恍惚感。

他本來就不大善於在眾人面前講話，天性使然。越說越前言不搭後語，天又熱，他感到一滴汗水即將跨過眉毛滴到眼睛裡。遂轉頭去看身後的投影片，借機擦掉，暗暗期待一切快點兒結束。這年頭當作家不容易，不是光會寫就行，還得把自己當半個演員。

他掛著禮貌性的微笑重新面對觀眾，眼睛由左至右掃過全場——蓮霧說這樣會增加講演者的親和力。忽然目光被絆住了，一位坐在第二排的女士站起身，正一面低聲道歉、一面從兩排座椅間擠出去。

井炎不自覺地皺起了眉，他最受不了中途離場的觀眾，但也無可奈何，人家有不想聽的權利。當然她也許只是去上廁所，他自我安慰道。

那位身著酒紅色長裙的女士站在走廊裡，像是想起什麼似的，忽然回過頭來。兩人的目光在空中相撞。

「等等，我一定是在哪裡見過她……」井炎錯愕地待在原地，下意識地抬起一隻手。大廳裡彌漫著令人窒息的寂靜，躲在墨綠色天鵝絨幕布後的蓮霧連忙乾咳了幾聲。井炎腦袋「嗡」的一聲，回過神來，結結巴巴接著講下去。再看時，走廊已空空如也。

終於熬完了受刑一樣的觀眾提問環節，在準備簽售的空檔，井炎攔住忙前忙後的蓮霧，焦急地問道：「第二排中間位置應該是出版社的工作人員吧？」

「對啊，怎麼了？」

「有一位穿紅裙子的女士，你認識嗎？」

「高高的那個？」

「對對！」井炎一把抓住蓮霧的手臂。

「你弄疼我了。」蓮霧扒開他的手，責怪道。

「她是誰？剛剛就掃了一眼，沒看清楚，我不太確定，總覺得像一個人！」他急不可待地吐出一串話。

「她就是你這本書的校對老師呀！」看到他的眼神癡癡的，蓮霧覺得有點兒莫名其妙。

「什麼名字？」

「你什麼時候開始關心起校對了？」蓮霧嘟起了嘴，說道，「她在出版社兼職，真名不曉得，只知道筆名叫23。」

「什麼？」

「就是數字23，有點兒怪吧？她就讓我們這麼叫她。」她困惑地看著他。「怎麼？你認識？」

井炎沒有回答，思緒飛到了九霄雲外。

「哦，對了！她跟我解釋過一次，說什麼23是個神奇的數字。」

蓮霧一面八面玲瓏地跟路過的各色人等打招呼，一面捋著頭髮繼續說：「因為人類基因組有23對染色體，一半來自父親，一半來自母親……」

接下來的話井炎一句都沒聽見，他的腦袋裡掀起一場風暴。唯有那寧靜的風眼地帶露出一抹碧藍的裙角，宛若倒映著星光的湖泊，藍得令人心碎。

5月14日，流星雨降落土撥鼠鎮

作　者　雨落荒原
發行人　林隆奮 Frank Lin
社　長　蘇國林 Green Su

出版團隊
總編輯　葉怡慧 Carol Yeh
企劃編輯　許芳菁 Carolyn Hsu
責任行銷　黃怡婷 Yi-Ting Huang
封面設計　木木 LIN
版面構成　譚思敏 Emma Tan

行銷統籌
業務處長　吳宗庭 Tim Wu
業務主任　蘇倍生 Benson Su
業務專員　鍾依娟 Irina Chung
業務秘書　陳曉琪 Angel Chen
　　　　　莊皓雯 Gia Chuang
行銷主任　朱韻淑 Vina Ju

發行公司　精誠資訊股份有限公司
　　　　　悅知文化
　　　　　105台北市松山區復興北路99號12樓
訂購專線　(02) 2719-8811
訂購傳真　(02) 2719-7980
專屬網址　http://www.delightpress.com.tw
悅知客服　cs@delightpress.com.tw
ISBN：978-986-510-069-8
建議售價　新台幣360元
首版一刷　2020年05月

國家圖書館出版品預行編目資料

5月14日，流星雨降落土撥鼠鎮／雨落荒原著. -- 初版. -- 臺北市：精誠資訊, 2020.05
面；　公分
ISBN 978-986-510-069-8（平裝）
857.7　　109004842

原書名：《5月14日，流星雨降落土撥鼠鎮》
作者：雨落荒原
本書中文繁體版由北京行距文化傳媒有限公司經光磊國際版權經紀有限公司授權精誠資訊股份有限公司在全球（不包括中國大陸，包括台灣、香港、澳門）獨家出版、發行。

本書若有缺頁、破損或裝訂錯誤，
請寄回更換
Printed in Taiwan